HAYMON verlag

Siegfried ist ein Bub, der viele Fragen an die Welt hat, die ihn umgibt. Anstatt das Interesse wertzuschätzen, schelten ihn seine Lehrer für die Neugierde und nennen ihn frech. Er versteht nicht ganz, wieso seine Mama unbedingt arbeiten gehen und den Führerschein machen will und warum es Papa so wichtig ist, der Herr im Haus zu sein. Statt Erklärungen bekommt Siegfried hohle Phrasen zu hören: „Das gehört sich so" und „Das haben wir immer so gemacht".

Herbert Dutzler nimmt uns nach „Die Welt war eine Murmel" erneut mit auf eine Reise in eine Vergangenheit, die noch gar nicht so lange her zu sein scheint. Durch die Augen Siegfrieds schwelgen wir in Erinnerungen an Kindheitsjahre, teils unbeschwert und teils besorgt. Und so schön vieles auch war, erkennen wir doch gemeinsam mit dem Siegfried von heute, dass sich seitdem – glücklicherweise – einiges geändert hat.

Für meine Enkel Gregor und Laurin. Eure Welt wird anders sein als die, die in diesem Buch beschrieben ist. Ich hoffe, besser. Trotzdem wünsche ich mir, dass ihr dieses Buch mit Neugier auf die Welt eures Opas lest.

1 Weihnachten in Kastenkirchen

Seltsam, fast bedrückend war es, auf das tote Haus zuzugehen. Ja, genau das war das Gefühl, das ihn beschlichen hatte, als er ein, zwei Wochen nach dem Tod seiner Mutter erstmals wieder hierhergekommen war. Das Haus war zwar voller Gerümpel, aber kalt und still. Es lebte nicht mehr.

Das Ausräumen würde wohl länger dauern, als er es sich vorgestellt hatte. Seine Frau hatte ohnehin gemeint, es wäre besser, eine Firma mit der Entrümpelung zu beauftragen. Er selbst hatte zunächst davon fantasiert, alles selbst zu machen, womöglich das Haus auch noch zu renovieren, bevor man es auf den Markt warf. Ein Kompromiss war herausgekommen – er hatte sich einen Monat ausbedungen, um aus- und aufzuräumen. Jetzt, nach einer Woche, war er noch nicht einmal mit den Fotoalben durch.

Er schloss die Tür auf und musste angesichts des Klingelschildes lächeln. „Edeltraud Niedermayr" stand drauf. Seine Mutter hatte zeit ihres Lebens darauf bestanden, dass Vornamen vollständig auszusprechen und auszuschreiben waren, Spitznamen oder Abkürzungen hatte sie nie geduldet. So war er also Siegfried gewesen, seine Schwester Ursula, der Papa – leider – Adolf und sie selbst eben Edeltraud. Papa und auch alle anderen Familienmitglieder hatten die Namen abgekürzt – Traudi, Adi, Sigi und Uschi – und das war ein ewiges Streitthema zwischen den Eltern gewesen.

Er stieg die Treppen nach oben. Im ersten Stock des alten Bauernhauses hatten die Großeltern gewohnt, Papas Eltern, im Erdgeschoß er selbst mit den Eltern und seiner jüngeren

Schwester Uschi. Die zweite Treppe, aus Holz und reichlich abgetreten, führte in die Dachschräge, die als Kind sein Reich gewesen war. Heute würde man so einen Raum, in dem kaum Platz war, aufrecht zu stehen, keinem Kind mehr zumuten. Er aber war hier glücklich gewesen, sein eigenes Reich, zwei Treppen hoch über einer stets fordernden Mutter, die wenig Verständnis dafür gehabt hatte, dass man in einem Buch für Stunden versinken konnte und es absolut unmöglich war, zwischendurch einmal hinunterzukommen, um den Müll auszuleeren oder Eier aus dem Hühnerstall zu holen.

Das eiserne Stockbett stand noch in seiner Dachkammer, die Matratzen hatte wohl irgendjemand schon vor Jahrzehnten entsorgt. Von seinen Besitztümern war nichts mehr da, vieles hatte er in sein neues Zuhause mitgenommen, anderes war unwiederbringlich verschwunden, verloren gegangen. Er öffnete die knarrenden Türen des schmalen Schranks, der neben dem Bett noch Platz gefunden hatte, und traute seinen Augen nicht. Da lag ein alter Lego-Karton. Villa mit Sportwagen. Den hatte er irgendwann zu Weihnachten bekommen, das musste wohl in den späten sechziger Jahren gewesen sein. Er hob den verstaubten Karton auf, schüttelte ihn. Leer. Mit seinen Legosteinen war er nicht sonderlich sorgfältig umgegangen, meist hatte er sie beim Zerlegen eines Bauwerks unsortiert in eine alte Schuhschachtel geworfen. Es war nicht unwahrscheinlich, dass die Steine heute in einer Kiste seiner Kinder verstaubten, die auch längst nicht mehr mit Lego spielten.

Damals war ein solcher Bausatz ein Schatz gewesen. Seine Eltern hatten ihr Geld gut einteilen müssen, es war ihnen sicher nicht leichtgefallen, ihm diesen Wunsch zu erfüllen.

So etwa um halb neun am Heiligen Abend gelingt es mir, das Wohnzimmer mit meinen Geschenken unauffällig zu verlassen und in meine Dachschräge zu flüchten, nachdem ich die Platte mit den Weihnachtskeksen einer gründlichen Verkostung unterzogen habe. Papa ist mit seiner dritten Flasche Weihnachtsbock glücklich, Opa ist schon eingeschlafen und Mama und Oma sind mit Uschi beschäftigt, die getröstet werden muss, weil der neuen Puppe schon ein Arm abgefallen ist.

Der Lego-Bausatz mit der Villa mit Sportwagen ist leider allzu schnell aufgebaut. Nachdem ich den Wagen ein paarmal in die Garage und wieder herausgefahren habe, merke ich, dass das Haus doch recht klein ausgefallen ist. Eigentlich hätte ich für meinen Lego-Stadtplan ein größeres gebraucht. Aber vielleicht lässt sich das Gebäude ja mit meiner bestehenden Legosammlung erweitern.

Bevor ich aber den Lego-Stadtplan hervorhole, muss ich mir die drei Bücher anschauen, die ich noch bekommen habe. Das von Oma, sehe ich gleich, ist ein altes, gebrauchtes. Aber es ist in Leinen gebunden, noch gut erhalten und heißt „Huckleberry Finn“. Ich bin ein wenig enttäuscht, denn „Tom Sawyer und Huckleberry Finn“ ist an den Adventwochenenden schon in vier Teilen im Fernsehen gelaufen. Es war unglaublich spannend und ich kenne die Geschichte jetzt schon. Aber wer weiß, vielleicht steht im Buch mehr drin, als man im Film sehen konnte, das ist ja oft so. Zumindest war es bei den „Winnetou“-Filmen so, die habe ich schon gesehen, und die haben fast gar nichts mit dem Buch zu tun gehabt. Im zweiten Packerl sind zwei neue Karl-May-Bände drinnen, „Im Lande des Mahdi I“ und „Old Surehand III“. Da werde ich mit dem

„Old Surehand" anfangen, die Wildwestgeschichten sind mir lieber.

Kaum habe ich die erste Seite aufgeschlagen, ruft mich Mama. Ich weiß schon, sie duldet es nicht, dass man sich am Heiligen Abend zurückzieht und sich mit seinen eigenen Geschenken beschäftigt, da muss die Familie harmonisch miteinander feiern. Und damit es so richtig einträchtig und gemütlich wird, gibt es spätabends am Heiligen Abend immer noch ein paar belegte Brötchen. Denn wer isst, kann bekanntlich nicht streiten. „Du kannst mir gleich den Kren reiben für die Schinkenbrötchen!", empfängt mich Mama. Ich seufze zwar so laut und ausgiebig, dass sie es bestimmt nicht überhören kann, aber ich hole mir Kren und Reibe und beginne meine tränenreiche Arbeit.

An dieser Stelle muss man vielleicht erklären, dass wir keine normale Familie sind. In einer normalen Familie helfen die Mädchen in der Küche und die Buben gehen mit den Vätern und Opas auf den Fußballplatz oder an den Fischweiher. Das alles funktioniert bei uns nicht, denn Fußball und Fischen sind mir ein Gräuel, Papa hat es mit mir schon probiert, aber es hat nicht funktioniert. Dazu kommt, dass ich seit unserem Caorle-Urlaub im September meine Liebe zum Kochen entdeckt habe. Der Grund dafür war, dass ich in Italien zum ersten Mal in meinem Leben Pizza gegessen habe. Und weil es die bei uns nicht gibt, habe ich selbst eine gebacken. Sogar Papa hat sie gegessen. Die Liebe zum Essen, die war allerdings schon viel früher da, was man mir leider ansieht. Ich bin froh, dass wir in meiner Klasse wenigstens noch den dicken Holzinger haben, denn sonst wäre ich der Dickste von allen. Mir reicht die Brille, ich habe keinen Bedarf an weiteren Gründen, von den anderen ausgelacht zu werden.

Uschi ist für Hilfestellungen in der Küche überhaupt nicht zu gebrauchen, die kann man nicht einmal zum Umrühren einteilen, im Sommer hat sie sogar die Marillenmarmelade anbrennen lassen. Vielleicht probiert Papa es bei ihr einmal mit Fußball und Fischen, aber ich glaube nicht, dass er sich das traut. Die Stärke von Uschi liegt in der Musik, sie lernt Blockflöte, und ihre Lehrerin ist angeblich ganz hingerissen von ihrem Talent.

Seit bekannt geworden ist, dass ich koche und backe, hat Papa sich immer wieder darüber beschwert, dass ihm seine Freunde prophezeien, dass aus mir einmal ein warmer Bruder werden wird. Papa fürchtet das zwar auch, sagt dann aber immer zu seiner Verteidigung, „den geben wir in die Lehre zum Kirchenwirt, da kocht auch ein Mann, und das ist auch kein warmer Bruder“. Aber so einer werde ich sowieso nicht, denn die Gehbauer Ulli, die in die zweite Klasse geht, die fährt immer im Zug mit mir nach Seeklausen ins Gymnasium. Und die Ulli hat schon einen Busen, ich glaube sogar, dass er von September bis Weihnachten um ein gutes Stück größer geworden ist. Immer, wenn ich die Ulli sehe, bekomme ich ein seltsames Gefühl und mir wird ganz warm. Bei meinem besten Freund dagegen, dem Herbert, bleibt dieses seltsame Gefühl völlig aus.

Den Herbert, den werde ich übrigens über die Weihnachtstage nicht oft sehen, denn der ist in den vergangenen Sommerferien plötzlich fromm geworden und hält sich am liebsten in der Kirche oder in der Sakristei auf. Ich glaube, der kommt aus seinem Ministrantengewand gar nicht mehr heraus. Einmal hat er mich mitgenommen, zum Ministranten-Schnuppern, und als wir in der Sakristei gestanden sind, da hat er die Luft tief eingesogen, laut „Ah!“ gemacht und danach irgendwie entrückt gewirkt.

Auf mich hat die Sakristei-Luft keine Wirkung gehabt, ich hab nur die muffigen Ministrantenkittel gerochen. Aber bitte, wenn ihn das euphorisch macht, soll es sein. In unserem Lexikon habe ich gelesen, dass Weihrauch beruhigend, aber auch anregend auf das Gehirn wirkt. Vielleicht ist es das, was den Herbert so entrückt gemacht hat. Aber in der Sakristei hat es eher nach Mottenpulver gerochen, ich muss einmal nachschauen, ob man davon auch rauschig werden kann.

Mama überlässt es mittlerweile auch gerne mir, den weißen Wecken aufzuschneiden, weil ich mich mehrmals beschwert habe, dass sie Scheiben zu hastig herunterschneidet, sodass sie zerfleddert aussehen. Zum Brotschneiden braucht man Geduld, ein gutes Augenmaß und ein scharfes Messer, und meine Scheiben sind mustergültig.

Schließlich trage ich eine der beiden Platten mit Brötchen ins Wohnzimmer, sie sind mit Schinken, Leberstreichwurst und kaltem Schweinsbraten belegt. Weißbrot gibt es bei uns nur zu besonderen Feiertagen, sonst essen wir gewöhnliches Hausbrot, das von einem großen Wecken heruntergeschnitten wird. Und im Wohnzimmer gegessen wird überhaupt nur zu Weihnachten, sonst nie.

Uschi hat sich mittlerweile beruhigt, weil es Papa gelungen ist, den Arm wieder an die Puppe dranzumachen. Was mich wundert, denn er hat sicherlich keine allzu ruhige Hand mehr. „Ah!“, freut er sich über die belegten Brötchen, steht aber gleich wieder auf, weil er sich noch eine Flasche Weihnachtsbock von der Terrasse holen muss. Das Bier steht deswegen draußen, weil zu Weihnachten der Kühlschrank randvoll mit Vorräten ist, sodass Getränke keinen Platz mehr darin haben.

„Adolf!", schüttelt Mama den Kopf, als Papa das Bier direkt aus der Flasche trinkt. „Wenigstens zu Weihnachten könntest du ein Glas nehmen! Wir sind ja nicht bei den Barbaren!" Papa winkt ab. „Musst du nachher nur unnötig Geschirr abwaschen!" Opa beißt in ein Schinkenbrötchen. Mit vollem Mund murmelt er: „Dass da unbedingt der Bub in der Küche helfen muss? Kann das nicht das Mädel machen?" Er nickt mit dem Kinn in Richtung Uschi, die auf dem Boden hockt und gerade dabei ist, die Puppe am zuvor ausgerissenen Arm hochzunehmen. „Hab ich dir nicht gesagt, dass du das nicht machen sollst, du dumme Gurken!", schimpft Papa lautstark. Wenn er getrunken hat, wird er oft ein bisschen grantig, da macht er wegen Weihnachten keine Ausnahme. Uschi fängt sofort wieder zu heulen an und flüchtet in Mamas Arme.

Opa nimmt sich ein Brot mit Schweinsbraten und murmelt mit vollem Mund: „Damals haben wir nichts gehabt, im Krieg. Und danach auch nicht. Höchstens, dass wir eine Brotsuppe gekriegt haben, zu Weihnachten. Und dann hat uns die Mutter vielleicht ein kleines Stück Geselchtes hineingetan, ein so kleines Stück!" Er deutet es mit den Fingern an, wie klein das Stück gewesen ist. „Nicht einmal einen warmen Mantel hab ich gehabt, für den Winter! Nur eine Strickjacke, und die war noch dazu löchrig. Weil sie vor mir schon meinen älteren Brüdern gehört hat!" Wenn das so losgeht, kann es gut sein, dass der Vortrag vom Opa eine halbe Stunde dauert, dabei wissen wir schon längst alles, weil er es uns mindestens einmal in der Woche erzählt, dass er nichts gehabt hat und wir heutzutage viel zu sehr verwöhnt werden.

„Es reicht schon, Opa, wir wissen's eh! Magst nicht dann einmal ins Bett gehen?" Gut, dass Oma der Tirade von Opa ein Ende macht, denn sonst hätte er bestimmt noch erzählt, dass sie nur ein Plumpsklo draußen im Hof gehabt haben und dass man sich dort den Hintern mit Zeitungspapier wischen musste und dass es im ersten Krieg nicht einmal das gegeben hat, da haben sie die Blätter vom Ahornbaum vor dem Haus nehmen müssen. Was sie dann im Winter gemacht haben, wenn der Ahorn keine Blätter hat, das hat uns Opa noch nicht verraten. Und ich mag das alles bei Himbeersaft und Schinkenbrot auch wirklich nicht hören.

„Früher, da sind wir wenigstens noch in die Mette gegangen!", setzt nun Oma mit ihren Jugenderinnerungen da fort, wo sie Opa gerade zum Schweigen gebracht hat. „Aber heute gilt ja die Religion nichts mehr. Eine Schande ist das. Alle denken nur an Geschenke, Geschenke! An die Geburt unseres Herrn Jesu, an die denkt niemand!" „Ist schon gut, Oma. Du kannst eh morgen mit den Kindern in die Kirche gehen. Der Adolf, der geht auch mit. Aber ich hab keine Zeit, ich muss ja das Essen herrichten für alle!"

„Wir haben nicht einmal Schuhe gehabt, wir haben mit den Holzschlapfen in die Mette gehen müssen! Durch den meterhohen Schnee!", raunzt Opa.

„Das musst du dann aber beichten!", belehrt Uschi Mama. „Wenn man an einem hohen Feiertag nicht in die Kirche geht, dann ist das eine Sünde! Die muss man beichten!" Papa holt mit dem Arm hinter die Schulter aus. „Halt doch deine vorlaute Pappen!" Uschi verzieht sofort das Gesicht, bevor Mama sie in die Arme schließen kann. „Adolf, du bist immer so grob!", schimpft sie. „Vor allem, wenn du zu viel Bier getrunken hast! Heute keinen Bock mehr, hörst du!" „Ist ja wahr!", murmelt er, schon wieder besänftigt. „Das haben wir aber in der Schule gelernt!", heult Uschi. Sie nimmt es mit der Religion ein wenig genauer als ich und versteht jedes Wort, das die Religionslehrerin sagt, eben – wörtlich. Dabei ist sie sonst gar nicht so hell auf der Platte, kommt mir vor, ich wundere mich, dass sie das ganze Zeug, das ihre Religionslehrerin erzählt, überhaupt behält. Ich selber habe es nicht so mit der Religion und habe mich schon in der Volksschule immer vor der Beichte gedrückt. Und überhaupt, seit unsere Astronauten ins All fliegen, sind mir noch mehr Zweifel gekommen. Wo soll sich denn da ein Gott verstecken? Und wenn es so viele Sterne und Galaxien gibt, wie ich in der „Bunten" gelesen habe, dann sind wir für Gott so wichtig wie eine Fichtennadel in einem Ameisenhaufen. Denn er hat ja das ganze Universum, um das er sich kümmern muss, da hat er wahrscheinlich höchstens einmal eine halbe Stunde im Monat für uns auf der Erde. Aber sowas Kompliziertes, das kann man Uschi nicht erklären.

Irgendwie bin ich nach vier Broten doch fast satt, aber weil Uschi vor lauter Heulen aufs Essen vergessen hat, bleibt ein einsames Schweinsbratenbrot auf der Platte zurück, das ja schließlich auch jemand essen muss. Und auf der Keksplatte ist noch ein Kokosbusserl übriggeblieben, für das ich mich opfere, obwohl die Kokosbusserl nicht zu meinen Lieblingsweihnachtskeksen gehören.

„Und morgen geht's schon wieder los!", seufzt Mama. Am ersten Weihnachtsfeiertag kommen nämlich die Neustädter Omi und der Neustädter Opi, denn die wollen auch Geschenke bekommen und verteilen, und zu essen brauchen sie auch was. Mama macht am ersten Feiertag immer einen Rindsbraten, das ist auch etwas ganz Besonderes, denn Rindfleisch gibt es bei uns überhaupt nur einmal im Jahr. Dafür braucht sie am zweiten Feiertag nicht kochen, denn da fahren wir nach Kreuzstetten zu Mamas Schwester Hertha. Die ist mit dem dicken Onkel

Alfons verheiratet und muss dann für einen ganzen Haufen Leute kochen.

Ich gähne lautstark, um große Müdigkeit vorzutäuschen, damit ich endlich zu meinem „Old Surehand" komme. „Wird eh Zeit, dass die Kinder ins Bett kommen! Die Uschi ist schon so lästig die ganze Zeit!" Oma unterstützt mich in meinem Vorhaben, ich gähne neuerlich, leider ohne vorgehaltene Hand, was mir einen Rüffel von Mama einbringt. „Nächstes Jahr kriegst du ein Benimmbuch zu Weihnachten, dass du's nur weißt!", droht sie. Dennoch halte ich mich für entlassen. „Gute Nacht!", sage ich und höre vom Vorhaus aus, wie Uschi winselt, dass sie jetzt noch nicht ins Bett gehen mag.

Leider ist der „Old Surehand" von Anfang an gleich sehr spannend. Ich kann nicht aufhören zu lesen, weil zuerst will ich wissen, ob es Winnetou und Old Shatterhand gelingt, den Verräter Old Wabble und den Osagenhäuptling Sieben Bären gefangen zu nehmen. Und dann wird es aber wieder gleich spannend, wie Old Shatterhand in das Camp der Osagen eindringt, um Apanatschka, den Häuptling der Komantschen, zu befreien.

Der Karl May kann es oft nicht lassen, recht ausführliche moralische Überlegungen in seine Geschichten einfließen zu lassen, Gott sei Dank nicht dort, wo es gerade spannend wird. Aber ganz am Anfang, da ist eine Stelle, wo er behauptet, dass es genügt, ein einziges unsittliches Bild anzuschauen, und die ganze Erziehungsmühe der Eltern löst sich in Rauch auf, und man geht in Fäulnis über. Das erinnert mich an das Heft mit den Bildern von nackten Frauen unter meiner Matratze. Es ist ja nicht so, dass ich mir das selber besorgt habe, Papa hat es mir gegeben, weil er glaubt, durch das Anschauen von solchen Bildern werde ich ein richtiger Mann. Ich weiß auch nicht genau, was er damit meint. Aber dass ich dadurch gleich in Fäulnis übergehe, das hat er wahrscheinlich nicht gewusst.

Es ist nämlich schon so, dass sich bei mir manchmal ein etwas unangenehmer Geruch breitmacht, wenn ich meine Hose hinunterlasse, denn wir baden nur einmal in der Woche. Dazwischen werden bloß Hände, Gesicht und Ohren gewaschen. Besonders wichtig scheinen die Ohren zu sein, obwohl die eh immer an der frischen Luft sind und dadurch selten zu stinken anfangen. Aber unten herum und unter den Achseln, da kann man die Fäulnis nicht gänzlich abstreiten.

Um halb elf höre ich, wie die Großeltern die Stiege heraufkommen und in ihrer Wohnung verschwinden. Opa schnauft heftig, es strengt ihn schon sehr an, die steile Stiege hinaufzuklettern.

Ich beschließe, das Heft in den Mist zu werfen und den Bildern darin keinesfalls mehr einen Blick zu schenken, weil ich dem Karl May doch vertraue, sogar in moralischen Angelegenheiten. Allerdings, wie und wo ich das Heft loswerden kann, das ist eine schwierige Frage. Ich kann es nicht einfach bei uns zu Hause in den Mist werfen, denn da würde es dann die ganze Familie sehen. Also muss ich es aus dem Haus schmuggeln und irgendwo in einem öffentlichen Mistkübel ablegen, wobei ich auf keinen Fall beobachtet werden darf.

Etwas, das er sich heute kaum mehr vorstellen konnte. Der gesamte Müll wurde in einem einzigen Kübel entsorgt, man machte keinen Unterschied zwischen Papier, Metall, Glas oder Plastik. Allerdings, wenn er sich zurückerinnerte – Plastikmüll hatte es damals kaum gegeben, in den Geschäften war alles entweder unverpackt oder steckte in Kartons. Die Wurst wurde in Wachspapier gewickelt. Bei ihm zu Hause hatte es noch den Sautrankkübel gegeben, in den man alle pflanzlichen Abfälle und Essensreste warf. Den musste mindestens einmal in der Woche jemand zum Nachbarn hinübertragen und im Schweinestall in die Futterrinne leeren. Die Schweine stürzten sich geradezu darauf, aber er hatte diese Arbeit gehasst, weil der Kübel meist furchtbar gestunken hatte.

Um halb eins ungefähr lege ich den „Old Surehand" zur Seite, nehme meine Brille ab und bemühe mich, einzuschlafen, obwohl die Brötchen in meinem Magen doch ein wenig drücken. Oder sind es die vielen Weihnachtskekse?

Irgendwie freue ich mich schon auf das Familientreffen am Stefanitag. Auf morgen nicht so sehr, denn die Neustädter Omi ist eine, die alles ganz genau nimmt. „Gutes Benehmen immer gefragt!", sagt sie ständig, wenn sich jemand danebenbenimmt, und das tun wir in ihren Augen anscheinend alle. Zuletzt habe ich sie zu Allerheiligen gesehen, da habe ich versehentlich mein Hosentürl offengelassen, als ich vom Klo gekommen bin. „Gutes Benehmen immer gefragt!", hat Omi gesagt und auf mein Hosentürl gezeigt. Und wenn Papa nach einem Schluck Bier rülpst oder Uschi wieder einmal erklärt, dass sie dies oder das nicht essen will: „Gutes Benehmen immer gefragt!" Ich kann mich fast nicht daran erinnern, dass Omi irgendwann etwas anderes gesagt hat. Der Neustädter Opi ist ein gemütlicher Mann, er redet nicht viel, weil er sagt, er hat eh als Beamter auf der Bezirkshauptmannschaft in seinem Leben genug reden müssen, da ist es ihm ganz recht, wenn er sich das jetzt sparen kann.

In der Früh werde ich von Mamas Geschrei munter. „Siegfried! Tisch decken! Frühstück!" Wir müssen in die Kirche. „Und ja nicht vergessen!", ruft sie noch die

Stiege herauf. „Hals und Ohren waschen!" „Ja, ja!", rufe ich zurück und mache mich, noch im Pyjama, auf den Weg nach unten. Papa sitzt am Tisch und hat den Kopf in die Handfläche gestützt. Er sieht sehr verschlafen aus, so, als ob man auch ihn unter Zwang aus dem Bett geholt hätte. „So, hol den Butter und die Marmelade aus dem Kühlschrank, den Schinken auch, heute ist ein Feiertag!" Normalerweise gibt es bei uns nur Brot mit Butter und Marmelade oder Honig zum Frühstück. An einem Feiertag wie heute gibt es zusätzlich noch einen Briochewecken und, weil Weihnachten ist, auch Schinken. „Adolf, du machst bitte den Kaffee. Das wirst du ja wohl noch zusammenbringen!" Papa stöhnt. Er erledigt niemals auch nur einen Handgriff in der Küche. „Du musst nur das kochende Wasser in den Filter schütten. Zuerst einmal wenig, dass alles feucht ist, und dann den Rest." „Ja, aber, wie soll ich denn den Häfen angreifen? Der ist ja brennheiß!" Er stellt sich absichtlich blöd, das kennen wir schon. Ich hole einen Topflappen vom Haken und drücke ihm den in die Hand. Trotzdem flucht er, weil er ein paar Spritzer heißes Wasser abbekommt.

Als er sich wieder hinsetzt, schnauft er heftig. Das ist meistens so, wenn er am Abend zuvor zu viel Bier getrunken hat. Oft verstehe ich die Erwachsenen nicht. Warum trinken sie so viel, wenn sie doch wissen, dass sie am nächsten Morgen davon Kopfweh bekommen oder sogar speiben müssen? Rein wegen dem Durst kann das doch nicht sein?

Mama hat nicht einmal Zeit zum Frühstücken. „Ich trink nur schnell einen Kaffee im Stehen. Der Braten muss ja in die Röhre!" Ich beobachte sie beim Gemüseschneiden. Sie macht es nicht so, wie der Fernsehkoch es erklärt hat. Man setzt die Messerspitze auf und vollführt danach sachte Wiegebewegungen, wobei die Finger zu einer Klaue geformt sind, dass das Messer an den Fingerknöcheln hinabgleitet und man sich nicht schneiden kann. Mama hackt einfach drauflos, aber ich hüte mich davor, ihr zu erklären, wie man das besser macht. Das hört sie nicht so gern. Sie wirkt schon wieder sehr gestresst. Dabei würde ich mir für den Briochewecken gerne mehr Zeit nehmen, aber ihrer üblen Laune möchte ich mich nicht länger aussetzen als unbedingt nötig. „Und dass ihr mir nicht vergesst, nach der Kirche meine Eltern vom Bahnhof abzuholen!", ruft sie mir noch hinterher, als ich mich, das letzte Stück Brioche mit Marillenmarmelade noch in der Hand, verdrücken will.

Die Kastenkirchen-Oma steht schon mit aufgespanntem Schirm in der Haustür, als wir drei endlich fertig gewaschen, frisiert und angezogen sind. Papa hat seinen Steireranzug angezogen, aber der Krawattenknoten ist gründlich missglückt, weil Mama keine Zeit gehabt hat, ihn zu binden. Oma straft ihn mit missbilligenden Blicken. Ich hab einen Selbstbinder, den man vorne am Hemd einfach anklipsen kann. Das ist aus zwei Gründen recht praktisch. Erstens braucht man keinen Knoten zu binden, und zweitens kann man nicht gewürgt werden, wenn einen irgendein Feind daran zieht.

In Kastenkirchen hab ich zwar eh keine Feinde, aber einen Selbstbinder muss man auch bei den Schulmessen tragen, und da hab ich schon ein paar Feinde, obwohl der Schlimmste von allen schon vom Gymnasium geflogen ist. Aber es wär ja ein Wunder, wenn ich nicht gleich wieder einen neuen Feind angelernt hätte, das ist der Walter Zöbinger, einer von den Repetenten in der Klasse. So heißen die, die sitzengeblieben sind. Im Gymnasium nennt man nämlich vieles, ähnlich wie in der Kirche, mit lateinischen

Wörtern. Damit wir uns gleich daran gewöhnen. Und der Zöbinger hat mir bei der Weihnachtsmesse den Selbstbinder heruntergerissen, dann aber wenig Freude daran gehabt und ihn einfach auf den Boden geworfen. Mama hat sich über den Dreck auf dem Selbstbinder gewundert und mich peinlich dazu befragt. Als ich erklärt habe, ich wäre hingefallen, hat sie mich gefragt, warum dann mein Hemd und meine Hose ganz sauber sind. Gott sei Dank hat sie auf mein Schulterzucken hin nicht weiter nachgebohrt, aber beim nächsten Mal werde ich darauf achten, auch den Rest der Kleidung ordentlich mit Dreck zu panieren, um einen Sturz glaubwürdiger darstellen zu können.

Uschi hat einen rosa Schirm, Papa und ich kommen mit einem Hut aus. „Hört eh gleich auf!", erklärt Papa und marschiert mit finsterem Gesicht los.

In der Kirche ist es fast so fad wie immer, nur wenn der Kirchenchor Weihnachtslieder anstimmt, dann fühle ich auch so etwas wie Andacht. Der Herbert steht vorne und darf den Weihrauchkessel schwenken, wahrscheinlich ist er trunken vor Euphorie, weil er ihn in der Hand hält, seit er aus der Sakristei gekommen ist. Warum man allerdings ein Weihnachtslied singt, das davon handelt, dass ein Ross entsprungen ist, das bleibt mir, trotz Weihrauchschwaden, unklar. Weil, in der Krippe, da stehen ein Ochs und ein Esel, von einem Pferd ist gar nirgends die Rede.

Der Pfarrer predigt von Demut und ebenso wie Oma davon, dass viel zu wenige Leute an Christi Geburt denken, wenn sie Weihnachten feiern, sondern nur an Geschenke, an das Fressen und das Saufen. Das donnert er förmlich von der Kanzel, und Oma nickt beifällig. „Sag ich ja immer!", flüstert sie. Papa sitzt nicht mit uns in der Kirchenbank, er steht, wie die meisten Männer, ganz hinten, damit er sich nach der Wandlung rasch davonmachen kann. Das ist in Kastenkirchen so üblich, denn die Männer müssen nach der Kirche noch schnell zum Frühschoppen. Damit sich vor dem Mittagessen noch zwei, drei Bier ausgehen, da muss man sich beeilen und die Messe ein wenig abkürzen. Heute allerdings hat Papa keinen Grund zur Eile, denn zu Weihnachten hat sogar unser Kirchenwirt geschlossen. Das, was der Pfarrer predigt, ist den Männern dennoch wurst.

Als wir dann zum Bahnhof pilgern, immer noch in strömendem Regen, denn es hat nicht aufgehört, wie Papa prophezeit hat, erinnere ich mich daran, dass ich Mama voriges Jahr gefragt habe, warum wir zu Weihnachten nicht einfach später oder gar am Abend essen, wenn es sich so schwer ausgeht mit der Messe und mit den Großeltern. „Weil sich das so gehört!", war die Antwort. „Und weil das die Großeltern so gewohnt sind!" Und dann ist mir noch beschieden worden, dass ich in Zukunft nicht so blöd fragen soll. Mittlerweile weiß ich, dass die meisten Fragen, die ich stelle, so beantwortet werden: Entweder gehört es sich so, oder wir haben das immer schon so gemacht. Meistens beides. Darüber hinaus gehende Erklärungen sind rar.

Die Neustädter Omi kommt in ihrem Pelzmantel kaum über die Treppe vom Waggon herunter. „Gott, wie ich mich freu!", ruft sie schon, noch bevor sie uns überhaupt die Hand reichen kann. „Gutes Benehmen immer gefragt!", sagt sie dann und schiebt den Koffer in Papas Richtung. Die Großeltern bleiben nämlich über Nacht bei uns. Erst morgen geht es weiter zu Onkel Alfons und Tante Hertha. Gott sei Dank hat es zu regnen aufgehört, denn wahrscheinlich würde Omi unter dem Gewicht des Mantels zusammenbrechen, wenn er nass werden würde.

Außerdem riecht er schon trocken etwas merkwürdig. So ähnlich wie die Ministrantenkittel in der Sakristei. Ich strecke Omi die Hand hin, aber das reicht ihr nicht. Sie umarmt mich und drückt mich, sodass mein Gesicht fest in ihren Mantel gepresst wird. „Bist du aber gewachsen!", jubelt sie, während ich um Luft ringe. Seit Allerheiligen, das habe ich selber gemessen, bin ich genau um einen halben Zentimeter gewachsen. Beim Gürtel allerdings um ein ganzes Loch.

„Servus, Rübezahl!" Opi schlägt mir auf die Schulter. Im Mundwinkel hat er eine lange, dünne Zigarre hängen, die ganz enorm stinkt. Ich habe keine Ahnung, warum er mich immer „Rübezahl" nennt. Ich kenne natürlich die Sagen über den legendären Riesen aus dem Erzgebirge, aber wenn man denen Glauben schenken darf, habe ich rein gar nichts mit ihm gemein. „Wieder einmal Weihnachten!", seufzt der Neustädter Opi noch, dann machen wir uns auf den Weg nach Hause. Papa bleibt ein wenig zurück, er kommt mit dem Koffer ganz schön ins Schwitzen, fürchte ich.

Mama legt hastig ihre Schürze ab, als ich in die Küche platze und rufe: „Wir sind da!" Omi umarmt auch Mama, etwas, das bei uns Niedermayrs nicht üblich ist. Wir beschränken uns auf das Händeschütteln, nur Omi ist so überschwänglich. „Der Braten ist gleich fertig. In einer halben Stunde! Setzt euch derweil ins Wohnzimmer!", sagt Mama in einem Tonfall, dass man meinen müsste, sie entschuldige sich. „Aber wegen uns brauchst du dir doch keine solchen Umstände zu machen!", flötet Omi. „Wer's glaubt!", murmelt Papa, der den schweren Koffer ins Wohnzimmer wuchten muss. Das kenne ich schon, „keine Umstände machen". Anstatt dass man sich bedankt, ist es üblich, den Gastgeber oder die Gastgeberin darauf hinzuweisen, dass die Anstrengungen überflüssig sind. Falls aber der Gastgeber sich entscheidet, tatsächlich keine Umstände zu machen, dann ist man tödlich beleidigt und erzählt das auch überall herum. Die Erwachsenen sind manchmal kompliziert.

Dass es kulturell Unterschiede gibt zwischen uns und den Großeltern aus Neustadt, zeigt sich bald. Papa schenkt Rotwein aus einer Doppelliterflasche ein. „Zum Rindsbraten gehört ein guter Roter!", erklärt er lächelnd. Anscheinend hat er sich von seinem Kater schon ein wenig erholt. Omi rümpft die Nase. „Wir trinken halt meistens einen Wein aus der Bouteille, nicht wahr, Alois?" Opi nickt. „Der ist sicher auch in Ordnung!" Omi zieht die Stirn in Falten, sagt aber nichts mehr, als Mama den Braten auf einer Platte hereinträgt.

Ich habe natürlich schon mitbekommen, dass teurer Wein meistens in kleine Flaschen gefüllt wird, die Oma „Bouteille" nennt. Billiger Wein kommt im Doppelliter. Der Mann von der Himmelreicher Heidi, der verkauft Wein von seinem Cousin aus Niederösterreich in solchen Flaschen. Das macht er, sagt Papa, genau so schwarz, wie die Himmelreicher Heidi selber den Frauen die Haare macht. Schwarz heißt, dass man kein Gewerbe angemeldet hat und keine Steuern zahlt. Bei uns kann man fast alle Dienstleistungen schwarz in Anspruch nehmen, denn das Erste, was der Installateur fragt, wenn er zu einer Reparatur ins Haus kommt, ist: „Brauchen S' eine Rechnung?" Wenn man keine braucht, wird die Reparatur schwarz erledigt. Und wir brauchen nie eine.

Damit mir nicht fad wird, hole ich mir den „Huckleberry Finn" herunter und will ein wenig lesen. Aber Opi nimmt mir das Buch gleich aus der Hand. „Ah!", sagt er. „Wir lesen schon die Klassiker! Bist du nicht noch ein bisschen jung für sowas?" Ich schüttle den Kopf. „Ich bin meinem Alter voraus. Beim Lesen." Opi tätschelt mir den Kopf. „War mein Lieblingsbuch, damals. Hat mir die Welt eröffnet!" Ich bin gespannt, ob das auch bei mir so sein wird.

Die Neustädter Omi lobt den Braten zunächst überschwänglich. Mir schmeckt er auch hervorragend, ich brauche sehr viel Preiselbeermarmelade, Nudeln und Soße dazu. Leider bin ich der Erste an der Nudelschüssel und Omi warnt mit erhobenem Zeigefinger: „Gutes Benehmen immer gefragt!" Die Erwachsenen bekommen Kartoffelkroketten, die anscheinend so schwierig herzustellen waren, dass Mama mehrmals fluchen musste und den Tränen nahe war. „Ich mach ihn halt immer mit Rotweinsoße!", bemerkt Omi etwas dann spitz, ein klares Signal an Mama, dass die Soße nicht ihrem erlesenen Geschmack entspricht. „Für uns ist die Soße gut genug!", steckt die Kastenkirchener Oma die Fronten ab. „Und Papierservietten hätten es auch getan!" Demonstrativ legt sie die Stoffserviette beiseite, ohne sie zu benutzen.

Voriges Jahr hat es nämlich eine Debatte über Servietten gegeben, Omi hat gemeint, bei einem festlichen Essen gehören Stoffservietten unbedingt dazu, und Mama und Papa hätten doch zur Hochzeit von ihnen so wunderbare bekommen, aus Leinen, warum man die nicht verwende. Um auf ein anderes Thema zu lenken, schaltet Papa die Beleuchtung der venezianischen Gondel ein, die auf dem Fernseher thront. Die hat Mama zu Weihnachten bekommen, weil wir doch im Sommer in Italien auf Urlaub waren. Seither träumt Mama von einer Reise nach Venedig. „Na, was sagt ihr?", fragt er hoffnungsvoll. „Ich war von vornherein dagegen, dass sie zu den Katzelmachern hinunterfahren!", mault Opa. „Wem's gefällt", kommentiert Omi schulterzuckend.

Ich würde am liebsten wieder zu meinem Legoplan und zu „Old Surehand", aber es muss auf den Nachtisch gewartet werden, den es auch nur zu hohen Feiertagen gibt. Bis es so weit ist, übe ich mich in einer Tugend, über die der Karl May oft und gerne schreibt. Man redet nicht viel, vor allem nichts Unnötiges, stattdessen soll man lieber nachdenken, da klärt sich vieles auch. Omi allerdings versucht mich in ein Gespräch zu ziehen. „Na, seid ihr schon gespannt, was das Neustädter Christkind euch heuer bringt?" Gott sei Dank beginnt Uschi sofort loszuplappern und erklärt, für ihre Puppen bräuchte sie dringend einen Puppenwagen, dann ein Ausgehkleid für ihre neue Puppe und womöglich noch ein Kosmetikset mit Spiegel und Haarbürste. Ich kann mir schon denken, dass ich von den Neustädter Großeltern etwas Praktisches bekomme, was ich gar nicht brauchen kann. Das ist meistens so. „Für die Zukunft!", sagt Omi dann immer, wenn ich beim Auspacken ein dementsprechendes Gesicht ziehe.

Leider wird vor der Nachspeise noch das Wohnzimmer vollgeraucht. Papa raucht eine Zigarette, Opa gibt zur Pfeife ein Hustkonzert und Opi zündet sich wieder eine dieser langen, dünnen Zigarren an. Endlich ist der Obstsalat mit Schlagobers serviert. Die meisten der Früchte kommen natürlich aus der Dose, weil es zu Weihnachten kein frisches Obst gibt. Ich wundere mich ein wenig, dass Omi am Dosenobst nichts auszusetzen hat. Als ich beim Austrinken des Saftes aus der Obstsalatschüssel schlürfe, gibt es doch wieder den erhobenen Zeigefinger. „Gutes Benehmen immer gefragt!" Mama stöhnt, denn sie fasst das natürlich als Kritik an ihrer Erziehung auf, weil sie und Papa es offenbar verabsäumt haben, uns ordentliche

Manieren beizubringen.

Die Bescherung hält, was ich mir von ihr versprochen habe. Ich packe einen Kugelschreiber aus und starre ihn etwas ratlos an. Omi erklärt: „Das ist ein ganz besonders exklusives Modell, den darfst du auf keinen Fall verlieren! Die Minen kann man sogar austauschen, eine Ersatzmine liegt bei." Ich quetsche ein Dankeschön heraus, obwohl wir in der Schule nur Bleistift und Füllfeder verwenden dürfen. Aber vielleicht kann ich den Kugelschreiber für meine schriftstellerische Arbeit brauchen. Omi tippt mit dem Finger gegen ihre Wange, was bedeutet, dass ein Küsschen fällig ist. Ich versuche, ihre Haut möglichst nicht zu berühren, dafür aber umso lauter zu schmatzen. Wider Erwarten bleibt die übliche Ermahnung aus. Uschi hat Möbel für ein Puppenhaus bekommen und kreischt vor Entzücken, während Omi erklärt, dass es sich um besonders hochwertige, auf keinen Fall billige Möbel handle, die sorgfältiger Handhabung und Pflege bedürfen. Wenn Uschi noch zu ungeschickt sei, um damit pfleglich umzugehen, möge man sie wieder in Seidenpapier wickeln und sie ihr später überreichen, wenn sie reif genug dafür sei.

Ich habe noch ein zweites Päckchen bekommen, in dem offensichtlich ein Buch steckt. Halleluja! Endlich etwas Vernünftiges! Mit dem „Old Surehand" bin ich nämlich spätestens morgen durch, und die Bibliothek hat über die Feiertage geschlossen. Als ich das Buch aber ausgepackt habe, bin ich etwas ratlos. „Der neue Elmayer" heißt das Buch, und darunter steht: „Gutes Benehmen immer gefragt". Ob das ein spannender Roman ist? Ich öffne das Buch, aber Omi erklärt schon: „Jetzt, wo du ins Gymnasium gehst, musst du wissen, wie man sich anständig benimmt. Und da steht alles drinnen, was man für das Leben in der

Gesellschaft braucht!“ Mama steht auf. „Heißt das, wir wissen nicht, wie man sich ordentlich benimmt?“ Ihre Stimme ist schrill, sie wirft ihre Stoffserviette auf den Tisch und knallt beim Hinausgehen die Tür hinter sich zu, dass die Glasscheiben zittern. „Tss, tss!“, macht Omi und schüttelt den Kopf. „Gutes Benehmen immer gefragt!“ Papa schenkt allen Männern noch Rotwein ein, die Doppelliterflasche ist jetzt leer.

Viel Zeit zum Schmollen hat Mama nicht, denn nach dem Abwaschen und Aufräumen der Küche muss sie für Kaffee und Kuchen sorgen, wobei Oma ihr hilft. Omi bleibt lieber im verrauchten Wohnzimmer. Und als dann der Kaffee getrunken ist und ich die letzten Kaffeehäferl in die Küche trage, sitzt Mama heulend auf der Küchenbank und schnieft: „Schon wieder eine Ladung Abwasch! Und dann geht es gleich mit der Jause weiter. Weil die Herrschaften natürlich auch ein Abendessen wünschen!“ Ich habe das Gefühl, dass das Verhältnis zwischen Mama und ihrer Mutter während des heutigen Tages nicht gerade herzlicher geworden ist. „Ich trockne ab!“, biete ich an. „Und zum Abendessen könnte ich Brote herrichten!“ Mama lächelt. „Im Ernst? Kannst du das denn?“ Ich nicke eifrig und lasse gleich einmal heißes Wasser in die Abwasch laufen. Irgendwer muss schließlich dafür sorgen, dass Mama auch ein bisschen was von Weihnachten hat.

Bei den Brötchen habe ich vor, etwas Besonderes zu bieten. Man sieht sich ja nicht umsonst Kochsendungen im Fernsehen an. Und da habe ich gesehen, wie der Koch für belegte Brötchen Käsestücke mit einem Keksausstecher ausgestochen hat. Die Ausstecher sind von der Weihnachtsbäckerei noch ganz oben in der Schublade, ich nehme einen Tannenbaum, einen Stern und einen Kometen. Unter den Käse kommt, was ich eben so finde,

Butter, Wurst, kalter Schweinsbraten, Geselchtes und so weiter. Damit ein wenig Farbe ins Spiel kommt, lege ich auch Scheiben von Essiggurken darauf. Dann muss ich sehen, was ich in der Speisekammer noch finde. Sehr gut. Da sind roter Paprikasalat, gelbe Maiskölbchen und silberne Perlzwiebeln. Das wird alles sorgsam auf die Brote drapiert.

„Heiliges End!“, ruft Mama, als sie einmal nachsehen kommt, was ich so treibe. „Du hast alles aufgemacht, was ich schon für Silvester eingekauft habe!“ Ich halte inne und schweige, denn ich erinnere mich an die alte Karl-May-Tugend: Wenn es nichts zu sagen gibt, dann besser den Mund halten!

Plötzlich aber reagiert Mama völlig anders, als ich es erwartet habe. Sie umarmt mich und fängt zu schluchzen an. Ich werde ein wenig steif, weil ich nicht weiß, was das zu bedeuten hat. Sie streicht mir übers Haar. „Du guter Bub!“, flüstert sie. „Der Einzige, der mir hilft, und ich schnauz dich auch noch an! Noch nie hab ich so schöne Brote gesehen, noch nie! Wie bist du denn auf die Idee gekommen?“ „Fernsehkoch!“, antworte ich wahrheitsgemäß. Mama schiebt mich an den Schultern weg von sich, ihr Lächeln ist noch tränennass. „Ich bin richtig stolz auf dich, weißt du das? Gutes Benehmen ist, wenn man hilft, wenn Hilfe gebraucht wird, oder? Und wir haben ja Omi noch gar nichts von deinem Sieg beim Aufsatzwettbewerb erzählt!“

Und schon stecke ich wieder in einem Schlamassel. Ich habe nämlich, als Mama beim Friseur war, die Omi – trotz strengsten Verbotes wegen des teuren Ferngesprächs – angerufen und ihr erzählt, dass ich bei einem Aufsatzwettbewerb gewonnen habe und mein Aufsatz im Seeklausener Boten abgedruckt ist. Am besten ist, reinen Tisch zu machen, solange Mama gütig gestimmt ist. „Ich hab's ihr schon erzählt. Ich hab telefoniert. Ich weiß, ich hätt nicht dürfen, aber ..." Es gelingt mir, betreten zu schauen, und Mama streicht mir abermals übers Haar. „Versteh ich doch!", sagt sie. Als wir wieder ins Wohnzimmer kommen, werden die Brötchenplatten ausgiebig bestaunt, sogar Omi verschlägt es die Sprache. Papa ist gerade draußen auf der Terrasse, ein paar Flaschen Bockbier hereinholen, und Opa sagt: „Ganz normal ist er aber nicht, der Bub!"

2 Der Opel vom Onkel Alfons

Als er das Zimmer verlassen wollte, stieß er gegen irgendwas, das halb unter dem Bett gelegen sein musste. Es schepperte. Er kniete sich hin, um nachzusehen. Unter dem Bett lag eine dicke Staubschicht, doch er musste bergen, was er da erahnte. Das musste ... ja, genau! Es war eines seiner alten Spielzeugautos. Stöhnend richtete er sich wieder auf und klopfte den Staub von seinen Ärmeln. Das Modell war ein amerikanischer Straßenkreuzer, ein Oldsmobile mit Federung und vier Türen, die man alle öffnen konnte. Die Türen waren noch da, aber das Dach war abgerissen. Er erinnerte sich, dass bei etwas wilderen Spielen auf der Terrasse das Dach angeknackst war, und er hatte dann aus dem Oldsmobile ein Cabrio gemacht. Er hatte ziemlich viele Spielzeugautos gehabt, die meisten Geschenke von Eltern, Tanten und Onkeln zu den verschiedensten Anlässen, und er hatte auch gern damit gespielt. Meistens alleine, denn Spielen hatte ihm immer dann am meisten Spaß gemacht, wenn ihm niemand dreinredete. Und bei einem Rennen auf der Terrasse musste das Unglück mit dem Dach des Oldsmobiles passiert sein. Es war oft genug vorgekommen, dass sich Autos auf den unebenen Terrassenfliesen überschlagen hatten, sogar solche mit Federung.

Am zweiten Weihnachtsfeiertag werde ich leider schon vor acht Uhr geweckt. Diesmal ist es Uschi, die ohne anzuklopfen hereinplatzt. „Du sollst zum Frühstück kommen. Und wenn du nicht in fünf Minuten unten bist, dann kriegst du eine Strafe!“ Im Arm hält Uschi ihre neue Puppe, deren rechter Arm schon wieder gefährlich lose im Gelenk baumelt. „Halt die Klappe!“, sage ich. „Und wenn ich eine Strafe bekomme, dann spül ich den Arm von deiner Puppe im Klo hinunter!“ Uschi kreischt und flüchtet aus meinem Zimmer. Ständig wartet sie darauf, dass ich für irgendwas eine Strafe bekomme, es ist nicht auszuhalten mit dieser Schwester. Ich weiß wirklich nicht, warum sie sich andauernd Strafen für mich herbeiwünscht, was hat sie denn davon?

Gestern Nacht habe ich noch den „Old Surehand“ ausgelesen, deswegen bin ich noch nicht ganz wach. Wie erwartet sind Winnetou und Old Shatterhand auch diesmal mit dem Leben davongekommen, die Bösewichte wurden ihrer gerechten Strafe zugeführt.

Im Buch von Omi habe ich auch schon ein wenig geblättert. Es ist zwar keine spannende Geschichte, dennoch aber nicht uninteressant. Ein Mensch muss pünktlich sein, steht darin, seiner Meinung sicher Ausdruck geben und Geschmack zeigen. Da tauchen, meiner Meinung nach, schon die ersten Schwierigkeiten auf. Das mit der Pünktlichkeit ist für mich kein Problem, außer ich bin gerade mitten in einem spannenden Buch. Aber wenn ich meiner Meinung sicher Ausdruck gebe, heißt es zu Hause, Kinder hätten gar nichts zu wollen oder mitzureden, und in der Schule kriege ich dafür eine Betragensnote. Anscheinend gibt es für Kinder ein eigenes gutes Benehmen. Ich bin gespannt, ob auch darüber in dem Buch was steht.

Heute gibt es eine große Ausnahme vom üblichen Tagesablauf: Es wird nicht zu Mittag gekocht! Mama muss sich nur um das Frühstück kümmern, zu Mittag gibt es einen Imbiss aus Resten, und dann geht es los zu Onkel

Alfons und Tante Hertha nach Kreuzstetten. Dort trifft sich die ganze Familie meiner Mutter, die Kastenkirchener Großeltern bleiben zu Hause. Ihnen wäre dort eh zu viel Wirbel, sagt Oma. In Wirklichkeit kann sie die Verwandten in Kreuzstetten nicht ausstehen, die Tante Hertha ist eine heuchlerische Schlange, sagt sie, und der Alfons ein unverfrorener Angeber.

Was den Angeber betrifft, sollte Oma recht behalten. Während des Frühstücks läutet nämlich das Telefon. Ich schaffe es, vor Uschi am Hörer zu sein. „Niedermayr!", rufe ich hinein, „Siegfried am Apparat!" „Ah, der Sigi!", schnauft Onkel Alfons ins Telefon. „Geh, richtest deinen Eltern aus, wir holen die Großeltern mit unserem neuen Auto ab." „Ihr habt ein Auto?", rufe ich, und plötzlich wird es still in der Küche. „Ja, freilich!", sagt der Alfons. „Und damit die Großeltern es schön bequem haben, holen wir sie mit dem Opel ab. Um halb eins, sag's ihnen, dass sie sich richten. Und Essen gibt's bei uns!" „Und was ist mit uns?", frage ich. Am anderen Ende pfeift und röchelt es. Der Alfons ist sehr stark übergewichtig und hat's mit der Lunge. „Ja, ihr müsst schon mit dem Zug fahren. Für so viele Leute ist nicht Platz in unserem Auto! Ich hab ja keinen Bus gekauft!" Noch einmal versucht er ein Lachen, das aber in einem Hustenanfall endet. „Gib einmal her!" Mama steht neben mir und streckt die Hand nach dem Telefonhörer aus, aber Onkel Alfons hat schon aufgelegt.

Mama steht schwer atmend in der Küche. „Hast du das gehört, Adolf? Meine Schwester hat ein Auto. Bald sind wir die Einzigen in der Familie, die keines haben!" „Also, ich finde das schon sehr nett vom Alfons, dass er uns abholt!", gießt Omi Öl ins Feuer. „Ein Auto, ein Auto!", kreischt Uschi. „Ich will mitfahren! Ich will mitfahren!" Omi nimmt Uschi auf den Schoß. „Für dich wird schon noch Platz sein!“ Sie streicht Uschi über den Kopf. „Ja!“ Papa schaut auf die Uhr. „Dann müssen wir wohl den früheren Zug nehmen, nicht wahr!“ Er steht auf und verschwindet aus der Küche, bevor Mama ihm noch mehr Vorwürfe machen oder Omi weitere spitze Bemerkungen fallen lassen kann. Ich höre noch, wie er im Wohnzimmer die Glasvitrine öffnet, dann klirrt es leise. Papa hat sich zur Bewältigung der Krise selber einen Schnaps verordnet.

Es bleibt nicht mehr viel Zeit, denn mit dem Zug brauchen wir um eine halbe Stunde länger nach Kreuzstetten, also müssen wir aufbrechen, noch bevor Onkel Alfons angekommen ist, wenn wir gleichzeitig ankommen wollen. Ich lese vor dem Anziehen noch schnell einen Abschnitt über die Schule im Benimmbuch, aber da steht leider nur was über Lehrer, wie sich Schüler richtig benehmen, ist anscheinend nicht so wichtig, dass man in einem Buch darüber schreiben würde.

Im Zug sind wir jetzt nur zu dritt, denn Mama hat sich telefonisch versichert, dass Uschi im Auto mitfahren kann. Es herrscht ziemlich eisiges Schweigen. Ich fühle mich unwohl, denn ich stecke schon wieder in Hemd, Krawatte und Sakko. Darüber noch der kratzige Wintermantel. Weil die Straßen noch voller Matsch sind, habe ich nasse und eiskalte Füße. Für Silvester sind starker Schneefall und große Kälte vorhergesagt. „Nichtraucher!“, zischt Mama, als sich Papa eine Zigarette in den Mund schiebt. „Trotzdem stinkt's hier!“ Mama schnuppert in die Luft des weitgehend leeren Waggons. „Wenn wir auch ein Auto hätten, könnten wir uns das ersparen. Diesen Gestank und diesen Dreck hier.“ Papa schweigt und starrt zum Fenster hinaus. Ich bohre mit dem Finger in einem Loch in der Polsterung und bin hin- und hergerissen zwischen der Karl-May-Tugend – zu schweigen, wenn es nichts zu sagen gibt –

und dem Ratschlag aus Omis Buch, nach dem man seiner Meinung sicher Ausdruck geben soll. „Der Mercedes vom Kirchenwirt, der stinkt aber auch!“, erkläre ich wahrheitsgemäß. „Wer hat dich denn gefragt, du Klugscheißer!“, platzt es aus Papa heraus. So weit zum Thema „Gutes Benehmen immer gefragt“. Ich muss zu Hause dann einmal nachschlagen, ob das Beschimpfen von Kindern auch zum guten Benehmen gehört.

Bis wir aus dem nächsten Bahnhof fahren, wird geschwiegen. „Wenn ich auch halbtags arbeiten würde, dann ...“ Papa gestikuliert mit beiden Armen, denn schreien kann er im Waggon nicht. „Ich hab es schon so oft gesagt!“, antwortet er flüsternd. „Der Herr im Haus bin ich, und es wird getan, was ich sage! Und dass du mir arbeiten gehst und womöglich fremde Leute bedienst und ich mir dann sagen lassen muss, dass ich meine Familie nicht ernähren kann, zu Tode schämen müsste man sich!“ Mama schüttelt nur den Kopf unter ihrem neuen Hut, der ihr, wie ich finde, gut steht. Ich nehme noch einmal einen Anlauf in Bezug auf „Meinung sicher Ausdruck geben“. „Der Hut, der steht dir gut!“, sage ich zu Mama. Sie sieht mich an, rückt ihn ein wenig zurecht und lächelt.

„Ja, für das, was er gekostet hat, muss er das auch tun! Ich geh hinaus, eine rauchen!“ Papa steht auf und knallt die Waggontür hinter sich zu. Jetzt muss er draußen im eiskalten Fahrtwind stehen, aber das ist ihm anscheinend lieber, als mit uns zu reden. Mama seufzt. „Was würdest denn du davon halten, wenn ich arbeiten gehe?“, fragt sie und drückt mich an sich. Das Kompliment hat anscheinend liebevolle Gefühle in ihr ausgelöst. Aber ich bin weder gewohnt, um meine Meinung gefragt zu werden, noch, gedrückt zu werden, deswegen bin ich ein wenig verwirrt und reagiere unüberlegt. „Und wer kocht uns dann das

Mittagessen?“ Mama lässt mich los und schiebt mich von sich weg. „Du bist halt auch nur ein Mann!“ Auf ihrer Stirn ist eine tiefe senkrechte Falte aufgetaucht. „Immer denkt ihr nur an euch. Niemals denkt jemand an mich. Was ich will, was ich brauche, was ich für Ziele habe. Ich bin für euch nur der Putzfetzen.“ Jetzt starrt Mama gedankenverloren zum Fenster hinaus. Leider fällt mir im Moment keine schlagfertige Antwort ein, die Mama aufheitern könnte. Immerhin, sie hat gesagt, ich sei ein Mann. Das ist ja auch schon etwas.

Als wir in Kreuzstetten ankommen, macht uns Lilli, meine zwei Jahre ältere Cousine, die Tür auf. Das ist die Tochter von Tante Hertha, und ich bekomme rote Ohren, denn zu Allerheiligen hat mich Lilli auf den Mund geküsst, als wir zusammen ein wenig im Hof hinter dem Wirtshaus gespielt haben. Sie ist danach gleich davongerannt, und so bin ich mir jetzt ein wenig unsicher, in welchem Status sich unsere Beziehung befindet. In gar keinem, merke ich gleich, denn Lilli starrt mich nur kurz an, sagt „Grüß euch!“, dreht sich um und läuft wieder hinein. Glaubt sie etwa, ich hätte jemandem von unserem Moment erzählt?

„Grüß euch!“, schallt es auch aus der Küche, als wir unsere Mäntel aufhängen. „Ich bin gerade trawig!“ Trawig, das ist ein Wort aus unserem regionalen Dialekt und bedeutet, dass man es eilig hat. Das Erste, was Mama sagt, als sie die Küche betritt, ist: „Hast eine Schürze für mich?“ Tante Hermi aus St. Edelgund ist auch da und rührt gerade in einem Topf voller Knödel. Die drei Schwestern nehmen sich nicht einmal Zeit, um einander die Hände zu schütteln. Tante Hertha kniet vor dem Backrohr, um zu prüfen, ob die Kruste vom Schweinsbraten schon schön knusprig ist. Mir läuft das Wasser im Mund zusammen.

„Männer, raus aus der Küche!“, kommandiert Tante Hertha und wedelt mit einem Geschirrtuch vor meinem Kopf herum. „Der Siegfried, der wär aber zu was zu brauchen in der Küche!“, verteidigt mich Mama. „Aber geh!“ Tante Hermi hebt einen Knödel aus dem Wasser. „Ich glaub, die sind bald durch!“

Ich gehe wieder in die Stube, denn so heißt das Wohnzimmer bei Tante Hertha. Lilli sitzt auf der Couch und hat ihren Kopf hinter einem Micky-Maus-Taschenbuch versteckt. Ich setze mich neben sie und frage: „Was liest du denn da?“ Im gleichen Moment fällt mir ein, dass eine dümmere Frage gar nicht denkbar gewesen wäre. Lilli ignoriert mich. Papa hat sich zu Onkel Fredi gesetzt, das ist der Mann von Tante Hermi, und der hat ihm gleich ein Bier eingeschenkt. „Trinkst eh einen Bock? Prost!“ „Wo sind denn der Lois und der Peter?“, frage ich. Das sind die Söhne von Onkel Alfons und Tante Hertha. „Na, die sind im Auto mitgefahren, die Großeltern abholen. Nicht um alles in der Welt hätten sie sich davon abbringen lassen!“ So ist das also. Damit der Peter und der Lois eine Gaudi haben beim Autofahren, müssen wir mit dem Zug fahren.

„Sie kommen!“, ruft Onkel Fredi und deutet zum Fenster. Sofort stehen die beiden Männer auf, ich folge ihnen hinaus. Strahlend übers ganze Gesicht quält sich Onkel Alfons mit hochrotem Kopf aus dem Wagen und deutet mit großer Geste auf sein neues Auto. „Na, was sagst!“ Zärtlich streicht er über einen Kotflügel und vergisst ganz darauf, seiner Schwiegermutter die Hand zu reichen. Das Auto hat nämlich nur zwei Türen, und so ist es ein bisschen mühsam, von der hinteren Bank durch die vordere Tür herauszuklettern, vor allem mit dem dicken Pelzmantel, den sie anscheinend die ganze Fahrt über anbehalten hat. Ich reiche ihr die Hand. „Gutes Benehmen immer gefragt!“, lächelt Omi und patscht mir auf den Kopf. „Hat anscheinend schon gewirkt, das Buch!“

Papa und Onkel Fredi sind schon in ein fachmännisches Gespräch über das Auto vertieft. Onkel Alfons klopft auf die Motorhaube. „64er Baujahr. Opel Rekord. Aber wie neu, keine 40.000 Kilometer. Und 50 PS, geniale Straßenlage! Wie ein Amerikaner! Nur 30.000 hat er gekostet. Weißt, der ist von einem, der an Lungenkrebs gestorben ist. 40 Jahr war er erst alt. Und die Witwe hat keinen Führerschein!“ Onkel Alfons lacht, das Lachen geht aber schnell in einen heftigen Husten über. Die beiden anderen Männer nicken anerkennend, während sie sich Zigaretten anzünden, weil Tante Hertha das Rauchen in der Stube strikt untersagt hat.

„Du musst dir einmal den Tacho anschauen!“, schreit mir Peter ins Ohr. „Wenn du unter 50 fährst, dann ist der Balken grün. Und dann ist er gelb. Und bei 100 wird er rot! Wir sind heute schon zweimal über 100 gefahren, auf der langen Geraden kurz vor Kreuzstetten!“ Ich habe keine Ahnung, wovon die zwei reden, denn auch Lois lässt in einem Redeschwall Einzelheiten über das Auto auf mich einprasseln. „Die Fluchtgeschwindigkeit aus der Erdanziehungskraft ist aber 40.000 Stundenkilometer!“, trumpfe ich auf. „Die Apollo-Kapsel ...“ „Was redet der Trottel?“, sagt Peter zu Lois, und die beiden laufen ins Haus. Scheint so, als ob auch hier Schweigen die beste Taktik gewesen wäre.

Autos, ein Auto zu besitzen oder eben nicht zu haben, das war in seiner Kindheit ein großes Thema gewesen. Er konnte sich noch genau erinnern: In seiner Volksschulklasse hatte es nur drei Mitschüler gegeben, deren Eltern ein Auto besaßen. Das waren die Söhne vom Arzt, vom Kirchenwirt und vom Bankdirektor, deren Väter hatten sich ein Auto leisten können. Der Sohn vom Bankdirektor hatte immer mit dem Mercedes seines Vaters angegeben, was den aber nicht daran gehindert hatte, denselben nach einer feuchtfröhlichen Sitzung beim Kirchenwirt gegen die Mülltonnen vor dem Wirtshaus zu lenken. Das war natürlich Stadtgespräch gewesen, hatte aber keine weiteren Folgen gehabt. Die Gendarmen des örtlichen Postens hatten selbstverständlich alle Kredite bei der einzigen Bank im Ort laufen, und so hielt man sich bei den Ermittlungen vornehm zurück. Der Wirt hatte auch keine Anzeige erstattet, die Bank war ja mit ihren Kunden- und Mitarbeitertreffen ein guter und gern gesehener Gast. Der Wirt übrigens hatte selber auch einen Mercedes, aber einen Kombi, der unglaublich schepperte und eine schwarze Rauchfahne hinter sich herzog.

Seine Mutter hatte oft darüber geklagt, dass sie – vor allem im Winter – alle Wege zu Fuß zurücklegen musste, den schweren Einkauf nach Hause zu schleppen hatte, und das alles auch noch für die Großeltern, die nicht mehr so gut zu Fuß waren. Auf Urlaub waren sie mit dem Bus gefahren, was zu einer nicht enden wollenden Flut von Vorwürfen Papa gegenüber geführt hatte. Eine Busreise war Mama einfach nicht fein genug. Dazu kam, dass Papas Meinung nach Frauen nichts am Steuer eines Autos verloren hatten, und Mama hatte auch keinen Führerschein. Die lang andauernden Debatten liefen immer auf das Gleiche hinaus – Mama hatte darauf hingewiesen, dass Frauen alles konnten, was Männer taten, und Papa hatte gekontert, dass sie mit diesen Flausen von der Gleichberechtigung, die sie nur aus dem Fernseher haben könne, gar nicht anzufangen brauche. Es war eine schwierige Zeit gewesen.

Später war er gelegentlich in Onkel Alfons' Auto mit-

gefahren, und weil es die ersten Autofahrten seines Lebens gewesen waren, waren sie ihm gut im Gedächtnis geblieben. Der Wagen war rot gewesen und hatte ein schwarzes Dach gehabt. Vorne gab es eine durchgehende Sitzbank, denn die Handbremse und der Hebel für die Dreigangschaltung saßen rechts vom Lenkrad. Natürlich gab es keine Sicherheitsgurte und keine Kopfstützen. Kein Wunder, dass es damals sechsmal so viele Tote auf den Straßen gegeben hatte als heute. Tempolimit gab es auch keines, und so konnte man auch auf Landstraßen mit Vollgas dahinbrettern, ohne dass die Gendarmerie einschritt.

Der Schweinsbraten ist wirklich wunderbar. Ich brauche mich gar nicht um einen Nachschlag zu bemühen, denn Tante Hertha schaufelt mir immer wieder etwas auf den Teller, noch bevor er leer zu werden droht. „Iss nur, Bub!", sagt sie. Peter stößt Lois mit dem Ellbogen an und flüstert, „Gleich platzt er, die fette Sau!" Voriges Jahr, erinnere ich mich, war mit den beiden noch ganz gut auszukommen, aber heuer tun sie alles, um mir unsympathisch zu werden.

„Vorsicht!", mahnt Mama, als Onkel Alfons Papa wieder einmal nachschenkt. „Das Bockbier ist stark. Du hast eh die letzten zwei Tage genug getrunken!" Papa schüttelt unwillig den Kopf und nimmt einen großen Schluck. „Na, mir scheint", grinst Onkel Alfons, „dass du zu Hause nicht viel zu sagen hast, Adi. Stehst leicht unter dem Pantoffel?" „Kannst mir gleich nachschenken!" Papa leert sein Glas in großen Schlucken und schiebt es Onkel Alfons hin. Der zuckt mit den Schultern. „Wie du meinst!"

Nach dem Essen stellt Tante Hertha eine große Platte mit Weihnachtsbäckereien auf den Tisch, und dann gibt es zum dritten Mal Kerzen am Christbaum, Weihnachtslieder und Bescherung. Papa singt laut und falsch, wahrscheinlich hat er doch schon wieder zu viel Bockbier getrunken. Onkel Alfons geht gleich nach „Leise rieselt der Schnee“ vors Haus, erstens, weil er durch sein Husten den Gesang stört, und zweitens, um eine Zigarette zu rauchen. „Hier, für dich!“ Tante Hertha drückt mir ein sehr kleines Paket in die Hand. Als ich es rasch aufreiße, entfährt mir ein Schrei der Begeisterung. Es ist ein Modellauto drin, ein großes, hellblau mit einem weißen Streifen, und man kann alle vier Türen öffnen! Nachdem ich es aus dem Karton genommen habe, entdecke ich, dass die Räder sogar gefedert sind! Das wird wunderbar laufen, wenn ich in meinem Zimmer das nächste Rennen veranstalte! „Bedank dich bei der Tante!“, verlangt Mama, und Tante Hertha hält mir die Wange hin, auf die ich leicht angeekelt einen Kuss drücke.

Es dauert nicht lange, bis sich auch die anderen Männer vors Haus zurückziehen, um zu rauchen, sogar Opi geht mit. Seine langen, dünnen Zigarren dauern viel länger als die Zigaretten der anderen, und so müssen sie wahrscheinlich länger draußen bleiben und drei oder vier Zigaretten rauchen, bis Opi mit seiner Zigarre fertig ist. Am Klirren in der Speisekammer kann man hören, dass sie sich zuvor noch mit Bier versorgen. Lilli ist verschwunden, und Peter und Lois sind mit den Männern hinausgegangen. Gelegentlich höre ich einen von ihnen gegen einen Ball treten oder laut „Tor!“ brüllen. Ich bin mit den Frauen alleine, drehe mein Modellauto in den Händen und weiß nichts Rechtes mit mir anzufangen. „Gott, ich hätte ja fast darauf vergessen!“ Mama zieht ihre Handtasche heran und holt ein Kuvert heraus. Drinnen steckt die Seite aus dem Seeklausener Boten mit meinem Aufsatz. Sie reicht das Blatt meiner Tante Hertha. „Der Sigi hat einen Aufsatzwettbewerb gewonnen, einen ganzen Spielekoffer haben sie ihm geschickt! Komm halt einmal her!“

Das gilt mir. Unter vielen „Ah!“ und „Oh!“ wird das Blatt herumgereicht, und meine Tanten können nicht darauf verzichten, mir über den Kopf zu streichen wie einem Baby. „Weißt aber schon, Bub, als Schriftsteller, da verdient man nicht viel! Gescheiter ist, du gehst zum Fernsehen!“, meint Tante Hermi. Tante Hertha seufzt. „Wenn meine Buben wenigstens ihre Aufsätze für die Schule zusammenbringen täten, da wär ich schon glücklich!“ Ich hingegen bin glücklich, dass ich nicht in Kreuzstetten wohne, denn sonst müsste ich womöglich die Hausaufgaben für den Lois und den Peter schreiben.

Nachdem die Begeisterung abgeklungen ist und die Damen ein anderes Gesprächsthema gefunden haben, setze ich mich auf die lange Bank, die an einer Wand der Stube entlangführt, und lasse mein neues Oldsmobile darauf gleiten. Es fährt lautlos und geradeaus. Vor dem Fenster lachen die Männer. „Wenn der Franz noch leben täte“, sagt Onkel Alfons, „dann wäre er der Erbe vom Hof gewesen. Dann könntest nicht so bequem bei deinen Eltern hausen!“ Ich horche auf. Mit wem hat er gesprochen? „Davon reden wir nicht“, sagt Papa. „Die Alten nicht und wir auch nicht. Ich war ja erst zwölf, wie er ...“ „Und wie schaut’s bei euch im Fußball aus?“, wechselt Onkel Fredi das Thema. „Kommt’s ihr noch vom letzten Platz weg oder war’s das?“

Wovon haben die da draußen geredet? Ich kenne keinen Franz! Schon gar keinen, der gestorben ist und den Schmidbauernhof erben hätte können. Schmidbauer, das ist unser Hausname, obwohl wir Niedermayr heißen. Jeder Bauernhof in Kastenkirchen hat einen Hausnamen, und man sagt zum Beispiel „Adolf Niedermayr vulgo Schmidbauer“. Aber warum kenn ich diesen Franz nicht? Wenn er zur Familie gehört hätte, dann würde es ja wohl Fotos von ihm geben, die Oma hat ja auch Fotos von uns allen und sogar von ihren Eltern im Vorhaus aufgehängt. Da muss ich, glaube ich, demnächst einmal ein bisschen nachforschen.

Ich überlege, ob ich Lilli in ihrem Zimmer einen Besuch abstatten soll. Vielleicht könnte man das mit dem Kuss ja wiederholen, immerhin bin ich seit Allerheiligen schon um einiges reifer geworden. Leider traue ich mich nicht. „Und was machst du mit den Kindern?“, schnappe ich plötzlich eine Frage meiner Mama auf. Ich dränge mich an den Tisch und versorge mich mit drei, vier Keksen, damit ich weiter unauffällig zuhören kann. „Die sind bei der Mutter vom Alfons, die ist froh, wenn sie was zu tun hat!“ Mama seufzt. „Ich würde ja auch gerne arbeiten gehen, aber der Adolf lässt es nicht zu. Dabei könnten wir leicht einen Kredit für ein Auto aufnehmen, wenn ich was dazuverdiene! Und ich hätte die Großmutter sogar im Haus, die tät sich freuen, wenn die Kinder öfter bei ihr wären!“ „Was ihr immer habt mit euren Autos!“, mischt sich Omi ein. „Wir haben gar keinen Führerschein, der Alois und ich, uns geht ein Auto nicht ab! Wo sollten wir denn damit hinfahren?“

Mama erklärt ihr ein wenig spitz, dass Omi ja das Lebensmittelgeschäft direkt vor der Haustür habe und auch nicht für einen ganzen Haufen Leute einkaufen müsse. Und weil ihr Alois ohnehin jedes Jahr eine Kur genehmigt bekomme, bestehe auch kein Bedarf an Urlaub im Ausland. Jetzt entspinnt sich eine Debatte darüber, ob man Urlaub braucht, wer ihn nötiger braucht als andere und welches Verkehrsmittel man dafür benutzen soll. „Die Neu Heidi, meine Kollegin in der Firma“, erklärt Tante Hertha, „die ist schon einmal in Amerika gewesen! Mit dem Flugzeug! Stellt euch das einmal vor!“ „Kein Wunder“, erklärt Tante Hermi. „Du hast mir ja auch erzählt, dass sie sich den Sohn vom Chef geangelt hat! Das hätten wir auch machen sollen!“ Alle lachen. „Ja, vor allem du, Traudi. Du bist doch die Hübscheste von uns dreien! Du hättest dir einen Millionär angeln sollen!“ Wieder Gelächter. Tante Hertha steht auf. „Jetzt trinken wir einen Eierlikör! Was die Männer können, das können wir auch!“

Einmal in einem Flugzeug fliegen, das wäre ein Traum. Wenn man schon nicht Astronaut werden kann. Ich habe im Fernsehen gesehen, dass jetzt ein Überschallflugzeug gebaut werden soll, Concorde heißt es. Damit kann man dann in drei Stunden von Paris nach New York fliegen. Für die Passagiere gibt es Champagner und Kaviar und Lachs, nur vom Feinsten. Und die schönsten Frauen der Welt servieren dir das alles in kurzen Röcken. Ich meine, die kurzen Röcke, das ist ja eigentlich Nebensache. Bei uns im Klo, da hängt ein Kalender von unserem Lebensmittelgeschäft, da ist für jedes Monat ein Bild von einer großen Hauptstadt drinnen. New York und Paris und London und Rom. Wenn ich mir die Bilder anschaue, werde ich immer ganz sehnsüchtig. Aber daraus wird wohl nie was werden, wie soll sich ein Sigi Niedermayr aus Kastenkirchen Flüge in die weite Welt leisten können?

Seinen ersten Flug hatte er viel früher erlebt, als er sich das damals hätte vorstellen können. Die Maturareise war es gewesen, von Athen nach Hause. Er würde den ersten Sonnenaufgang über den Wolken, den er erlebt hatte, nie vergessen. Die Hinreise hatte man noch mit dem Zug zurückgelegt, ohne Umsteigen von Salzburg nach Athen im Akropolis-Express. Über 40 Stunden im Sitzabteil. Den Akropolis-Express gab es nicht mehr. Heute konnte man diese Strecke mit öffentlichen Verkehrsmitteln nur mit fünf-

mal Umsteigen und einer Fähre von Italien nach Griechenland zurücklegen.

Später war er in seinem Leben mehr geflogen, als der Erde guttat. Er war auf allen Kontinenten gewesen und hatte fast alle europäischen Hauptstädte besucht. Seine Reisen waren mit das Schönste, das er erlebt hatte, und er hatte keine einzige von ihnen bereut. Niemals hätte er sich als Zehnjähriger gedacht, dass ihm das einmal möglich sein würde.

Die Frauen debattieren weiter über ihre Arbeit, während die Männer vor dem Fenster lachend und trinkend beieinanderstehen. Dass es ihnen nicht zu dumm ist, draußen in der Kälte bleiben zu müssen. Oder reden sie lieber unter sich über Fußball, Frauen und Autos? Ich kann ja mit Fußball nicht viel anfangen. Aktiv nicht, dazu bin ich zu ungeschickt, und passiv schon gar nicht. Papa hat mich einmal auf den Fußballplatz mitgenommen, zu einem sogenannten Derby. Es hat geregnet, und mir war furchtbar langweilig und entsetzlich kalt. Die Fußballspieler haben sich im Schlamm gewälzt, und man konnte nach kurzer Zeit die beiden Mannschaften nicht mehr auseinanderhalten. Das einzig Angenehme waren die Bratwürstel in der Halbzeitpause. Zum Glück hab ich nie wieder mit auf den Fußballplatz müssen, obwohl auch das in Papa die Sorge geschürt hat, dass ich kein normaler Mann werde.

„Mir genügt das, was ich mit meinen Privatzimmern verdiene!“, erklärt Tante Hermi aus St. Edelgund. „Wir haben das ganze Jahr Wallfahrer da, und im Sommer kommen auch die Wanderer und Sommerfrischler. Und wenn Durchreisende nur eine Nacht bleiben, dann meld ich sie gar nicht an, damit ich ein bisschen was für meine Schwarzgeldkassa zusammenbekomme. Mit dem Geld kann ich dann jedes Jahr ein Zimmer renovieren.“ „Aber angehängt bist doch die ganze Zeit, sogar am Wochenende!", gibt Omi zu bedenken. Tante Hermi zuckt mit den Schultern. „Ich mach's gerne! Manchmal setzen wir uns mit den Gästen am Abend auf der Terrasse zusammen, da ist es richtig gemütlich. Oft hat einer ein Instrument dabei, und dann wird gesungen!"

Ich war vorigen Sommer eine Woche bei Tante Hermi und habe mir mit Geschirrabtrocknen jeden Tag fünf Schilling verdient. Das hat mir gut gefallen. Einmal waren sogar Gäste aus England da, und wenn ich nächstes Jahr wieder zur Tante fahre, kann ich mit denen schon Englisch reden, weil die Tante Hermi und ihr Mann, die können es nicht. Mit den Engländern war es manchmal ein bisschen schwierig, weil die offenbar ein anderes Frühstück gewohnt sind und mit dem unseren ein bisschen Probleme gehabt haben. Jetzt könnte ich der Tante Hermi erklären, wie ein richtiges englisches Frühstück geht, weil wir es in der Schule gelernt haben.

Als wir uns verabschieden, um uns auf den Weg zum Bahnhof zu machen, ist Papa unsicher auf den Beinen, er schwankt und lässt den Kopf hängen. Mama ist wütend. „Mit dir muss man sich überall schämen!", zischt sie, als die Haustür hinter uns ins Schloss gefallen ist. So schlimm, finde ich, ist es auch wieder nicht. Onkel Fredi hat laut „Stille Nacht" gesungen, als er und Tante Hermi sich verabschiedet haben, und Onkel Alfons ist auf dem Sofa eingeschlafen und hat unmittelbar danach laut zu schnarchen begonnen. Papa ist wenigstens ruhig. Nur Opi hat sich gut gehalten. Als wir gegangen sind, hat er mich noch gefragt, ob ich den „Huckleberry Finn" schon angefangen habe. Wahrheitsgemäß habe ich geantwortet, dass ich nach dem „Old Surehand" noch nicht viel Zeit gehabt und auch ein wenig im Benimmbuch von Omi geblättert habe. Deswegen bin ich erst auf Seite 17. „Na, lass dir nur Zeit, aber vergiss nicht darauf! Ich hab das Buch verschlungen, in meiner Jugend!“, hat Opi geflüstert und mir auf die Schultern geschlagen. Die Großeltern sind noch bei Tante Hertha und Onkel Alfons geblieben. „Wahrscheinlich bringt sie der Alfons morgen mit dem Auto nach Neustadt!“, hat Mama Papa zugezischt. „Wie stehen wir denn dann da?“ Sie meint damit, dass es eine rechte Blamage ist, dass wir nicht auch die Großeltern in der Gegend herumkutschieren können.

Uschi flennt im Zug, denn ihre Puppe hat den Arm schon wieder verloren. „Jetzt hör auf!“, sagt Mama, ein wenig gereizt. „Wir richten sie wieder. Morgen.“ Uschi heult noch lauter. Vielleicht war Mamas Ton zu vorwurfsvoll, denn im Benimmbuch steht zum Beispiel, dass man immer nur in gedämpftem Ton miteinander sprechen soll, nicht in empörtem. Ich lasse es aber bleiben, Mama darauf hinzuweisen. „Dass mir das nicht zu Silvester so weitergeht!“, flüstert Mama Papa zu, denn es sind auch noch andere Leute im Waggon.

Zu Silvester haben meine Eltern zwei befreundete Paare eingeladen, und es soll ein Fondue geben. So etwas habe ich noch nie gegessen, und ich bin schon sehr gespannt darauf. Es steht ein mit heißem Öl gefüllter Kessel auf dem Tisch, in den man rohe Fleischstücke eintaucht, die man zuvor auf eine Gabel gespießt hat. Das ist etwas ganz Neues, und wir selber haben auch gar keinen solchen Kessel. Die Hettegger Heidi, das ist eine Freundin von Mama, die kommt mit ihrem Mann zu Silvester. Und die hat das Fondue von ihrer Schwester, die in Deutschland wohnt, zu Weihnachten geschenkt bekommen, samt einem Rezeptbuch, wo drinnen steht, wie es geht. Weil bei uns gibt es so etwas noch gar nicht. Da ist dann einmal die Familie Niedermayr ihrer Zeit weit voraus!

Ich stelle mir das spannend vor, aber Mama hat schwere Bedenken geäußert, obwohl die Hettegger Heidi eigentlich ihre beste Freundin ist. Sie hat Angst, dass uns die ganze Bude abbrennen wird oder zumindest ihre Kinder mit heißem Öl übergossen werden könnten.

Im Moment hat Mama aber ganz andere Sorgen. „Die verdienen alle ihr eigenes Geld, alle!", flüstert sie Papa zu. „Die Hermi mit ihren Privatzimmern, die Hertha mit ihrer Buchhaltung. Die Großeltern passen halt zeitweise ein wenig auf die Kinder auf. Und deswegen können sie sich auch ein Auto leisten!" Ich glaube, es ist nicht gerade der beste Moment, Papa mit den Plänen betreffend Berufstätigkeit zu kommen. Ihm fallen immer wieder die Augen zu, und dazwischen stiert er mit leerem Blick aus dem Fenster. „Ich bin der Herr im Haus!", murmelt er. „Und ein Eisenbahner braucht kein Auto!" Das stimmt zumindest teilweise, denn wir, als Familie eines Eisenbahners, dürfen gratis mit der Bahn fahren. In ganz Österreich. Deswegen hat Papa auch fast durchgedreht, als ich in Seeklausen im Gymnasium angefangen habe und Mama im September und sogar noch im Oktober eine Monatskarte gekauft hat, weil sie nicht gewusst hat, dass meine Freifahrt auch für den Schulweg gilt.

Ich bin etwas unschlüssig, auf wessen Seite ich mich in dieser Debatte schlagen soll – Auto oder nicht? Berufstätigkeit meiner Mutter oder nicht? Noch bevor wir in Kastenkirchen ankommen, fallen auch mir die Augen zu. Als mich Mama aufweckt, weil wir aussteigen müssen, ist der Bahnsteig von einer dünnen Schicht Schnee bedeckt, und immer noch taumeln dicke Flocken vom Nachthimmel herab.

Ich habe ganz darauf vergessen, zu fragen, wer der Franz war.

3 Der Onkel Franz

In der Vitrine im Wohnzimmer standen immer noch ein paar Flaschen, manche nicht einmal angebrochen, andere fast leer. Wahrscheinlich war es das Beste, das ganze Zeug einfach wegzuschütten. Trotzdem öffnete er die Vitrine und warf einen Blick auf die verstaubte Reihe von Alkoholika, die da vor ihm stand. Mama hatte gewiss wenig oder gar nichts davon getrunken, die mussten noch aus der Zeit stammen, als Papa noch gelebt hatte, und das war mehr als 20 Jahre her. Wermut gab es da, sehr populär irgendwann vor der Jahrtausendwende. Transparente Flaschen ohne Etikett gab es auch. Die enthielten wohl schwarz gebrannten Schnaps von irgendeinem Bauern in der Umgebung. Der musste uralt sein, denn in den letzten Jahrzehnten waren die Kontrollen engmaschiger geworden, die Strafen härter. Und nebenbei der Industrieschnaps aus dem Supermarkt billiger. Kaum ein Bauer riskierte noch, sein Fallobst illegal in Hochprozentiges umzuwandeln.

Der Alkohol war in der Familie immer ein Thema gewesen, und er war sich sicher, dass sein Vater letztlich daran früh gestorben war. Die genaue Todesursache des Vaters hatte er nie herausgefunden, vor allem auch deswegen, weil sie ihn nicht sonderlich interessiert hatte. Sein Tod war lange vor dem Eintreten abzusehen gewesen, und Papa hatte wenig bis gar nichts für seine Gesundheit getan, sogar bis kurz vor seinem Tod regelmäßig geraucht.

Während seiner Kindheit war ihm noch gar nicht so sehr aufgefallen, dass sein Vater zu viel trank. Er war nicht ständig betrunken gewesen, nur in Gesellschaft hatte er regelmäßig weit über den Durst getrunken. Man hatte das nur daran gemerkt, dass Papa einsilbig und schläfrig wurde und Mama schimpfte. Zu Gewaltausbrüchen hatten seine Räusche zum Glück nie geführt, und solange er gearbeitet hatte, hatte er auch immer nur abends getrunken. Als Papa in Pension gegangen war, hatte er selbst längst nicht mehr zu Hause gewohnt, aber Mama hatte sich am Telefon immer wieder darüber beklagt, dass Papa schon am Vormittag ins Café gehe, wo er dann bis zum frühen Nachmittag mit seinen anderen Eisenbahnpensionisten zusammensäße. Da wurde natürlich immer kräftig gebechert.

Papa hatte keinen Lebensinhalt mehr gehabt, nachdem er zu arbeiten aufgehört hatte, nichts interessierte ihn wirklich, zu keiner sinnvollen Beschäftigung konnte er sich aufraffen. Er verbrachte seine Tage im Wirtshaus oder vor dem Fernseher.

Er öffnete einige der Flaschen und roch daran. Der Alkohol schien ihm noch nicht gänzlich verdunstet, aber Lust zu kosten verspürte er nicht. Er trug die ersten vier Flaschen in die Küche und leerte den Inhalt in die Abwasch. Wenn er sich mit dem Ausräumen weiterhin so viel Zeit ließ wie bisher, dann würde er es in dem Monat, das er sich selbst zugestanden hatte, nicht weit bringen.

Als ich am nächsten Morgen aus dem Fenster schaue, ist alles weiß. Eine dicke Schneedecke bedeckt Mamas Gemüsegarten und die Wiese hinter unserem Haus. Vor dem Aufstehen habe ich im Bett in Omis Benimmbuch noch gelesen, dass eine Ganzwäsche jeden Tag erforderlich ist, aber heute habe ich dafür auf jeden Fall keine Zeit. Nach einem hastig hinuntergeschlungenen Frühstück stehe ich schon mit der Schneeschaufel vor dem Haus und beginne, unsere Einfahrt freizuschaufeln. Zunächst fällt es mir leicht, weil der Schnee kalt und trocken ist und sich leicht beiseiteschieben lässt. Doch etwa nach der Hälfte der Arbeit bin ich ziemlich verschwitzt, lehne mich schnaufend auf den Schaufelstiel und überlege, was heute alles zu tun ist. Nachmittag gehe ich jedenfalls Skifahren auf dem Hügel in Hildprachting, so viel ist klar. Ich muss dazu nur über ein paar Felder gehen, schon bin ich da. Auf dem Hildprachtinger Hügel wird nur Schuss gefahren, mit der Kunst des Bogenfahrens plagen wir uns nicht ab, dazu ist der Hügel auch zu kurz.

Dann muss ich in die Bücherei, denn die hat heute wieder geöffnet, und mir ein paar Bücher holen. Danach kann ich endlich im „Huckleberry Finn“ weiterlesen, und plötzlich fällt mir wieder ein, dass die Erwachsenen gestern über einen Franz gesprochen haben, der gestorben ist. Und von dem ich nichts weiß. Entweder ich schaue, dass ich einmal Omas Fotoalbum in die Hände kriege, oder ich frage sie direkt. Ich habe so das Gefühl, als ob die Oma am ehesten was wissen könnte und dass es am besten wäre, wenn ich sie allein erwische.

Die Gelegenheit ergibt sich rascher, als ich es mir vorgestellt habe. Als ich gerade fertig bin mit dem Schaufeln, tritt Opa aus der Tür. Weil es so kalt ist, dringen aus Pfeife und Mund nicht nur Rauchkringel, sondern auch Dampfwolken. Sein Gesicht ist von Nebelschwaden fast eingehüllt. „Brav, Bub!“ Er streicht mir über meine Pudelhaube. „Das alles hast schon geschaufelt? Sollte eigentlich dein Vater machen, find ich.“ „Der ist noch im Bett“, antworte ich wahrheitsgemäß. „Weil bis Neujahr hat er Urlaub!“ „Trotzdem!“ Opa schüttelt den Kopf. „Das tut nicht, so lang im Bett bleiben. Hat er gestern wieder einmal zu viel gesoffen?“ Ich zucke mit den Schultern. „Weiß nicht!“, antworte ich, diesmal nicht wahrheitsgemäß. „Na dann, pfüat di!“ Opa geht am Freitagvormittag immer zu seinem Stammtisch, da treffen sich lauter so alte Knaben wie er selber. Zu Mittag muss er aber wieder daheim sein, da nimmt es Oma genau, weil schließlich hat sie dann für ihn was gekocht. Ich beschließe, ihr jetzt gleich einen Besuch abzustatten.

Oma steht schon hinter dem Herd, als ich in ihre Küche komme. „Was gibt's denn heute?“, frage ich. „Es riecht schon so gut!“ „Grüß dich, Bub!“ Oma streicht mir übers Kinn. „Viel riechen kannst noch nicht, weil ich gerade erst angefangen habe. Magst Zwiebel schneiden?“ Ich nicke. Das habe ich mir im Fernsehen schon genau angeschaut, wie das geht. Man teilt die Zwiebel zuerst in zwei Hälften, dann schneidet man die erste in feine Streifen, dabei bleibt die Messerspitze immer auf dem Brett, mit der Klinge vollführt man wiegende Bewegungen. „So hab ich's noch nie gemacht!“, kommentiert Oma. „Anscheinend hast du doch ein Talent dafür!“ „Was machst denn heute?“, wiederhole ich meine Frage. „Fleckerlspeis!“, sagt Oma. „Sind so viel Fleisch- und Wurstreste da, und nach den Feiertagen tut's auch einmal etwas Einfacheres.“ „Fleckerlspeise ist doch eh gut!“, widerspreche ich.

Er hatte schon Jahrzehnte keine Fleckerlspeise mehr gegessen, geschweige denn selber zubereitet. Es war denkbar einfach: Man röstete Zwiebeln an, gab Wurst- und Bratenreste, klein geschnitten, dazu und schließlich die gekochten Fleckerl – etwa einen Zentimeter große, quadratische Nudeln. Gewürzt wurde mit Salz und Pfeffer, Kräuter waren weitgehend unbekannt. Wenn im Garten welcher wuchs, streute man vielleicht Schnittlauch darüber. Auf die Idee, etwa Gemüse darunterzumischen, kam man nicht.

Meine Augen brennen vom Zwiebelschneiden, als Oma die Stückchen in die heiße Pfanne gleiten lässt. „Gut hast es gemacht!“, lobt sie und streicht mir übers Haar. „Oma, wer ist der Franz?“, frage ich unvermittelt. Oma rührt die Zwiebeln im Schmalz mit ihrem Holzlöffel und sagt zunächst nichts. Irgendwie scheint mir aber, als dass sie heftiger rührt, als es notwendig wäre. „Der Leitner Franz? Meinst du den? Der Totengräber?“ Ich schüttle den Kopf. „Nicht den Totengräber. Den Franz, der den Schmidbauernhof geerbt hätte, wenn er nicht gestorben wäre!“ Oma fällt der Kochlöffel aus der Hand, sie schlägt die Hand vor die Augen. Das wollte ich nicht. Offenbar habe ich sie erschreckt. Sie rückt die Pfanne mit den Zwiebeln ganz an den Rand des Herdes, wo die Platte nur lauwarm ist.

„Woher hast das?“, fragt sie scharf. „Gestern. Der Onkel Alfons. Sie haben vor der Haustür geraucht. Und ich hab zufällig ...“ Oma schluckt. „Komm, setz dich her zu mir. Der Alfons ist zwar ein Trottel und ein Angeber, aber ich hab’s ja immer schon gewusst, dass ihr es eines Tages doch erfahren müsst.“ Sie wischt sich eine Träne aus dem Augenwinkel. „Sind nur die Zwiebeln!“, lügt sie. „Der Franz“, sagt sie, „das war mein erstgeborener Sohn.“ Oma seufzt tief. Ich merke ihr an, wie schwer es für sie ist, darüber zu reden. Ich nehme mir vor, geduldig zuzuhören. Es ist spannend, von einem Onkel zu hören, der gestorben ist und von dem nie geredet wird. „Das war 1916. Mitten im Ersten Weltkrieg. Ich war 18, und der Opa und ich haben ganz schnell heiraten müssen, bevor der Franz gekommen ist.“ Oma seufzt schon wieder, aber ich unterbreche sie nicht. „Deinem Uropa hat der Hof hier gehört, dein Opa war der jüngste Bruder, ohne Hoffnung auf den Hof. 1916, wie der Franz gekommen ist, haben wir wirklich nichts gehabt. Aber heiraten haben wir müssen, wegen dem Kind. In der Kammer haben wir gehaust, da oben, wo jetzt dein Zimmer ist. Ohne Ofen. Kalt war's, immer." Oma zeigt gegen die Decke. Ich kann mir gar nicht vorstellen, dass ein Ehepaar in der Dachschräge Platz gehabt haben soll, noch dazu mit einem Baby. „Gerade halt, dass wir etwas zum Anziehen und ein Paar Schuhe gehabt haben. Und weil wir Ziegen und Hasen und Hühner gehabt haben, hat es auch etwas zu essen gegeben. Nicht viel, aber wir waren es nicht anders gewöhnt."

Von Mama weiß ich, dass es bei uns auf dem Schmidbauernhof noch nicht einmal ein Badezimmer und ein richtiges Klo gegeben hat, als sie hier eingezogen ist, kurz vor meiner Geburt. Da hat sie ordentlich Dampf machen müssen, erzählt sie manchmal, dass da eine Badewanne und ein Badeofen aufgestellt worden sind und ein richtiges Klo mit Wasserspülung, denn sonst wäre sie nie und nimmer auf den Schmidbauernhof gezogen.

„Es war eine schlimme Zeit, damals", setzt Oma fort. „Nicht so sehr wegen dem Krieg, sondern eher wegen dem Schwiegervater, deinem Urgroßvater. Der war ein grausamer Mensch, der hat deinen Opa viel leiden lassen, und weder der Opa noch ich waren ihm gut genug. Und den kleinen Franzl, den hat er einfach einen unnützen Esser genannt. Gott sei Dank ist er 1920 schon gestorben, und der Opa hat den Hof übernommen. Seine beiden Brüder sind im Ersten Weltkrieg gefallen, und er, als der jüngste, ist übriggeblieben." „Der Opa hat zwei Brüder gehabt?", frage ich erstaunt. Oma nickt. „Aber von denen gibt's nur ein einziges, altes Foto, das schon ganz vergilbt ist. Damals hat nicht jeder fotografiert, schon gar nicht bei den armen Leuten am Land."

Ich werde jetzt doch ein wenig ungeduldig. Nicht dass Opa noch nach Hause kommt, bevor Oma mit ihrer

Geschichte fertig ist. „Und der Franz?“, frage ich deswegen. „Lange ist dann kein Kind mehr gekommen, ich weiß nicht, warum, und dann, als ich schon 30 war und nicht mehr daran geglaubt hab, da ist dein Papa gekommen. Damals ist es schon halbwegs gut gegangen, der Opa hat in der Schmiede gearbeitet, und ich hab halt noch die Ziegen und die Hühner gemacht, manchmal ein Schwein. Und 1939 haben sie den Franz eingezogen, die Nazis. In den Krieg hat er müssen, mit 23 Jahren. Er hat eine Verlobte gehabt, die hat er heiraten wollen. Und deswegen ist er von der Wehrmacht davongelaufen. Er hat nicht in den Krieg wollen, sondern zu seiner Theres. Die ist damals die ganze Zeit bei uns gesessen und hat geheult, der Opa hat geschimpft. Dauernd hat er geredet vom Führer und vom Vaterland und vom Volkskörper und was weiß ich noch alles. Der Opa war richtig stolz, dass der Franz in den Krieg gezogen ist, der hat wohl geglaubt, er kommt mit Ruhm und Ehre und einer Menge Beute aus den eroberten Gebieten zurück. Das haben nämlich die Nazis damals versprochen.“

„Aber wenn er davongelaufen ist, dann ist er doch nicht im Krieg gestorben?“, frage ich. Oma lacht so, dass ich merke, dass ihr nicht nach Lachen zumute ist. „Damals, mein Bub, ist man erschossen worden, wenn man dem Militär davongelaufen ist. Und den Franz haben sie erwischt und erschossen, die Nazis. Er ist niemals mehr heimgekommen.“ Sie nimmt ihre Brille ab und wischt sich über die Augen. Ich rechne nach. Franz ist also ungefähr 1940 gestorben, das ist jetzt schon fast 30 Jahre her. Und der Schmerz, der sitzt so tief, dass Oma immer noch weinen muss, wenn sie daran denkt. Das stelle ich mir ganz schlimm vor. Oma setzt die Brille wieder auf.

„Und für den Opa“, sagt sie, „war das eine ganz

schlimme Schande, dass sein Sohn ein Deserteur war, so hat man zu denen gesagt, die davongelaufen sind. Wir haben es erst nach mehr als einem Jahr erfahren. Und die Leute auf der Straße, die haben mir nachgeschrien, manche, dass der Franz ein Schwein war und ein Verräter und was weiß ich noch alles. Der Opa hat dann alles, was an den Franz erinnert hat, verbrannt. Alle Fotos, viele waren es eh nicht, sein Gewand, seine Sachen. Er hat mir streng verboten, irgendwas zu behalten, was dem Franz gehört hat. Und getobt hat er, und geschrien, was für ein Verräter der Franz ist!"

Ich rechne nochmals nach. „Aber mein Papa, der war ja da schon zwölf Jahre alt, der hat das doch mitbekommen, warum hat er denn nie was über den Franz erzählt?" „Weil es ihm der Opa verboten hat, und der war ein solcher Tyrann, dass dein Papa nicht gewagt hat, dagegen aufzubegehren. Was glaubst du denn, warum er deinen Papa Adolf genannt hat? Weil er schon ein Hitlerverehrer war, lange bevor der überhaupt an die Macht gekommen ist!"

Oma steht auf und rückt den Kochtopf wieder über die heiße Herdplatte, damit die Fleckerlspeise fertig ist, wenn Opa nach Hause kommt. „Aber ich bin ja nicht blöd!", sagt sie, während sie zu rühren beginnt. „Natürlich hab ich mir ein Foto vom Franz aufgehoben, und sein Taschenmesser. Ich hab's halt gut verstecken müssen. So, und jetzt ist genug gesagt. Nur eins noch: Du redest mit niemandem darüber, dass ich dir vom Franz erzählt habe. Vor allem nicht mit deinem Opa. Ich hab damals, als der Franz gestorben ist, mehr als ein Jahr nicht mit ihm geredet, und wenn's damals schon eine Scheidung gegeben hätte, wär ich gegangen. Aber ich hätt eh nicht gewusst, wohin. Und dann haben wir uns eben irgendwie arrangiert, weil man ja schließlich überleben muss. Und nicht mehr über den Franz geredet." Oma rückt die Pfanne wieder in die Hitze, stellt den Topf mit Wasser für die Nudeln auf den Herd und sagt nichts mehr.

Ich bin ziemlich erschüttert. Da hat man einen Onkel, und die Eltern wissen sicher von dem und wie er gestorben ist und erzählen einem kein Sterbenswörtchen darüber. Das finde ich nicht in Ordnung. Ich würde gern mehr über den Franz erfahren, aber Oma, glaube ich, mag nicht mehr daran erinnert werden. Vielleicht kann ich diese Theres ausfindig machen, die müsste es ja noch geben. Aber jetzt mag ich Oma nicht fragen. Ich kann ja einmal im Telefonbuch von Kastenkirchen nachschauen, wer da alles Theresia heißt. „Pfüat di, Oma!", sage ich und verziehe mich in meine Dachschräge.

Hier heroben sollen Oma und Opa zu dritt mit dem Baby gehaust haben? Das kann ich mir ehrlich gar nicht vorstellen. Nicht einmal die Betten können hier ordentlich Platz gehabt haben. Die Lust aufs Skifahren ist mir vorerst vergangen, und ich nehme mir den „Huckleberry Finn" her. Draußen hat es wieder zu schneien begonnen, vielleicht muss ich heute sogar noch einmal Schnee schaufeln.

Das Buch spielt zu einer Zeit, als man noch mit Kerzen beleuchtet hat. Alle sind furchtbar abergläubisch, dauernd ist die Rede von Hexen und vom Teufel. Auf jeden Fall wird Huck Finn bald von seinem Vater entführt, der ein Säufer ist, und in einer Hütte eingesperrt. Und der Vater kann nicht lesen und schreiben und will auch nicht, dass Huck Finn das lernt. Anscheinend haben die Menschen in diesem Buch auch Sklaven in ihren Häusern.

Bald aber muss ich aufhören, denn Oma ruft mich und lädt mich zu einer Portion Fleckerlspeise ein. Als ich in die Küche komme, ist Opa auch da. Ich sehe ihn heute mit ganz anderen Augen und fürchte mich ein wenig vor ihm.

„Ich muss aber dann noch bei der Mama Erdäpfelgulasch essen“, erkläre ich Oma. „Nimmst halt einen Teller als Vorspeise!“ Als mir Oma einen Schöpfer Fleckerlspeise in meinen Teller leert, schaut sie mich scharf über ihre Brille hinweg an. Ich weiß schon, was sie meint, und nicke leicht mit dem Kopf.

Als ich nach unten zum Mittagessen komme, lümmelt Papa mit aufgestützten Ellenbogen am Tisch und sieht verschlafen aus. „Mir nur eine kleine Portion“, krächzt er. Mama seufzt. „Warum musst du auch immer so viel trinken, wenn du es nicht verträgst? Irgendwann bringt dich die Sauferei noch um!“ Papa winkt ärgerlich ab. „Immerhin sind Feiertag, und wenn man einmal fortkommt ...“ „Dann muss man sich natürlich gleich mit den anderen Männern sinnlos besaufen, denn sonst ist's ja nicht feierlich!“, nimmt ihm Mama den Schluss des Satzes ab und klatscht ärgerlich einen Schöpflöffel Erdäpfelgulasch auf seinen Teller.

Mama hat Wurst ins Erdäpfelgulasch geschnitten, und so schmeckt nicht nur Omas Fleckerlspeise, sondern auch Mamas Mittagessen vorzüglich. Ich entschließe mich, nach dem Mittagessen doch noch mit den Skiern zum Hildprachtinger Hügel aufzubrechen. Mein Bauch ist gar zu voll, und wenn ich mich gleich wieder zum Lesen ins Bett lege, krieg ich ein schlechtes Gewissen. „Möchtest die Uschi nicht mitnehmen?“, fragt Mama. „Die könnte ein bisschen rodeln. Und ein paar Stunden an der frischen Luft täten ihr auch nicht schaden.“ Uschi beginnt gleich zu kreischen, dass es ihr draußen viel zu kalt ist, dass es schon wieder schneit, dass sie dann an den Füßen so friert, und die Fäustlinge werden nass und die Finger frieren ihr ab. Und sie möchte viel lieber Flöte üben. Das kann ihr Mama nicht abschlagen, und ausnahmsweise bin ich mit ihr einer Meinung und sehr froh, alleine losziehen zu können.

Auf dem Hildprachtinger Hügel treffe ich meinen Freund, den Herbert, und wir veranstalten ein Rennen, in dem es nicht darum geht, der Schnellste zu sein, sondern den Hügel so schnell hinunterzufahren, dass man dann im Flachen möglichst weit gleiten kann. Der Herbert versucht, mich zu überlisten, indem er immer wieder hinter mir her in meine Spur fährt, die natürlich schneller ist als der frisch gefallene Tiefschnee, und ich muss ihn wegen dieser Regelwidrigkeit mehrmals disqualifizieren.

„Weißt du eigentlich, was ein Nazi ist?“, frage ich den Herbert, als wir wieder einmal durch den tiefen Schnee zurück zum Hügel stapfen, um den Hang hinaufzusteigen. „Klar!“, sagt Herbert. „Die haben vor circa 1000 Jahren gelebt, im Mittelalter. Und der Chef von denen hat Hitzler geheißen, oder so ähnlich. Die haben die Hexen und die Juden verbrannt.“ „Echt?“, frage ich, obwohl ich an Herberts Geschichtskenntnissen schwere Zweifel hege. „Der Papst hat sie dann in einer Schlacht besiegt, weil sie keine Christen waren!“, fügt der Herbert hinzu. „Welcher Papst denn?“, frage ich, um Herbert ein bisschen zu testen. Der aber stellt seine Skier quer, um leichter den Hang hinauf treten zu können, und zuckt mit den Schultern. „Ich kann mir ja nicht alle Päpste merken. Der unsrige heißt übrigens seine Heiligkeit Paulus der Sechste!“, erklärt er mir noch. Ich stelle keine Fragen mehr, weil das Hinaufsteigen so anstrengend ist, dass ich genug schnaufen muss. Aber ich fürchte, ich muss mir eine verlässlichere Quelle als den Herbert suchen, wenn ich wirklich was über die Nazis wissen will.

4 Silvester und Neujahr

Er wagte es fast nicht, in den Keller hinunterzusteigen. Was für ein Chaos würde ihn da erwarten? Wahrscheinlich hatte Mama noch Marmeladen und Säfte aus mehreren Jahrzehnten lagern. Das Erste aber, worüber er stolperte, waren ein Paar orange-schwarze Blizzard-Skier. Die mussten ihm gehört haben, seine Eltern waren nie Ski gefahren, und für Uschi waren sie zu lang. Sie maßen bestimmt zwei Meter. Das Design war typisch späte sechziger oder frühe siebziger Jahre, orangerot mit schwarzer Schrift in Pop-Art-Manier. Ja, jetzt erinnerte er sich. Die ganze Familie war zur Beratung ins Sportgeschäft gegangen, als man sich entschlossen hatte, ihm ein neues Paar Skier für den Schulskikurs zu kaufen. Das Geschäft war eigentlich eine Korbflechterei, aber irgendwann hatte der Inhaber auch Skier und schließlich andere Sportartikel in sein Sortiment aufgenommen. Er nahm die Skier zur Hand. Sie hatten eine moderne Sicherheitsbindung, bei der man mit der Ferse nach unten drückte, um sie einrasten zu lassen. Das Skifahren erlernt hatte er noch mit einer Riemenbindung, bei der es bei einem Sturz einfach darauf ankam, was zuerst brach – der Ski oder das Bein.

Der Skisport hatte eine nicht unbedeutende Rolle in seinem Leben gespielt. Schon als er noch klein gewesen war, war bei Skirennen der Fernseher eingeschaltet worden. Das war ungewöhnlich, denn im Alltag wurde höchstens abends ferngesehen, nicht untertags. Er hatte auch immer gerne die tollkühnen Skispringer bewundert, die damals noch Zipfelmützen anstatt Helmen getragen und sich mit flatternden Keilhosen über die Schanzen gestürzt hatten. Vor allem das Neujahrsskispringen aus Garmisch-Partenkirchen war immer ein Fixpunkt gewesen: zuerst das Neujahrskonzert, bei dem vor allem Mama andächtig vor dem Apparat gesessen war, um der Musik der Philharmoniker zu lauschen. Obwohl, wenn er an die Qualität der Lautsprecher in den Fernsehern der damaligen Zeit dachte, viel vom Originalklang war wohl nicht bei Mama angekommen. Papa war meistens während des Konzerts noch im Bett gelegen oder auf dem Sofa eingeschlafen, der anstrengenden Silvesternacht wegen. Und Mama hatte vorgekocht, damit sie sich dem Konzert widmen konnte.

Heuer darf ich zum ersten Mal in der Silvesternacht aufbleiben, bis das neue Jahr kommt. In den vergangenen zwei Jahren hat man mich um zehn zu Bett geschickt, weil Volksschüler auf keinen Fall so lange aufbleiben dürfen, nicht einmal in dieser besonderen Nacht. Ich habe natürlich auch die letzten beiden Silvesterfeuerwerke schon miterlebt, ich bin ja nicht blöd und lasse mir das entgehen. Also bin ich eben brav ins Bett und habe dann gelesen, bis es so weit war. Im vorigen Jahr hätte ich mir das Aufbleiben allerdings sparen können – in der Neujahrsnacht herrschte dichter Nebel, und außer dem Krachen der Böller konnte ich nur milchige Lichtblitze am Himmel erkennen.

Heuer ist also alles anders. Zu Besuch kommen die Hettegger Heidi und die Hassfurther Kathi, beide Freundinnen von Mama, samt ihren Männern. Ob die Freunde von Papa sind, das weiß ich nicht so genau. Papa hat, nach strenger Anweisung von Mama, seit dem Stefanitag auf Alkohol verzichten müssen, aber zu Silvester, da muss natürlich was zu trinken ins Haus, das ist sogar Mama klar. „Kaufst zwei Flaschen Sekt, zur Feier des Tages!“, instruiert sie Papa schon am 30. Dezember. „Wenn’s einen gibt!“, kontert er. „Deswegen schick ich dich ja heute schon, damit wir noch alles kriegen, was wir brauchen!“, erklärt Mama und drückt Papa eine lange Liste in die Hand. Der muss nämlich heute mit dem Mopedanhänger zum Geschäft fahren, weil zum Tragen ist es zu viel.

„Zwei Kisten Bier müssen aber schon noch Platz haben!“ Papa mustert die Liste skeptisch. „Ist da was drauf, was ich nicht kenn?“, fragt er. Er geht nämlich sehr selten einkaufen, und unser Geschäft ist seit einiger Zeit auf Selbstbedienung umgestellt worden, da muss man sich alles selber suchen. Normalerweise, außerhalb der Festtage, ist es ja so, dass mich die Eltern um zwei Flaschen dunkles Bier zum Kirchenwirt schicken, wenn sie am Abend zur Jause eines trinken wollen. Der Wirt ist nämlich viel näher als das Geschäft, nur fünf Minuten. Und teurer ist es im Wirtshaus auch nicht. Einmal habe ich es sehr eilig gehabt, weil „Winnetou II“ im Fernsehen gelaufen ist, da bin ich mit den zwei Bierflaschen im Einkaufsnetz eilig heimgehetzt, über einen Randstein gestolpert und samt den Bierflaschen hingefallen, dass es nur so geklirrt hat. Leider habe ich dann vom Winnetou nicht mehr viel gesehen, weil ich zuerst verarztet werden und dann noch dabei helfen musste, die Glasscherben aufzuklauben. Der Verlust des Winnetou hat mehr geschmerzt als das aufgeschlagene Knie.

Schließlich hat Papa den klapprigen Anhänger an das Moped gekoppelt und schlittert auf dem eisigen Untergrund davon. Den Sekt und das Bier bringt er dann auch gut heim, dazu noch eine Flasche Campari und eine Flasche Eierlikör, weil er glaubt, dass sich da die Damen besonders drüber freuen werden. Von den restlichen Lebensmitteln hat er so viele angeblich nicht gefunden, dass Mama einigermaßen erbost noch einmal zu Fuß ausrücken muss.

Am nächsten Morgen schneit es schon wieder, der Winter hat uns jetzt wirklich fest im Griff. Mama ist nervös. „Ob sie überhaupt kommen können, bei dem Wetter? Und ob das alles gut geht mit diesem Fondue? Haben wir gestern Öl gekauft, für den Kessel, Adolf, hast du Öl gekauft?“ Mama huscht aufgeregt in der Küche herum. Sie muss für heute Abend Soßen machen und für morgen die Gulaschsuppe. Die Mayonnaise für die Soßen zum Fondue, die misslingt beim ersten Mal, und schon ist Mama den Tränen nahe. „Soll ich vielleicht für später ein paar Brote machen, so wie zu Weihnachten?“ „Ja, vielleicht, ich hab jetzt keine Zeit, vielleicht dann, nach dem Fondue, wenn ich die Küche ... ach, verschwind doch einfach!“ Heute ist wieder so ein Tag, wo man es Mama nicht recht machen kann, deswegen ist es gescheiter, ich verziehe mich in meine Dachschräge. An Omas Tür bleibe ich allerdings hängen, denn es duftet verführerisch aus ihrer Wohnung. Ist sie etwa schon dabei, das Mittagessen herzurichten? Ich klopfe an und trete ein, ohne auf eine Antwort zu warten, wie immer.

Oma rollt gerade einen Knödel. „Grüß dich, Sigi!“, sagt sie und lässt den Knödel in einen großen Topf mit kochendem Wasser gleiten. „Das ist der letzte!“ Sie rückt den Topf ein wenig weiter nach links. „Sonst kocht’s zu stark!“, erklärt sie. Oma kocht auf einem Holzofen, und dort, wo drunter das Feuer brennt, ist es am heißesten. Je weiter man den Topf nach links rückt, desto kühler wird es. Schalter braucht so ein Ofen nicht, und Oma hat es rundweg abgelehnt, einen Elektroherd einbauen zu lassen.

„Wo wir doch das Brennholz selber haben! Da werd ich doch nicht den teuren Strom verschwenden! Niemals!"

„Was für Knödel sind es denn?" „Bratknödel!", erklärt Oma. Mir läuft das Wasser im Mund zusammen. „Ich hab eh für euch auch welche gemacht!", lächelt sie. „Weil die Traudi ja keine Zeit hat, wegen euren Gästen und eurem Fontstüh, oder wie das heißt." „Fondue!", korrigiere ich. „Was ist da drinnen?", will ich dann wissen. „Brat, natürlich, was sonst?" Oma zuckt mit den Schultern und rührt vorsichtig im Topf, damit die Knödel nicht zusammenkleben. „Nein, ich möchte wissen, was im Brat drinnen ist!", präzisiere ich. „Was halt hineingehört. Ich tu auch noch Majoran und Kümmel dazu, das hat meine Mutter nicht gemacht. Allerdings hat sie fast nie Bratknödel gekocht, weil Fleischreste hat's ja nur nach Feiertagen gegeben. So wie heute."

Bratknödel waren eine oberösterreichische Spezialität gewesen, und sie waren es natürlich auch heute noch. Seine Oma hatte sie aus Kartoffelteig, bei ihnen zu Hause Erdäpfelteig genannt, zubereitet. Kernstück eines solchen Knödels war das sogenannte Brat, die Fülle. Sie bestand aus Fleisch- und Wurstresten, die durch den Fleischwolf gedreht wurden. Dazu kamen Zwiebeln, Knoblauch, Salz, Pfeffer, Petersilie – die glorreichen Fünf der heimischen Küche der sechziger Jahre. Er hatte die Knödel damals geliebt und aß sie auch heute noch gerne. Allerdings – er musste zugeben, schon lange keine selbst mehr zubereitet zu haben.

Das Fondue ist irgendwie eine Enttäuschung. Die Mayonnaisesaucen von Mama sind fettig und schmecken nach nichts. Uschi jammert die ganze Zeit, dass sie kein

Schnitzel bekommt, und sonst gibt es außer dem Brot und dem Erdäpfelsalat nichts auf dem Tisch, was sie mag. Der Mann von der Hettegger Heidi und Papa unterhalten sich mit ihrem Bier so gut, dass sie immer wieder auf ihre Fleischstücke im Kessel vergessen, sodass sie verbrennen. Mama bringt vor lauter Aufregung fast nichts hinunter, jedes Mal, wenn ich ein Stück Fleisch in den Kessel tauche oder heraushole, zischt sie: „Pass auf, dass du dich nur nicht verbrennst!“ Außerdem muss sie immer wieder Papa ermahnen, nicht zu viel zu trinken. Er hat die Bierkisten in den Schnee auf der Terrasse gestellt und geht verdächtig oft hinaus, um eine neue Flasche hereinzuholen.

Ein bisschen entspannter wird Mama erst, als die Männer ihre Zigaretten hervorgeholt haben und sie den Spiritusbrenner endlich abdrehen kann. Beim Abräumen helfen die beiden Frauen, die Männer müssen überlegen, welcher Verdauungsschnaps am besten geeignet ist. Ich folge, den „Huckleberry Finn“ unter dem Arm, den Frauen in die Küche. Die drei Männer sind mir zu laut, rauchen zu viel und reden über nichts als Fußball. Und das mitten im Winter.

„Die ganze Zeit überleg ich“, sagt Mama, während sie die Teller in die heiße Seifenlauge taucht und dann zum Abtrocknen an die Hettegger Heidi weiterreicht, „ob ich nicht auch arbeiten gehen soll. Die Kinder sind jetzt schon aus dem Gröbsten heraußen, und das Geld könnten wir schon dringend brauchen!“ Die Heidi seufzt. „Ich bin ja eigentlich auch berufstätig, weil als Bäuerin hast du nicht nur den Haushalt, ich muss mich ja um den Stall und um die Hühner auch kümmern. Geld seh ich allerdings keines dafür!“ Sie lacht. Die Kathi, das weiß ich, die geht halbtags arbeiten, im Papiergeschäft in Kastenkirchen, über das eine uralte Frau mit einem grauen Haarknoten samt einem riesigen Hund herrscht. Es riecht immer komisch im Geschäft, ich weiß nicht recht, ob es der Hund oder die Besitzerin ist. Ich könnte die Kathi fragen. Seit die Kathi dort arbeitet, muss man sich wenigstens nicht mehr fürchten, von der Besitzerin oder ihrem Hund aufgefressen zu werden, wenn man einen Bleistift kaufen will. Manchmal kriege ich sogar ein paar Schillinge für ein Donald-Duck-Buch oder ein Micky-Maus-Heft, die kaufe ich auch immer bei der Kathi.

„Ich bin schon froh um das Geld", sagt sie. „Ihm drüben", sie nickt mit dem Kopf in Richtung Wohnzimmer, „geb ich natürlich nicht alles ab, ich behalt mir schon was!" Sie zwinkert den beiden anderen zu, während ich mich unauffällig hinter dem „Huckleberry Finn" verstecke. Aber es nützt nichts. „Was sagst du denn dazu, Sigi, wenn die Mama arbeiten geht?", fragt die Heidi. „Du sollst doch eh so geschickt in der Küche sein, hört man. Da könntest du die Mama ja auch ein bisschen entlasten!" Daher weht also der Wind. Ich soll im Haushalt Pflichten übernehmen, bloß damit Mama arbeiten gehen kann. Von dem Geld kaufen sie dann ein Auto und kutschieren ohne mich in der Gegend herum. Das wäre ja noch schöner!

„Sobald sie verheiratet ist und Kinder hat", zitiere ich aus Omas Benimmbuch, „sind der Haushalt und die Kindererziehung die vornehmste Aufgabe der Hausfrau!" Man soll ja eben, wie ich diesem Buch ebenfalls entnehme, seine Meinung frei und sicher vertreten. „Wieso redet der so geschwollen daher?", fragt Kathi meine Mama. Die seufzt nur und zuckt mit den Schultern, während sie den letzten Teller aus dem Abwaschwasser hebt. „Die Neustädter Omi hat mir ein Benimmbuch zu Weihnachten geschenkt", erkläre ich, „und da steht das drin!" Was schwarz auf weiß in einem Buch steht, das gewiss von sehr gescheiten Leuten geschrieben worden ist, kann man nicht so einfach abstreiten. Sonst würde es ja nicht in einem Buch stehen. „Was deine Mutter so alles verschenkt!", wundert sich Heidi. „So was hab ich mein Leben nicht gebraucht, ein Buch, in dem steht, wie man sich richtig benimmt." Ich könnte jetzt der Heidi natürlich erklären, dass es kein Wunder ist, wenn sie sich schlecht benimmt, weil sie eben so ein Buch nicht kennt. Deswegen weiß sie nicht, dass man sich bei Tisch nicht schnäuzt, nicht so laut redet, dass einem die Ohren weh tun, und dass man vor allem keine Schimpfwörter verwendet. Ihren Mann nennt sie nämlich, wenn die Frauen unter sich sind, entweder „der alte Trottel" oder „der patscherte Depp".

Als die Frauen wieder im Wohnzimmer verschwunden sind, mache ich mich ans Werk und bereite die Mitternachtsjause vor. Zu Weihnachten habe ich nur den Käse mit den Keksausstechern bearbeitet, aber wer sagt, dass man das Gleiche nicht auch mit dem Brot und der Wurst machen kann? Die aufgeschnittenen Wurstblätter lassen sich hervorragend zu Sternen, Herzen und Teddybären verarbeiten, das Weißbrot lässt sich nicht ausstechen, dazu ist es zu weich, mit dem Schwarzbrot geht es aber so einigermaßen. Schließlich komme ich auch noch auf die Idee, aus den Scheiben der Essiggurken kleine Sterne und Herzchen auszustechen. Dabei entsteht natürlich allerhand Abfall, den ich vorsichtshalber gleich aufesse, damit die Küche halbwegs sauber bleibt.

Damit die Platten mit meinen Brötchen nicht sinnlos vertrocknen, stelle ich sie schon um zehn auf den Wohnzimmertisch. Mama versucht zwar, kurz zu protestieren, als aber die beiden anderen anwesenden Damen in Verzückungsschreie ausbrechen, kann sie sich sogar ein kleines Lächeln abringen, und sie streicht mir zärtlich über den Kopf. „Woher kannst du denn das? Und wie kommst du auf solche Ideen?“, fragen sie durcheinander. „Fernsehkoch!“, erkläre ich stolz. „Und natürlich auch eigene Ideen. Wie die Keksausstecher alle so herumgelegen sind, da habe ich mir gedacht, man kann ja nicht nur Teig ausstechen!“ „Wird der einmal ein Koch, oder ist er …?“ Der Mann von der Heidi macht eine unbestimmte Geste mit seiner Hand. Natürlich weiß ich, was er andeuten will. Papa schüttelt nur unwillig den Kopf, ohne zu antworten. Ich überlege, ob ich dem Mann von der Heidi erklären soll, dass mit mir alles in Ordnung ist, weil mir der Ausschnitt im Kleid seiner Frau viel besser gefällt als die Brusthaare, die aus seinem Hemdkragen hervorquellen. Aber ich glaube, in diesem Fall halte ich es eher mit der Westmännertugend, denke mir was und halte den Mund.

Leider verläuft der Rest des Abends nicht ganz so harmonisch, wie ich mir das gewünscht habe und Mama es sich erhofft hat. Uschi wird um halb elf, nachdem sie zwei meiner Brötchen gekostet und wieder ausgespuckt hat, ins Bett geschickt und heult noch eine halbe Stunde lang in ihrem Zimmer, weil sie sich ungerecht behandelt fühlt. Dass ich ihr erkläre, dass auch ich mit acht Jahren nicht bis Mitternacht aufbleiben durfte, hilft wenig. Als zu Mitternacht auf der Terrasse die Raketen angezündet werden, haben die Männer sehr viel zu lachen, weil es ihnen oft erst im dritten oder vierten Anlauf gelingt, die Stöcke, auf denen die Raketen montiert sind, in den Hälsen der Bierflaschen zu platzieren. „Geh her, Sigi!“, lallt Papa. „Steck die Raketen da hinein, du hast sicher noch ein besseres Ziel als wir!“ Alle drei Männer lachen dröhnend, während ich gehorsam Papas Aufforderung Folge leiste, weil ich das Abschießen der Raketen sehr spannend finde. Mama protestiert lautstark dagegen, dass ich eine so gefährliche Tätigkeit ausüben soll, und Heidi regt sich darüber auf, dass die Männer blöde Raketen abschießen, anstatt mit ihnen Walzer zu tanzen.

Kathi macht eine Sektflasche auf, weil die Männer keine Zeit dazu haben. Anscheinend ist der Inhalt doch nicht kalt genug, denn der Korken schießt zuerst gegen unseren Balkon und dann auf den Kopf vom Mann der Kathi. Der schreit auf und greift sich an den Schädel, während Kathi ein bisschen seltsam kichert und den überschäumenden Sekt gleich aus der Flasche trinkt. Schließlich ziehen sich die drei Frauen wieder ins Wohnzimmer zurück. Ich nehme dem torkelnden Mann der Kathi das Feuerzeug ab und zünde die restlichen Raketen. Immer eine nach der anderen, ich will ja schließlich sehen, was sich da am Himmel tut. Rund um uns herum werden auch überall Raketen gezündet und es kracht unentwegt. Zwischen den Knallern hört man unsere Hühner aufgeregt gackern, die haben wahrscheinlich wenig Verständnis für den nächtlichen Radau und werden morgen entweder gar keine Eier legen oder sie irgendwo im Stall einfach fallen lassen, wo sie dann zerbrechen.

Als ich wieder hineinkomme, ist die Sektflasche leer, und alle drei Frauen kichern um die Wette. Kathi hat ganz glasige Augen bekommen und setzt sich versehentlich auf Papas Schoß. „Hoppala!“, sagt sie, aber ich habe genau gesehen, dass sie vor dem Aufstehen noch ein wenig mit ihrem Popo auf Papas Schoß herumgewetzt hat. Gott sei Dank ist Mama gerade in der Küche. Irgendwas hat ihr aber trotzdem die Laune verdorben, denn als sie zurückkommt, hat sie eine steile Falte auf der Stirn.

„Darf er nicht auch noch ein Schlückchen Sekt kosten, der Arme? Immerhin hat er für eine ganz tolle Mitternachtsjause gesorgt!“ Die zweite Flasche ist anscheinend schon geöffnet worden, und Heidi schiebt mir ein halbvolles Glas herüber. Niemand erhebt einen Einwand, also koste ich. Das Zeug schmeckt süß, aber gleichzeitig bitter und sauer. Ich verziehe das Gesicht. „Na, wird schon noch werden!“, sagt Heidi. „Wärst der Erste hier in Kastenkirchen, dem das Saufen nicht gefällt!“ „So, jetzt wird es aber Zeit!“ Mama schickt mich mit einem kurzen Nicken ins Bett. Wahrscheinlich ist es eh gescheiter, ich verziehe mich jetzt, denn Kathi sitzt jetzt auf dem Schoß von Heidis Mann und trinkt schon wieder Sekt aus der Flasche.

Der komische Geschmack von dem Sekt vergeht nicht einmal beim Zähneputzen ganz. Als ich in meinem Zimmer noch kurz das Fenster öffne, höre ich die Sirene eines Feuerwehrautos, und wenn mich nicht alles täuscht, ist da in einiger Entfernung auch Feuerschein am Himmel zu sehen. Ich werde ganz bestimmt nie wieder Sekt trinken, das schwöre ich mir, bevor ich einschlafe.

Als ich am nächsten Morgen hinunterkomme, ist Mama schon in der Küche mit den letzten Aufräumarbeiten beschäftigt. „Wo ist denn der Papa?“, frage ich. „Im Bett. Hoffentlich!“, zischt Mama. „War noch was, gestern?“, erkundige ich mich möglichst unschuldig. „Nix!“, erklärt Mama barsch. Als ich allerdings nach dem Frühstück vors Haus trete, um wieder einmal Schnee zu schaufeln, kann ich deutlich sehen, dass heute Nacht hier jemandem schlecht geworden sein muss. Zweimal. Oder es waren zwei Leute. Das Zeug ist hart gefroren und lässt sich mit der Schneeschaufel gut beseitigen.

Man sieht auch noch die Spuren vom Auto der Hetteggers, das gestern Nacht vor dem Haus gestanden ist. Es muss beim Wegfahren ziemlich heftig geschleudert haben, anders sind die Reifenspuren nicht zu erklären. Wahrscheinlich ist der Hettegger selber gefahren, weil seine Frau lässt er ja nicht ans Lenkrad, auch wenn er noch so besoffen ist. „Mein Auto“, hat er gestern erzählt, „das findet von alleine nach Hause!“ Alle haben ziemlich gelacht. Bei uns ist es üblich, dass die Männer fahren, auch, wenn sie getrunken haben. Sonst könnte ja, beispielsweise in der Silvesternacht, die Feuerwehr gar nicht ausrücken, wenn wieder einmal eine Silvesterrakete einen Heuschober in Brand gesetzt hat.

Opa tritt vors Haus. „Fleißig, Bub!“, sagt er, zündet sich seine Pfeife an und sieht mir eine Weile zu. „Habt's gestern einen ordentlichen Wirbel gemacht!“, stellt er fest. Ich hoffe, er erwartet von mir keine Antwort. „Na“, sagt er, „dann gehen wir einmal zum Wirten hinunter. Ich möcht schließlich wissen, welches Haus heute Nacht abgebrannt ist.“ „Da drüben war's!“, zeige ich in die Richtung, in der ich gestern den Feuerschein wahrgenommen habe. „Aber ziemlich weit weg!“ Opa winkt mir noch einmal mit seiner Pfeife. „Musst du nicht zum Neujahrskonzert zu Hause sein?“, rufe ich ihm nach, aber er antwortet nicht.

Beim Neujahrskonzert ist Mama nämlich streng. Die Gulaschsuppe ist schon vorgekocht, und sie besteht darauf, dass Papa neben ihr sitzt, weil es doch so ein einmaliges Erlebnis ist, das er auf keinen Fall versäumen darf. Da kann es dann manchmal auch Streit geben, wenn Papa nicht aufpasst oder gar einschläft. Das Konzert wird heuer zum ersten Mal in Farbe ausgestrahlt. Davon haben wir aber nichts, weil wir nur einen Schwarzweißfernseher besitzen. Ein Farbfernseher, hat Mama gesagt, kostet mehr, als Papa im Monat verdient, und zuerst muss einmal ein Auto her. Ich habe gehört, dass sie im Elektrogeschäft in Seeklausen in der Auslage einen Farbfernseher aufgestellt haben, wo man sich das Neujahrskonzert in Farbe anschauen kann. Mich hätte es schon gereizt, aber Mama wollte auf keinen Fall nach Seeklausen fahren, weil sie durch die Auslagenscheibe nämlich nichts vom Konzert hört. Lieber schaut sie es sich in Schwarzweiß an und hört dafür alles.

Papa hat rote Augen und lehnt völlig teilnahmslos und unfrisiert auf dem Sofa, als ich wieder ins Wohnzimmer komme. Mir kommt vor, er stinkt auch ziemlich aus dem Mund. Wo sonst sollte der säuerliche, muffige Geruch herkommen? Ich hab mir die Zähne jedenfalls heute Morgen geputzt. „Pst!“, macht Mama, denn es hat schon angefangen. „Dir würde ein wenig Kultur auch nicht schaden!“, zischt sie leise, als ich mich auf leisen Sohlen Richtung Dachschräge davonmache, um im „Huckleberry Finn“ weiterzulesen. Der ist echt ein wilder Teufel und lässt sich auf einem Floß mit dem geflohenen Sklaven Jim den Mississippi hinuntertreiben. Leben tun die beiden von Fischen, die sie aus dem Fluss holen, und von einem Sack Maismehl, den Huck seinem Vater gestohlen hat. Maismehl, das kenn ich, denn voriges Jahr in Italien hat es zum Entsetzen unserer Eltern im Hotel einmal Polenta gegeben, was bei uns angeblich nur die Schweine fressen. Wenn es aber sogar die Amerikaner essen, dann kann es so übel nicht sein, denn die sind uns, so hört man immer wieder, in jeder Beziehung voraus.

Ich gehe erst zum Skispringen wieder hinunter, das fängt um halb zwei an. Ausnahmsweise darf während dem Gulaschsuppenessen der Fernseher weiterlaufen. Leider stürzt einer der Springer kopfüber in den Auslauf und rutscht bewegungslos den Abhang hinunter. „Um Gottes willen!“, schreit Mama auf und schlägt die Hände vor den Mund. „Und das beim Essen! Und vor den Kindern!“

Die Sanitäter eilen sogleich herbei, packen den Springer, dessen Skier nur mehr Kleinholz sind, werfen ihn auf eine Trage und verschwinden durch einen Ausgang aus dem Auslauf. „Ist der tot?“, fragt Uschi. Papa meldet sich mit kratziger Stimme erstmals zu Wort. „Da schmeißt's doch jedes Jahr einen. Und bis jetzt hat's noch jeder überlebt!“ „Du bist so ein ...“, schüttelt Mama den Kopf.

Was für einer der Papa ist, erfahren wir leider nicht.

5 Opas Tod

Im Keller fand er eine Kommode, die früher im Schlafzimmer der Eltern gestanden war. Irgendwann hatte Mama die schweren, dunklen Möbel sattgehabt und sich neu eingerichtet, einige Zeit nach Papas Tod, glaubte er sich zu erinnern. Damals war diese Kommode im Keller gelandet, er selbst hatte sie hinuntergetragen. In der obersten Schublade lagen immer noch angebrochene Medikamentenpackungen, allerlei Salben und Heftpflaster. Irgendwann, hatte er Mama erklärt, werde schon Zeit sein, sie auszuräumen.

Die unterste Schublade barg einen überraschenden Fund. In einem Pappkarton fand er allerlei Orden und Bilder, die Mama nicht gehört haben konnten. Er trug alles ans Tageslicht, um es am Küchentisch näher zu inspizieren. Die Orden stammten vom Kameradschaftsbund, und da gab es nur einen, der für eine Mitgliedschaft in Frage kam – sein Opa. Der erste Orden, den er zur Hand nahm, bestand aus einem Kreuz, das eine Inschrift trug. „Für Heimat und Volk. 1939–1945". Im Zentrum des Kreuzes war ein Stahlhelm abgebildet, um das Kreuz war eine Art Lorbeerkranz gewunden, geziert war es mit vier Schwertern. Naziorden war es wohl keiner, denn es fehlte das Hakenkreuz. Allerdings, sein Opa hatte im Krieg nicht als Soldat gedient, den Orden daher wohl nicht getragen. Drei weitere Medaillen am Band bestätigten die 10-jährige, die 20-jährige und die 25-jährige Zugehörigkeit zum Kameradschaftsbund.

Darunter lagen doch noch zwei Medaillen, die das Hakenkreuz trugen. Er nahm die größere zur Hand und sah auf der Hinterseite eine Spange, mit der man sie wohl am Revers befestigt hatte. Vorne trug sie das Hakenkreuz in einem weißen Kreis, außen stand in einem roten Ring „National-Sozialistische D.A.P.“. Das konnte nur eine Erkennungsmarke für Mitglieder gewesen sein. Dass Opa Sympathien für die Nazis gehabt hatte, hatte er gewusst. Dass er aber Parteimitglied gewesen war, hatte er nicht vermutet. Allerdings, so überlegte er, konnte das Stück ja genau wie die Kameradschaftsmedaille auf verschlungenen Wegen in Opas Besitz gelangt sein. Eine kleinere Anstecknadel mit Hakenkreuz war auch noch vorhanden. Darunter einige Fotos, zwei von Männern in Naziuniformen. Beide erkannte er nicht, es mochten entfernte Verwandte sein, die er nie kennengelernt hatte. Auf einem dritten Foto sah man eindeutig Opa und Oma, in jungen Jahren. Opa trug Stiefel, ein Hitlerbärtchen und einen Hut mit schmaler Krempe, Oma ein Kopftuch und eine Kittelschürze. Beide lächelten etwas verlegen in die Kamera. Das letzte Foto würde er in den Scanner legen, immerhin waren Fotos seiner Großeltern rar, und er hatte die Hoffnung noch nicht aufgegeben, dass sich auch seine Kinder einmal für die Familiengeschichte interessieren würden.

Seltsam, diese zwei Gesichter, die sein Großvater nach außen gezeigt hatte. Einmal der unerbittliche Nazi, der nichts mehr von einem Sohn wissen wollte, der von der Wehrmacht desertiert war. Der von seiner Frau verlangt hatte, diesen Sohn aus ihrem Leben zu tilgen. Andererseits der zwar oft grantige, aber dennoch fürsorgliche Opa, auf dessen Knien er als kleines Kind geritten war und dem es sichtlich Freude gemacht hatte, Enkelkinder um sich zu haben. Rauchschwaden aus der Pfeife natürlich immer inklusive.

Warum Mama diese Erinnerungsstücke aufgehoben hatte, war ihm ein Rätsel. Er hatte immer wieder gehört, dass alles, was an die Nazis erinnerte, vergraben, verbrannt oder sogar verschluckt worden war, bevor die Russen oder die Amerikaner es in einem Haus finden konnten. Sympathien für diese Ideologie hatte Mama nie gehabt, Opa oft einen „alten Nazi" geschimpft. Ihre Einwände gegen die Nazis waren allerdings eher gewesen, dass sie grob, ungebildet und kulturlos gewesen seien. Bücher und Bilder zu verbrennen, das hatte sie ihnen nie verziehen, Krieg und Völkermord hatte sie seiner Erinnerung nach jedoch nie erwähnt.

In der Früh eilt Oma ganz außer sich über die Stiege herunter. Schon von oben ruft sie laut nach Papa. „Er wird mir nimmer wach, er rührt sich nimmer!", schreit sie und schüttelt Papa, der gerade dabei ist, die Gummistiefel anzuziehen, um draußen Holz zu hacken. „Jetzt tu doch was, Herrgott noch einmal!", faucht sie Papa an, der so langsam von Begriff ist, dass Mama schon die Stiege hinaufgeeilt ist, als er noch an seinen Stiefeln herumzerrt. „Adolf, du rufst sofort den Doktor an!", schreit sie vom oberen Treppenabsatz herunter.

Ich will natürlich auch die Stiege hinauf, doch als ich an die Türschwelle des Schlafzimmers der Großeltern komme, scheucht mich Mama weg. „Verschwind! Das ist nichts für Kinder!" Sie beugt sich über Opa, der zugedeckt mit offenem Mund im Bett liegt, und streicht ihm über die Wange. Ich verziehe mich schon allein deswegen, weil es mich gruselt. Ob Opa tot ist? Ich habe noch nie einen Toten gesehen. Aber so recht lebendig hat Opa nicht ausgeschaut. Oma und Papa kommen mir auf der Stiege entgegen, als ich hinuntergehe. Oma jammert in einer Tonlage, die ich noch nie bei ihr gehört habe, es muss sich also um etwas Schlimmes handeln. Ich setze mich mit meinem „Huckleberry Finn", den ich schon fast ausgelesen habe, an den Küchentisch, damit ich keinesfalls etwas versäume, und versuche zu lesen, kann mich aber nicht auf mein Buch konzentrieren.

Papa kommt bald wieder herunter, ich höre ihn im Telefonbuch blättern, dann wählt er eine Nummer und fragt nach dem Herrn Pfarrer. Der ist anscheinend nicht da, denn Papa fragt, wann er denn wieder kommt. „Aha!", sagt er dann noch. „Wenn er zurück ist, soll er bitte sofort zum Schmidbauern kommen, wegen der letzten Ölung! Aber es wäre trawig!" Ich glaube, über die letzte Ölung habe ich in Religion schon einmal was gehört. Es ist wahrscheinlich eines von den Sakramenten, die wir in der Volksschule vor der Erstkommunion auswendig haben lernen müssen, weil die Erstkommunion nämlich auch ein Sakrament ist. Das hat aber nichts damit zu tun, dass Opa immer „Sakrament, Sakrament!" geschrien hat, wenn er sich zum Beispiel in seiner Werkstatt mit dem Hammer auf einen Finger gehaut hat.

Bald nach dem Anruf beim Pfarrer kommt zuerst der Doktor Heiml, unser Gemeindearzt. Als ich ihm die Tür öffne, zieht er noch rasch an seiner fast fertig gerauchten Zigarette und bläst mir den Rauch mehr oder weniger ins Gesicht. Er hat es anscheinend nicht eilig, als er langsam die Treppe hinaufsteigt. Der Doktor Heiml muss dabei sehr schnaufen, denn er ist ziemlich dick und raucht ununterbrochen. Selbst wenn man ihn nicht sieht, weiß man, dass er in der Nähe ist, weil man ihn hören und riechen kann. Kurz danach kommt der Herr Pfarrer, und fünf Minuten später kommen beide in Begleitung von Papa wieder die Stiege herunter. Papa tritt in die Küche und holt die Schnapsflasche aus der Kredenz, die beiden Herren folgen ihm.

„Ja", sagt der Pfarrer in meine Richtung und seufzt. „Dein Opa, der ist zum Herrn abberufen worden." Er streicht mir über die Haare. Schade, dass Uschi nicht da ist, die hat sich gleich, wie Oma so geschrien hat, in ihrem Zimmer im Bett verkrochen. Sonst hätte sie die Streicheleinheiten abgekriegt, um die ich mich nicht reiße. Die drei Herren stürzen einen Schnaps im Stehen hinunter, Papa schenkt nach. „Der Vater!", schluchzt Papa plötzlich und hält sich die Hand vor die Augen. Solche Gefühlsregungen kenn ich von ihm nicht. So gut verstanden hat er sich mit seinem Vater ja eh nicht. Plötzlich fällt mir ein, dass möglicherweise auch von mir erwartet wird, dass ich in Tränen ausbreche, obwohl ich keinen Schnaps bekommen habe. Ich muss daran denken, dass Oma auch schon alt ist und bald sterben könnte, und da fließen die Tränen plötzlich von ganz allein. „Das Leben geht weiter, Bub!" Der Doktor stellt sein Stamperl ab, setzt sich neben mich hin und kramt in seinem Koffer. „Ich schreib dir gleich einen Totenschein, Schmidbauer. Damit gehst zum Standesamt und meldest den Todesfall." Er droht Papa mit dem Finger. „Und dass du auch die Pensionsversicherung verständigst, gell! Nicht, dass du mir seine Pension noch weiter kassierst!" Der Doktor lacht und bekommt noch ein Stamperl eingeschenkt. Papa hat sich inzwischen wieder gefangen und seine Tränen mit dem Ärmel abgewischt.

Von oben hört man lautes Jammern, das muss Oma sein. Mama würde das nie tun, denn so etwas hält sie für unfein. In meinem Benimmbuch steht zwar auch etwas über Todesfälle, aber ob man da lautstark klagen darf, wird nicht erwähnt.

„Ich mach dir gleich zwei Durchschläge!", kündigt der Doktor an und beginnt zu schreiben. Einen Durchschlag macht man, indem man jetzt zum Beispiel drei Totenscheinformulare übereinanderlegt und dazwischen sogenanntes Blaupapier legt. Das ist mit Farbe beschichtet, und wenn man auf dem obersten Formular schreibt, wird das aufs zweite und, wenn man Glück hat und fest hindrückt, auch aufs dritte Formular übertragen.

Der sogenannte „Durchschlag" war die einzige Vervielfältigungsmethode für Leute gewesen, die keine Druckerei besaßen. Der Fotokopierer war noch mehr als ein Jahrzehnt von Kastenkirchen entfernt gewesen, und wenn man mehr als drei Durchschläge brauchte, musste man sich mit der sogenannten Hektographie begnügen. Dabei schrieb man mit der Schreibmaschine ohne Farbband auf eine Folie, die durchlöchert wurde. Diese Folie, eine sogenannte Matrize, konnte man danach in ein Gerät einspannen, das Farbe durch die Löcher auf Papier drückte. Damit konnte man schon bis zu hundert Abzüge herstellen, und das ohne große industrielle Druckmaschinen. Solche Geräte standen aber in Privathaushalten in der Regel nicht zur Verfügung, sie waren Schulen und Ämtern vorbehalten.

Es dauert dann noch ein paar Schnäpse, bis sich der Doktor und der Pfarrer verabschieden, und ich frage mich, was die beiden tun, wenn ihnen mehrere Todesfälle an einem Tag passieren, denn der Doktor hat, glaube ich, vier Schnäpse getrunken, der Pfarrer drei und Papa auch ... Ich habe nicht mitgezählt. Wenn der Doktor dann, sagen wir einmal, drei Totenscheine ausstellt an einem Tag, dann macht das zwölf Schnäpse, und ich möchte nicht wissen, was dann auf dem vierten Totenschein draufsteht, wenn ihm noch einer stirbt, bevor er seinen Rausch ausschlafen kann.

Ich muss den Doktor hinausbegleiten. Er hat Schneeketten an den Hinterrädern montiert, damit er überall hinkommt, wo er hinmuss. Den Pfarrer nimmt er ein Stück mit, der ist zu Fuß gekommen. Laut rasselnd fahren sie davon. Ob es an den Schneeketten oder den Schnäpsen liegt, dass der Wagen über die gesamte Straßenbreite schlingert, kann ich nicht sagen.

Schließlich kommen auch Mama und Oma wieder herunter, beide verheult, mit großen karierten Schnäuztüchern vor den roten Nasen. „Musst den Bichler anrufen, gell!“, nuschelt Mama unter ihrem Schnäuztuch hervor. Der Bichler ist eigentlich ein Tischler, aber er macht auch Särge und kümmert sich um die Aufbahrung und Bestattung der Menschen, die in Kastenkirchen sterben. Mir ist der Bichler ein wenig unheimlich, er ist lang und dünn und meistens, wenn er nicht in seiner Werkstatt arbeitet, schwarz angezogen, denn da braucht er sich nicht umziehen, wenn man ihn zu einer Leiche holt. Meistens grinst er auch irgendwie gruselig, und bucklig gehen tut er auch.

Als der Bichler dann kommt, versucht auch der, mir über den Kopf zu streichen, ich weiche ihm aber aus. Dann werde ich hinaufgeschickt, denn wenn der Leichenbestatter im Haus ist, will man mich anscheinend nicht dabeihaben. Ein bisschen komisch ist mir schon, als ich an Opas Tür vorbeischleiche. Immerhin liegt da ein Toter drin. Und oben, in meiner Dachschräge, da liege ich direkt über dem Schlafzimmer meiner Großeltern.

Es ist ja nicht so, dass ich mich mit dem Tod nicht auskenne. In „Winnetou III“, da stirbt Winnetou, und er erzählt seinem Blutsbruder Scharlie noch allerhand, bevor er in die ewigen Jagdgründe geht. Zum Schluss schwört er sogar dem großen Manitou ab und möchte lieber ein Christ sein. Old Shatterhand hat ihm schließlich ausgiebig vom Jenseits vorgeschwärmt. Ob Opa jetzt auch im Jenseits ist? Ich kann mir nicht wirklich vorstellen, wo das sein soll. Früher hat man ja geglaubt, dass das im Himmel oben ist, aber jetzt weiß man, dass da, oberhalb der Wolken, eigentlich gar nichts ist, außer Astronauten und Flugzeuge. Dieser Tage ist auch in der Zeitung gestanden, dass die Russen einen Überschalljet gebaut haben, und von der Concorde habe ich auch schon gehört, die soll bald von London oder von Paris nach New York fliegen, und das soll nur drei Stunden dauern. Mit einem Überschalljet nach Amerika zu fliegen, das wäre schon eine großartige Sache, aber ich glaube nicht, dass ich mir das einmal leisten kann. Obwohl ja die Arbeitskollegin von meiner Tante Hertha schon dort war, aber vielleicht hat die nur angegeben.

Die alten Griechen haben geglaubt, dass man über einen Fluss ins Jenseits gelangt, das weiß ich aus den antiken Sagen. Aber wo dieser Fluss ist und wie es da unten zugeht, das haben sie auch nicht so genau gewusst. Und schließlich soll es ja auch noch die Hölle geben, wo die armen Sünder braten. Das müsste ganz tief unter der Erde sein, weil da wird es immer heißer, bis zum glühenden Erdinneren, das hat uns der Herr Professor Zauner einmal erklärt. Und es ist auch logisch, denn woher käme sonst die Lava, die bei jedem Vulkanausbruch aus dem Erdinneren hervorspuckt? Meines Wissens nach ist aber noch niemals ein armer Sünder mit ausgespuckt worden, also ist das mit der Hölle auch ein schwieriges Thema. Ich muss einmal meinen Religionslehrer danach fragen. Das ist der Pfarrer von Seeklausen, der hält immer die Hände gefaltet und den Kopf gesenkt, und er spricht, ganz, wie es das Benimmbuch verlangt, nur mit gedämpfter Stimme. Leider hat er auch Mundgeruch, was besonders bei Prüfungen sehr unangenehm ist, weil er einem da direkt ins Gesicht redet.

Ob Opa jetzt in die Hölle kommt? Ich meine, weil ja alle sagen, dass er ein alter Nazi war, und das ist bestimmt nichts Gutes. Zu mir allerdings war er immer freundlich, mir und Uschi hat er nichts getan. Mama hat er hie und da in den Popo gezwickt, aber das war zum Spaß. Nur Papa hat sich mit ihm nie gut vertragen, sie haben kaum etwas miteinander geredet. Und so wie die Heidi Hettegger ihren Mann hat auch Papa seinen Vater immer wieder einen alten Trottel geheißen. Jetzt fällt mir erst ein, wo Opa jetzt sein muss: im Fegefeuer. Ich glaube, dort kommen die hin, bei denen man sich noch nicht entschieden hat, ob sie in die Hölle müssen oder in den Himmel dürfen. Auf jeden Fall muss es dort auch heiß sein, denn sonst hieße es nicht „Feuer". Aber wo das Ganze alles sein soll, das geht über meinen Verstand. Vielleicht haben sich das die Priester und Bischöfe nur ausgedacht, damit die Leute beruhigt sind und nicht so viel Angst vor dem Tod haben.

Schon am Vormittag beginnen die Bestatter ihr Werk. Opa soll zu Hause aufgebahrt werden, weil eine Leichenhalle, wo man das öffentlich machen kann, gibt es in Kastenkirchen nicht. Zu Mittag darf ich den Raum betreten, es ist eine Kammer, die in der Wohnung der Großeltern liegt, die sie aber nicht benutzt haben. Weil unser Haus ein altes Bauernhaus ist, gibt es genug Zimmer, die wir gar nicht brauchen.

Im Zimmer schaut es jetzt aus wie in einer Kirche. Die Wände sind mit schwarzem Stoff verkleidet, in der Mitte steht der Sarg auf einem Ständer, und daneben brennen Kerzen in sechs Kerzenleuchtern aus Messing. Vor dem Sarg stehen Blumen und ein Foto von Opa, auf dem er noch viel jünger ist als jetzt. Oben auf dem Sarg sind auch noch Blumen, und es riecht nach Weihrauch. Oma sitzt schluchzend auf einem Sessel neben der Tür, und jetzt kommen auch mir wieder die Tränen, denn das alles schaut so furchtbar traurig und gleichzeitig so ehrwürdig aus, dass man einfach weinen muss. „Komm her, Bub!“ Oma zieht mich an sich und drückt ihr Gesicht gegen meinen Pullover. „Jetzt bin ich ganz allein!“, schluchzt sie. „Aber du hast ja mich!“, tröste ich sie. „Ich komme gern zu dir essen. Wenn doch die Mama dann einmal arbeiten gehen will!“

Oma schiebt mich von sich. Die Tränen scheinen versiegt zu sein, und sie schaut mich streng an. „Davon weiß ich ja noch gar nichts!“ Da habe ich anscheinend etwas ausgeplaudert. Aus Versehen. „Ich helf dir auch beim Kochen.“ Oma schaut immer noch streng. „Und beim Abwaschen!“, spiele ich meinen letzten Trumpf aus. „Na“, sagt Oma, „da wird noch drüber zu reden sein!“ Sie wirkt jetzt wieder gefasster, es war doch gut, dass ich sie von Opas Tod abgelenkt habe.

Den ganzen Nachmittag über tauchen Leute in unserem Haus auf, Verwandte und Bekannte, die bei Opas Sarg beten wollen. Es sind fast alles alte Leute, von denen die meisten muffig riechen, weil sie ihre Winterkleidung anbehalten. Im Zimmer, wo Opa aufgebahrt ist, wird nicht geheizt. Oma muss ununterbrochen Kaffee machen und Schnaps ausschenken, denn viele, vor allem die Männer, brauchen zum Trost, damit sie über ihre Trauer hinwegkommen, Hochprozentiges. Zunächst finde ich das alles spannend, nach ein, zwei Stunden nur mehr langweilig und gehe in mein Zimmer hinauf. Ich höre die Betenden sogar, wenn ich oben in meiner Dachschräge auf dem Bett liege, deswegen gehe ich lieber hinunter und schaufle zuerst Schnee, dann baue ich mir eine Schneeburg. Kurz bevor es finster wird, mache ich noch einen Abstecher zum Hildprachtinger Hügel, um ein paarmal auf meinen Skiern hinunterzufahren.

Am Abend kann ich lang nicht einschlafen, weil direkt unter mir eine ganze Gruppe von Frauen sitzt, die ununterbrochen den Rosenkranz beten. Man sollte eigentlich meinen, dass das enorm einschläfernd wirken muss, aber ich muss mir mit dem Polster die Ohren zuhalten, weil ich das Raunen von da unten nicht mehr ertrage. So kann ich natürlich nicht lesen, weil ich beide Hände zum Ohrenzuhalten brauche.

Außerdem kann ich auch wegen meiner Gedanken nicht einschlafen, ich muss immer daran denken, dass direkt unter mir Opa in seinem Sarg liegt. Ob man da bald zu stinken anfängt, wenn man tot ist? Ich hab einmal im Hühnerstall ein totes Huhn gefunden, das hat schon ganz arg gestunken, so ekelhaft, dass man es fast nicht ausgehalten hat. Aber ich weiß nicht, wie lang das schon tot war. Papa hat geflucht, weil er es mit der Schaufel aus dem Hühnerstall holen und in die Mülltonne hat schmeißen müssen. Die hat dann leider auch noch wochenlang nach dem toten Huhn gestunken. Ich schnüffle vorsichtig ins Zimmer hinein. Irgendwie kommt mir vor, es riecht hier auch nach totem Huhn.

Winnetou haben sie auf seinem Pferd sitzend, mit allen seinen Waffen und mit dem Kriegsschmuck begraben. Deshalb haben sie zuerst das Pferd erschießen und dann einen Erdhügel rund um die beiden Leichen errichten müssen. So etwas ist bei uns nicht üblich, aber ich finde, sie könnten Opa wenigstens seine Pfeife mit ins Grab geben.

Drei Tage liegt Opa unter mir, es sind kalte Tage mit viel Schnee, und ausgerechnet am Tag seines Begräbnisses kommt Tauwetter, und alle stehen mit nassen Füßen im

Matsch auf dem Friedhof. Uschi klappert mit den Zähnen, aber weder Papa noch Mama reagieren darauf. Papa wollte ursprünglich gar nicht zum Begräbnis, weil er es nicht aushält, hat er gesagt, dass ihm alle möglichen Leute die Hand schütteln und ihr Beileid kundtun wollen. So lange kann er gar nicht traurig dreinschauen, hat er gemeint. Ein Bier und ein Schnaps nach dem Frühstück haben ihn dann aber doch so weit entspannt, dass er es sich zugetraut hat, zuerst in die Kirche und dann auf den Friedhof zu gehen.

Wir müssen nach der Messe direkt hinter dem Sarg hinaus aus der Kirche. Die Sonne kommt gerade hinter den Wolken hervor, und überall tropft es von den Dächern und Bäumen. Der Leichenwagen mit dem Sarg fährt durch tiefe Matschpfützen, denen wir nicht immer ausweichen können. In der Kirche ist mir schon eine Gruppe von seltsamen Männern aufgefallen, sie haben zwar schwarze Anzüge an und Hüte auf wie alle anderen, dazu aber haben sie noch bunte Schärpen umgehängt, haben eine Menge blinkender Orden auf der Brust, und manche von ihnen tragen Fahnen an langen Stangen. Eine von den Fahnen ist in der Kirche direkt vor mir herumgewedelt worden, deswegen habe ich sehen können, was draufsteht. „Treu der Heimat, treu dem Volke“ war da zu lesen, und ein Soldat eilt darauf mit ausgestreckten Händen auf eine Frau und zwei Kinder zu, so, als wolle er sie retten. Was ich aber von Erzählungen von Oma und meinen Eltern weiß, sind sie vor den Soldaten immer eher davongerannt, weil sie sich gefürchtet haben. Und die eigenen Soldaten, die waren in Russland und haben ihre Frauen und Kinder sicher nicht retten können.

Ich trete frierend mit nassen Füßen auf meinem Standplatz herum. „Wer sind denn die Männer?“, flüstere ich Mama zu. „Kameradschaftsbund!“, flüstert sie zurück. Ich kann mir darunter nicht viel vorstellen. Ich habe nicht gewusst, dass Opa Kameraden gehabt hat, außer die, mit denen er am Sonntagvormittag immer beim Stammtisch gesessen ist. Und am Mittwochabend, da sind der Kahlhuber Veit und der Ehrenberger Max immer zum Kartenspielen gekommen.

Plötzlich habe ich eine Idee. „Sind das lauter Nazis?“, flüstere ich Mama zu. Schließlich hat ja auch sie immer gesagt, der Opa wäre ein alter Nazi. Die Frage war anscheinend unpassend, denn Mama zischt: „Kein Wort mehr, hörst du?“, und drückt schmerzhaft meine Hand zusammen. Der Pfarrer kann mit der Beterei gar kein Ende mehr finden, und ab und zu wird auch noch gesungen. Die Ministranten frieren genauso wie ich, wir alle klappern schon mit den Zähnen, denn die Sonne hat sich wieder hinter grauen Wolken versteckt. Schließlich ist es vorbei, wir treten an den Sarg und werfen eine Schaufel Erde darauf, was ich sehr spannend finde. Dann dürfen wir auch noch ein bisschen Weihwasser hinterherspritzen, wahrscheinlich ist das notwendig, damit Opa nicht zu lang im Fegefeuer braten muss. Obwohl, mir ist mittlerweile so kalt, dass ich den Gedanken an ein Fegefeuer recht angenehm finde. Die komischen Männer kommen nachher auch zum Händeschütteln, und als sich einer zu mir herunterbeugt, sehe ich an seiner Brust einen Orden mit einem Hakenkreuz. Ich weiß zwar nicht genau, was das bedeutet, habe es aber schon öfter an Wände geschmiert gesehen. „Hitler“ ist da manchmal darunter gestanden, oder irgendwas von Reich und Führer. Manchmal waren auch Zeichnungen von einem Mann mit Scheitel, schmalem Gesicht und Schnurrbärtchen dabei. Ich muss einfach einmal in der Schule danach fragen, wie das mit den Nazis war, wofür ist die Schule denn sonst da? Am besten frage ich den Herrn

Professor Zauner, der unterrichtet bei uns zwar nur Geografie, aber ich weiß, dass er auch Geschichte hat. Der müsste sich doch auskennen.

Die Männer stellen sich, nachdem sie uns ihr Beileid ausgedrückt haben, in Viererreihen auf und marschieren davon wie Soldaten. Dazu haben sie auch eine Art General mitgebracht, der ihnen Kommandos gibt, wie beim Militär.

Die seltsamen Männer sitzen danach alle auch beim Kondukt im Kirchenwirt. So nennt man bei uns einen Leichenschmaus. Meine Füße tauen endlich wieder auf, und weil es bis zur Suppe wegen der vielen Leute lange dauert, knabbere ich ein bisschen an der riesigen Semmel, die vor jedem Platz auf einem Teller liegt. Das ist eine sogenannte Konduktsemmel, und sie ist mit Anis bestreut, ein irgendwie scharf schmeckendes Gewürz, das man normalerweise nicht auf Semmeln tut. Danach gibt es eine Frittatensuppe und als Hauptspeise gekochtes Rindfleisch mit Semmelkren und Erdäpfelschmarren. Uschi heult, weil der Semmelkren wie Gespiebenes aussieht und sie ihn auf keinen Fall essen kann. Am Fleisch ist ein Fettrand dran, den mag sie auch nicht. „Isst du halt die Erdäpfel", sage ich zu ihr. „Das Fleisch und den Semmelkren nehme ich!"

„Du armes Kind!" Der Pfarrer beugt sich über Uschi und streicht ihr über die Wangen. „Bist recht traurig, wegen dem Opa, gell?" „Nein, wegen dem Fettrand und dem Semmelkren!", erkläre ich dem Herrn Pfarrer wahrheitsgemäß. Mama schießt mir einen giftigen Blick zu und tritt mir unter dem Tisch gegen das Schienbein. „Aua!", schreie ich, während der Pfarrer mit einem leisen Kopfschütteln an seinen Platz wandelt. Es wäre wohl ein Moment für die Karl-May-Tugend gewesen, nicht für den Ratschlag aus dem Benimmbuch. Aber woher soll man wissen, wann man seine Meinung sagen soll und wann es besser ist, den Mund zu halten?

Nach ein paar Bier wird es noch recht lustig. Jeder, der sich an Opa erinnert, erzählt irgendwelche witzigen Geschichten aus seinem Leben. Ich darf heimgehen, als es dunkel wird, bekomme allerdings die schwierige Aufgabe, auf Uschi aufzupassen. Meine Schuhe sind schon fast wieder trocken, auf dem Heimweg durch Matsch und einsetzenden Regen dringt das Wasser allerdings sofort wieder durch das spröde Kunstleder. Weil Uschi nicht allein sein mag, setze ich mich mit dem „Huckleberry Finn“ zu ihr. Ich hab eigentlich nur noch ein paar Seiten, aber Uschi will wissen, worum es in dem Buch geht. Erstaunlicherweise hört sie aufmerksam zu, als ich ihr die Geschichte erzähle. Noch bevor ich fertig bin, schläft sie aber ein, und ich kann das Buch endlich auslesen. Das Ende ist ein bisschen kompliziert, aber die Hauptsache ist, dass der ehemalige Sklave Jim nun ein freier Mann ist.

Den Rest der Weihnachtsferien verbringe ich wegen des schlechten Wetters großteils im Bett oder vor dem Fernseher, denn im Winter gibt es neben den üblichen Sendungen auch noch die Übertragungen von den Skirennen. Ich bin ein echter Fan und habe einen alten Jahreskalender hergenommen, um die Ergebnisse der Skirennen aufzuschreiben. Ich trage alle Zeiten von allen Fahrern ein, soweit sie eben im Fernsehen übertragen werden. Insgesamt haben 54 Teilnehmer auf einer Doppelseite Platz, weil jede Seite 28 Zeilen hat, und eine Zeile brauche ich für die Überschrift. Ich bin sehr stolz darauf, dass ich auch die ausländischen Namen richtig schreiben kann.

Jetzt sitze ich meistens allein vor dem Fernseher, wenn Skirennen übertragen werden, bisher hat mir Opa wenigstens manchmal dabei Gesellschaft geleistet. Ihn hat aber nur interessiert, ob ein Österreicher gewonnen hat. Ich bin da nicht so kleinlich, obwohl ich auch ein Fan von Karl Schranz bin, einem unserer besten Skiläufer. Mama setzt sich gelegentlich zu mir, wenn sie gerade keine Arbeit hat, um zu stricken. Über die Skirennen schüttelt sie nur den Kopf. „Da stellen sich alle oben hin und wollen möglichst schnell nach unten. Wozu soll das gut sein?", fragt sie. Und beim Slalom seufzt sie. „Also, ich tät mich da nie auskennen, wo ich fahren muss!" Frauen fehlt halt das tiefere Verständnis für Sport, damit muss man leben.

6 Unpassende Fragen

Seine Mutter hatte sogar alte Schulbücher in einem Karton aufgehoben. Seltsamerweise waren fast alle aus der ersten oder zweiten Klasse, sogar sein alter Schulatlas war dabei. Die Bücher hatte man damals meist gebraucht gekauft, denn Gratisschulbücher hatte es, soweit er sich erinnern konnte, erst gegeben, als er 13 oder 14 war. Die Bücher waren in erstaunlich gutem Zustand, alle mit Selbstklebefolie eingebunden. Man hatte damals in Schulbücher nicht hineingeschrieben, das Schreiben passierte ausschließlich in den eigenen Schulheften. Warum seine Mutter die Bücher wohl nicht wieder verkauft hatte? Die Antwort fand er rasch: Er hatte die Abbildungen in den Büchern ein wenig ausgeschmückt. Fast alle Männer trugen nun Vollbärte, manche auch einen Schlapphut oder eine Pudelmütze. Einige der Abbildungen waren mit Sprechblasen kommentiert. „I am Father Christmas, as you see!“, stand in einer dieser Sprechblasen neben dem Weihnachtsmann. Den hatte man damals, zumindest in ihrem Englischbuch, noch nicht „Santa Claus“ genannt, diese Figur war während seiner Kindheit erst allmählich durch amerikanische Filme eingesickert. Er konnte sich sogar an in empörtem Ton geführte Fernsehdiskussionen erinnern, die das Auftauchen des Weihnachtsmannes im alpinen Raum begleitet hatten.

In seiner Klasse waren 38 Buben gesessen, und der Englischunterricht war völlig anders verlaufen, als man sich das heute vorstellte. Die Lesetexte aus dem Lehrbuch wurden von Schülern vorgelesen, in einer Endlosschleife, so lange, bis alle einmal dran gewesen waren. Sein Lehrer in der ersten Klasse hatte immer wieder verstohlen in seiner Zeitung geblättert, wenn ihm das Gestottere seiner Schüler zu langweilig geworden war. Dann wurden die Texte Satz für Satz ins Deutsche übersetzt, und schließlich gab es am Ende jeder Lektion ausufernde Vokabelprüfungen, die – bei 38 Schülern – natürlich mehrere Unterrichtsstunden in Anspruch nahmen. Daher kamen die vielen Zeichnungen in seinen Büchern – er war oft fast vor Langeweile gestorben.

In Geografie hatte der Lehrer Wandkarten aufgehängt, auf denen die Staaten noch in den Grenzen von vor dem Zweiten Weltkrieg eingezeichnet waren. Daran konnte er sich deswegen erinnern, weil der Professor viel Zeit darauf verwenden musste, die jeweils aktuellen Grenzverläufe mit seinem Zeigestab abzufahren. In seinem Schulatlas allerdings ging alles mit rechten Dingen zu, die Grenzen entsprachen dem, was zur damaligen Zeit politisch gültig war. Die Langeweile in den Geografiestunden hatte zu gedanklichen Bahnreisen entlang der rot eingezeichneten Bahnlinien im Atlas geführt, und der Vortrag des Herrn Professor Zauner war oft ungehört, noch viel mehr unverstanden geblieben. Die Nebenflüsse der Donau im Mühlviertel oder die Reihenfolge der Seitentäler der Salzach im Pinzgau hatten ihn nie zu faszinieren vermocht, obwohl auch zu diesen Stoffgebieten Prüfungen abgehalten wurden, die Detailkenntnisse voraussetzten.

Die Religionsstunden sind mit Abstand die langweiligsten der ganzen Woche. Der Herr Pfarrer wandelt mit geschürzten Lippen und meist gefalteten Händen durch die Reihen und erzählt aus der biblischen Geschichte und aus dem Katechismus. Wenn er in meine Nähe kommt, halte ich wegen dem Mundgeruch immer den Atem an.

Heute erzählt er von der Erbsünde und dann auch noch von den Todsünden. Ich finde das eigentlich eine Sauerei, wieso sollen wir dafür büßen, dass Adam und Eva von dem verbotenen Baum in der Mitte vom Paradies genascht haben? Das wäre ja genau so, als ob ich dafür büßen müsste, dass mir voriges Jahr ein paar von den Nadlwangern in unserer Klasse meine Schulsachen zertrampelt haben. Ich hab ja nichts zu tun mit denen, noch dazu, wo Adam und Eva schon so lange her sind. Deswegen zeige ich auf, und weil mich der Herr Pfarrer geflissentlich übersieht, muss ich dann auch noch mit den Fingern schnippen, obwohl mir sogar schon unser Klassenvorstand, Frau Professor Schlierberger, mit einer Betragensnote gedroht hat, wenn ich die Angewohnheit des Fingerschnippens beim Aufzeigen nicht aufgebe. „Herr Pfarrer!", rufe ich schließlich, als nicht einmal das Fingerschnippen etwas nützt. „Ja, was ist denn, Niedermayr, was willst du denn? Pass doch lieber auf, was ich euch zu sagen habe!" Der Herr Pfarrer ist sichtlich ungehalten.

„Wann war denn das, mit Adam und Eva? Ich meine, wie lange ist das her? Und warum sollen wir dafür büßen, dass die einen Apfel gegessen haben, ich versteh das nicht!" Der Herr Pfarrer rollt die Augen. „Das sind dumme, unreife Fragen, Niedermayr! Lern zuerst einmal deinen Katechismus, damit du weißt, wie sich ein Christenmensch zu verhalten hat! Das ist das Wort Gottes!" Jetzt stelle ich mich blöd. „Was? Das, was im Katechismus steht, oder das, was Sie gerade gesagt haben?" Rund um mich gibt es ein paar Lacher hinter vorgehaltenen Händen, und auch ich kann mir ein Grinsen nicht verkneifen. Der Herr Pfarrer zieht die Stirn in tiefe Falten. „Dir wird das Lachen schon noch vergehen, Niedermayr! Und allen anderen auch! Womöglich hat der Antichrist schon von euch Besitz ergriffen! Sinn und Gedanken des Menschen sind zum Bösen geneigt, von Jugend auf! 1. Moses 8, 21. Alles, was in der Welt ist, Fleischeslust, Augenlust und Hoffart des Lebens, stammt nicht vom Vater! 1. Johannes 2, 16!“ Der Pfarrer hat seine Stimme immer mehr gehoben, den letzten Satz schreit er mir ins Gesicht, wo auch seine Spucketröpfchen landen. Ich wische mir mit dem Ärmel über die Augen und halte mir der Einfachheit halber damit gleich die Nase zu. Manchmal frage ich mich, ob der Herr Pfarrer überhaupt je eine Zahnbürste benutzt. Jetzt habe ich nur eine harmlose Frage gestellt, und er fängt an zu toben. Ich verstehe das nicht. Der Herr Pfarrer eilt nun auch noch zum Katheder und öffnet das Klassenbuch. „Das wird Folgen haben, Niedermayr, dessen darfst du gewiss sein! Das gibt einen Klassenbucheintrag!“

„Fleischeslust!“, kichert einer hinter mir. Es gibt ein paar in der Klasse, die alles, was irgendwie mit sexuellen Dingen zu tun hat, wiederholen und sich dann vor lauter Lachen nicht einkriegen können. Vorigen Herbst hat es einmal einen Skandal gegeben, weil einer mit Filzstift „ficken“ auf die Wand einer Toilettenkabine geschrieben hat. Der Lehrer, der Pausenaufsicht hatte, hat es nur gemerkt, weil plötzlich alle im Klo verschwunden sind und es dort ein großes Hallo und lautes Gelächter gegeben hat. Der Zöbinger war natürlich auch dabei, er hat immer wieder laut „Ficken!“ gerufen, bis ihn der Lehrer am Kragen hatte und zum Direktor geschleift hat. Dabei war es sicher nicht der Zöbinger, der das dort hingemalt hat. Aber er ist halt unangenehm aufgefallen, und auf die Sitzenbleiber haben es die Lehrer sowieso abgesehen, die müssen sich auch dauernd anhören, dass halt nicht jeder für eine Ausbildung in dieser Anstalt geeignet sei, denn die sei der Elite vorbehalten, und man könne ja schließlich auch in einer Lehre glücklich werden, wenn man nicht fürs Gymnasium tauge.

Der Herr Pfarrer zeigt auf ihn. „Und du, Zöbinger, du kommst gleich mit ins Klassenbuch. Aus euch Heiden werde ich schon noch Christen machen, und wenn dabei die Schwarte kracht!" In meinem Magen bildet sich ein schmerzender Knoten, denn ein Klassenbucheintrag ist eine schlimme Strafe, wahrscheinlich bekomme ich auch einen Eintrag ins Mitteilungsheft, und wenn es ganz dick kommt, müssen meine Eltern in die Schule kommen. Dabei habe ich doch wirklich nur eine ganz harmlose Frage gestellt! Die hätte der Herr Pfarrer doch einfach beantworten können! Ich versuche, während der restlichen Stunde nicht aufzufallen, und vertiefe mich in meinen Katechismus.

Hoffart, Neid, Geiz, Unkeuschheit, Unmäßigkeit im Essen und Trinken, Trägheit und Zorn werden da als Todsünden genannt. Wenn das auch nur annähernd stimmt, dann bin ich schon verdammt, denn ich habe über die Weihnachtsfeiertage so viel gegessen, dass ich den Hosenknopf fast nicht mehr zubringe und der Bauch, wenn der Knopf einmal mit Mühe geschlossen ist, weit drüberhängt. Ich habe ständig Sorge, dass der Knopf einmal abreißt und ich dann unten ohne dastehe. Meine einzige Hoffnung ist, dass mir die Hose bald auch zu kurz wird, denn dann muss eine neue her.

Was Hoffart ist, verstehe ich nicht, der Herr Pfarrer hat es auch nie erklärt. Neid und Geiz sind mir unbekannt, denn ich brauch wirklich nichts, was ich nicht schon habe, außer vielleicht mehr Bücher. Und wer eh nichts hat, so wie die Familie Niedermayr, der kann natürlich auch nicht geizig sein. Bei der Unkeuschheit bin ich mir nicht so sicher, darüber hat der Herr Kaplan schon in der Volksschule so Andeutungen gemacht, in leiser, bedeutungsschwangerer Stimme, dass ich nicht recht gewusst habe, was ich davon halten soll. Ich hab dann einmal in unserem Lexikon nachgeschaut, aber da ist nur gestanden, dass man die Augen, Ohren und Gedanken vor Dingen bewahren soll, die die natürliche oder erworbene Schamhaftigkeit verletzen. Damit habe ich auch nicht viel anfangen können. Aber irgendwie hab ich doch kapiert, dass die Unkeuschheit etwas zu tun haben muss mit der Gegend in der Hose, aus der es gegen den Samstag hin, wenn dann endlich gebadet wird, so ein bisschen nach totem Fisch riecht. Wahrscheinlich habe ich auch schon eine Todsünde begangen, weil ich zu Silvester ein paarmal ein bisschen nach dem Ausschnitt der Hettegger Heidi geschielt habe, da gab es nämlich allerhand zu sehen. Ich müsste den Herrn Pfarrer auch fragen, ob es denn Trägheit ist, wenn ich den ganzen Nachmittag im Bett liege und lese, oder ob das nur für Papa gilt, wenn er mit der Bierflasche in der Hand vor dem Fernseher liegt und raucht. Der Zorn ist übrigens in unserer Familie auch weit verbreitet, weil sich meine Eltern oft anschreien und auch ich manchmal etwas von ihrem Geschrei abbekomme, vor allem dann, wenn ich versuche, mäßigend einzugreifen.

Leider verspürt der Zöbinger in der Pause danach einen starken Drang, sich an irgendwem für die Klassenbucheintragung zu rächen, und ich komme ihm gerade recht. Er rempelt mich an und versetzt mir einen sogenannten Eisenbahner, einen schmerzhaften Kniestoß gegen den Oberschenkel. „Wenn du deine Goschen gehalten hättest!“, zischt er mir ins Ohr. „Du bist schuld, dass ich jetzt im Klassenbuch steh!“ Ich setze zu einer Erklärung an. „Das mit der Fleischeslust, das hat doch der Petrus gesagt!“

Petrus ist der Spitzname vom Pfarrer. „Und du hast es nachgeplappert, da hab doch ich nichts damit zu tun!" Anstatt einer Antwort packt mich der Zöbinger an den Schultern und versetzt mir einen weiteren Eisenbahner gegen den anderen Oberschenkel. Ich sacke mit einem Aufschrei zusammen. Der Herbert, mein Freund, beugt sich über mich. Mit vollem Mund nuschelt er: „Manche Leute kann man mit Argumenten nicht überzeugen." „Hätt ich gar nicht gemerkt!" Ich rapple mich auf, beide Oberschenkel schmerzen wie verrückt. Ich humple zu meinem Platz, der Herbert folgt mir. „Du musst es einmal mit Sanftmut versuchen", erklärt er mir und beißt ein großes Stück von seinem stinkenden Käsebrot ab. „Ich hab ihm eh schon beide Oberschenkel hinhalten müssen!", zische ich ihn an. „Was soll ich denn noch tun?" Der Herbert nervt einen von früh bis spät mit Sprüchen, die er aus dem Katechismus oder aus der Bibel hat. Es ist oft ein wenig anstrengend mit ihm, aber ich kann ihm die Freundschaft nicht kündigen, weil ich im Gymnasium in Seeklausen sonst überhaupt keinen Freund habe.

Am Beginn der Deutschstunde, die auf die Religionsstunde folgt, schlägt Frau Professor Schlierberger das Klassenbuch auf und stutzt. „Niedermayr fällt mehrfach durch freches Benehmen auf?" Sie runzelt die Stirn. „Was war denn?", fragt sie in meine Richtung. Ich hatte schon gehofft, der Eintrag werde unbemerkt bleiben, und wetze unruhig auf meinem Hosenboden herum. „Fleischeslust!", kichert der Zöbinger wieder hinter mir. „Gar nicht wahr!", verteidige ich mich. „Das war er!" Ich zeige auf den Zöbinger. „Der Sigi hat gefragt, wann Adam und Eva gelebt haben", mischt sich der dicke Holzinger ein. „Und der Herr Pfarrer hat's nicht gewusst. Und dann hat er noch gesagt, dass das, was er gesagt hat, Gottes Wort ist."

„Was wer gesagt hat?“, fragt Frau Professor Schlierberger etwas verwirrt. Der Holzinger hat da offenbar etwas falsch verstanden. „Ich hab doch nur gefragt, wegen der Erbsünde. Weil wir doch gar nichts dafürkönnen, dass die Eva den Apfel ...“ „Schluss jetzt!“, entscheidet Frau Professor Schlierberger. „Ich frage den Herrn Pfarrer am besten selber. Dann werden wir ja sehen!“

Ich bemühe mich in den nächsten beiden Religionsstunden, möglichst unauffällig zu bleiben, und beschäftige mich hauptsächlich damit, den Aposteln im Katechismus lustige Bärte und komische Mützen zu malen. Als der Herr Pfarrer aber dann wieder aus dem Katechismus vorträgt, begehe ich einen schweren Fehler. Ich will eigentlich nur zeigen, dass ich zuhöre und mitarbeite, und deswegen stelle ich wieder eine Frage. Schon nach dem ersten Fingerschnippen fährt der Herr Pfarrer zu mir herum und herrscht mich an. „Niedermayr! Schon wieder!“ Ich fange an zu stottern, als ich meine Frage stelle. „Aber, Herr Pfarrer“, sage ich. „Da heißt es doch, Jesus ist in den Himmel aufgefahren. Da, im Katechismus, ist sogar eine Wolke hinter dem fliegenden Jesus aufgezeichnet.“ Ich halte das Buch hoch und deute auf die entsprechende Illustration. „Und dann ist er hinter den Wolken verschwunden. Ich ... ich meine, wo ist er dann jetzt? Die Astronauten von Apollo ...“ Weiter komme ich leider nicht. Ich merke dem Herrn Pfarrer an, dass er sich sehr beherrschen muss. Sein Adamsapfel hüpft, bevor er antwortet.

„Das ist symbolisch gemeint!“, donnert er. „Jesus ist erhöht worden, über die Menschen hinausgehoben, aber das kannst du natürlich mit deinem Zwergenhirn nicht verstehen!“ Ich zucke zurück. „Aber ...“, versuche ich es mit einer Entgegnung, doch der Herr Pfarrer unterbricht mich. „Hinaus!“, schreit er und weist mit ausgestrecktem Arm und Zeigefinger zur Tür. Ich kann nicht glauben, dass er mich wegen einer Frage aus der Klasse hinauswerfen will. „Ich ...“, riskiere ich noch einmal einen Ansatz zu einer Verteidigung. „Raus!“, brüllt der Herr Pfarrer, ohne mir eine Chance zu lassen, mich zu rechtfertigen. Ich beeile mich beim Aufstehen, denn der Herr Pfarrer ist mir näher gekommen, ich rieche schon seinen Atem, und ich fürchte, dass er zu einer Ohrfeige ausholen könnte. So schnell ich kann, laufe ich nach hinten und reiße die Tür auf. Als sie zufällt und ich allein auf dem Gang stehe, komme ich wieder zu Atem.

Der Herr Pfarrer hat schon zweimal jemandem eine Ohrfeige verpasst. Einmal hat jemand Streichwurst auf die Türschnalle geschmiert, und er war so wütend, als seine Hand in den Matsch griff, dass er dem, der neben der Tür saß, gleich eine gescheuert hat. Und einmal hat es den Zöbinger erwischt, der auf eine Frage des Herrn Pfarrer gesagt hat: „Woher soll ich denn das wissen?“ Bevor er noch richtig zu grinsen anfangen konnte, hat es schon geklatscht.

Und aus der Klasse geworfen hat er auch schon einmal jemanden, nämlich den dicken Holzinger kurz vor Weihnachten. Der hat von seiner Mutter einen Sack voll frischer Lebkuchen mit in die Schule bekommen, und leider hat er mitten unter der Religionsstunde davon zu naschen angefangen. Der Herr Pfarrer hat ihn zweimal ermahnt, der Holzinger hat aber weitergegessen, und beim dritten Mal hat der Holzinger protestiert und geschrien: „Wenn ich aber doch so einen Hunger hab!“ Da hat ihn der Herr Pfarrer auch hinausgeworfen, so wie eben jetzt mich, und wenn ich an die Folgen denke, wird mir ganz schlecht. Die Eltern vom Holzinger haben kommen müssen, und es hat ein Gespräch mit dem Herrn Pfarrer und dem Herrn Direktor gegeben. Seither nascht der Holzinger nur mehr ganz verstohlen und in kleinen Bissen, damit man nicht so gut sieht, dass er kaut, und damit er auch antworten kann, wenn er die Jause in seine dicken Backen schiebt.

Seltsam ist, dass sich in den nächsten Tagen gar nichts tut, kein Brief an die Eltern, keine Vorladung zum Direktor, kein Gespräch mit meinem Klassenvorstand. Die nächste Religionsstunde fällt Gott sei Dank aus, weil der Herr Pfarrer ein Begräbnis abzuhalten hat. Darum dauert es eine ganze Woche, bis er wieder in unserer Klasse auftaucht. Ich ducke mich hinter meinem Vordermann, aber es nützt nichts. Der Herr Pfarrer hat sich eine ganz besondere Form der Rache ausgedacht. Er setzt sich hinter den Katheder und fischt sein schwarzes Notenbüchlein aus der abgewetzten Aktentasche. Dann schlägt er die Beine übereinander, sodass über den Socken seine dünnen, behaarten Waden sichtbar werden, und blättert im Notenbüchlein herum. Bevor ich noch darüber nachdenken kann, ob der Herr Pfarrer das Benimmbuch vielleicht nicht kennt, weil darin steht, dass eben die Waden über den Socken keinesfalls zu sehen sein dürfen, ruft er schon mit schneidender Stimme meinen Namen auf. Jeder weiß, dass das bedeutet, dass ich zur Prüfung drankomme.

Als ich mit weichen Knien meinen Platz vor der Tafel eingenommen habe, stellt er seine erste Frage. „Warum war die Ursünde eine so schwere Sünde?“ Ich habe keine Ahnung und kann, wegen des Mundgeruchs, auch nicht richtig denken. „Äh … vielleicht …“ Der Herr Pfarrer schweigt. Wenn er gut aufgelegt ist, hilft er einem meist weiter. Er sagt dann zum Beispiel den ersten Teil der Antwort vor, und wenn man Glück hat, braucht man bloß ein Wort zu ergänzen. Heute schweigt er. „Vielleicht, weil es die erste Sünde überhaupt war?" „Die Antwort ist falsch! Sie war eine so schwere Sünde, weil durch die Sünde der ersten Menschen der Teufel Macht über sie gewonnen hat!", sagt er mit eisiger Stimme und macht ein Minus in sein Notenbüchlein. „Worin besteht die Erbschuld?", fragt er weiter. Diesmal bin ich mir relativ sicher. „Adam und Eva haben von dem verbotenen Baum genascht, deswegen!" In der Klasse ist es totenstill. Nur den Holzinger hört man leise schmatzen, doch heute fällt das dem Herrn Pfarrer gar nicht auf. „Die Antwort ist falsch! Die Erbschuld besteht darin, dass wir wegen der Sünde Adams das Gnadenleben verloren haben!" Ein weiteres Minus folgt. „Aber, warum ...", versuche ich mich zu rechtfertigen. „Ich stelle hier die Fragen!", sagt der Herr Pfarrer ganz ruhig. „Mit welchen Worten ruft Jesus alle Menschen zu sich?" „Kommet und esset ...", probiere ich es, aber das Minus ist schon im Notenheft gelandet, bevor ich zu Ende gesprochen habe. Der Pfarrer scheint sich diebisch darüber zu freuen, denn ein feines Lächeln streicht über seine Züge, während er den Kopf schüttelt. „Wen führte Jesus mit sich, als er in den Himmel auffuhr?" Er blickt zu mir. In seinen Augen sehe ich etwas Lauerndes. Meines Wissens nach ist Jesus allein in den Himmel aufgefahren. Im Katechismus ist er ja abgebildet, wie er ganz allein an einer Wolke vorbei nach oben schwebt. „Niemanden!", sage ich deshalb siegessicher. Hat er mich also doch nicht aufs Glatteis führen können! „Die Antwort ist falsch!", sagt er stattdessen und steht auf. „Die Scharen der Erlösten führt er mit sich, die er aus der Vorhölle befreit hat!", donnert er und deutet mit dem Zeigefinger auf mich herab. Ein Schwall übler Luft lässt mich würgen.

„Vier Fragen, vier falsche Antworten!", erklärt mir der Herr Pfarrer unter heftigem Schwenken seines Fingers vor meiner Nase. „Keine Ahnung von Tuten und Blasen, dafür aber freche Fragen stellen. Was glaubst du, was man dafür kriegt?“ So leicht gebe ich mich nicht geschlagen. Außerdem sehe ich in diesem Moment die gefürchteten roten Schleier vor Augen, die einem Wutanfall vorausgehen. „Aber Sie haben doch meine Fragen auch nicht beantworten können! Warum soll ich denn dann Ihre blöden Fragen beantworten?“, schreie ich ihn an. Die ganze Klasse brüllt. So gute Unterhaltung haben sie schon lange nicht geboten bekommen.

Es bricht ein richtiger Tumult aus, in dem der Herr Pfarrer seinen Kopf nach vor schiebt und mir fast ins Ohr flüstert: „Es hat auch in Religion schon Nachprüfungen gegeben, Niedermayr. Und du steuerst direkt darauf zu!“ Ich balle meine Hände zu Fäusten, aber es fällt mir nichts mehr ein, was ich sagen könnte. Dabei fühle ich mich gänzlich im Recht. Was wäre, wenn ich so ein Theater machen würde wie der Herr Pfarrer, wenn er etwas fragt? Und zwei Fragen, finde ich, habe ich sogar richtig beantwortet, mit Hilfe des Katechismus. Das dürfte eigentlich kein Fünfer sein. Auf meinem Platz lege ich meine Hände vor die Ohren und stütze die Ellenbogen auf dem Pult ab. So höre ich nur noch gedämpft, wie der Herr Pfarrer brüllend nach Ruhe verlangt. Jetzt wird wohl der Brief an die Eltern nicht ausbleiben, und ich bin verloren. Nur, weil ich Dinge wissen wollte, die der Herr Pfarrer eigentlich erklären können müsste.

In der auf die Religionsstunde folgenden Pause bin ich der Held der Klasse. Alle drängen sich zu mir, schlagen mir auf die Schultern und auf den Rücken. „Klass, wie du den fertiggemacht hast!“, heißt es. Ich fühle mich völlig missverstanden. Ich wollte niemanden fertigmachen, ich wollte nur Antwort auf meine Fragen und Gerechtigkeit.

Stattdessen werde ich wahrscheinlich die Schule wechseln müssen, denn wenn ein Brief vom Direktor kommt oder wenn ich einen Karzer kriege, dann muss ich sicher in die Hauptschule nach Kastenkirchen. Womöglich sogar in den B-Zug, wo es nicht einmal Englisch gibt. Papa hat es mir schon zu Weihnachten angedroht, als ich einen Zweier in Betragen nach Hause gebracht habe.

Ich laufe aufs Klo, weil ich die Tränen nicht mehr zurückhalten kann. In der Kabine, in die ich mich einsperre, sind in der Kloschüssel braune Schleifspuren, das Klopapier ist aus und es stinkt. Das „Ficken" hat man von der Wand geputzt, aber es ist ganz blass immer noch erkennbar. Darüber geschmiert steht da jetzt, mit rotem Filzstift, „Hofinger steht auf die Beutelmayr". Darunter ist ein Herz gemalt. Ich kenne weder den Hofinger noch die Beutelmayr, die sind wahrscheinlich aus einer höheren Klasse.

Alles hat sich gegen mich verschworen, niemand hält zu mir. Auf den Herbert ist auch kein Verlass, wenn es hart auf hart kommt, schon gar nicht, wenn es den Herrn Pfarrer betrifft, denn für den Herbert ist jedes Wort, das Hochwürden aus dem Munde träufeln lässt, so gut wie Gottes Wort. „Bist du da drinnen?" Es klopft an die Kabinentür. Der Herbert. „Lass mich in Ruhe!", rufe ich. „Es hat aber schon geläutet", gibt er zu bedenken. „Na und!", gebe ich mich trotzig. „Das waren ziemlich leichte Fragen. Das haben wir im Katechismus gerade erst durchgenommen", erklärt mir der Herbert. „Verschwinde! Ein Freund sagt sowas nicht!" Ich habe tatsächlich keine Freunde mehr.

Ein wenig verheult komme ich in die Deutschstunde zurück, Frau Professor Schlierberger ist schon da und packt gerade ihre Aktentasche aus. „Na, Niedermayr? Wo waren wir denn?" Ich wische mit meinem Ärmel über das

Gesicht, um zu verbergen, dass ich geweint habe. „Am Klo!", erkläre ich. „Mir war schlecht!" Ich quetsche mich in meine Bank, Frau Professor Schlierberger dringt nicht weiter in mich, sie hat anscheinend Besseres zu tun.

Die nächsten Tage verbringe ich in schrecklicher Angst. Irgendwann muss der Brief von der Schule kommen, der Herr Pfarrer wird es sich gewiss nicht gefallen lassen, dass ich ihm ins Gesicht gebrüllt habe, dass er blöde Fragen stellt. Wenn ich könnte, würde ich die Uhr zurückdrehen und alles ungeschehen machen, kein Wort würde in der Religionsstunde über meine Lippen kommen. Am Nachmittag liege ich meist im Bett, obwohl wieder prächtiges Winterwetter herrscht. Ich nehme mir sogar den Katechismus vor, aber es fällt mir unheimlich schwer, mir zu merken, was da drinnen steht.

Es ist seltsam. Wenn ich meinen Karl May lese, oder auch den „Huckleberry Finn", da kann ich mich oft nach Tagen oder Wochen noch genau an alle Einzelheiten erinnern. Aber beim Katechismus will mir das einfach nicht gelingen. Vielleicht liegt es daran, dass ich alles, was da drinnen steht, völlig überflüssig und blöd finde. Jesus war sicher ein freundlicher und weiser Mann, aber die ganzen Geschichten mit den Wundern und mit dem Auffahren in den Himmel, die glaube ich einfach nicht. Höchstens, dass er eigentlich ein Außerirdischer war und von seiner fliegenden Untertasse wieder abgeholt worden ist, das könnte ich mir noch vorstellen. „Im Himmel bestieg Jesus den Thron zur Rechten des Vaters", steht da zum Beispiel. Wo soll denn dieser Thron sein? Die Astronauten, die schon hunderte Male die Erde umkreist haben, haben davon nichts gesehen. Und wenn der Thron vom Gott und von Jesus, wenn die noch weiter entfernt sind, dann kann ich mir nicht vorstellen, wie sie mitkriegen sollen, was auf der Erde passiert. Denn Gott sieht ja angeblich alles. Mir kommt das so vor, wie ans Christkind zu glauben, ehrlich. Uschi hat voriges Jahr noch daran geglaubt und ein Mordstheater gemacht, wie ich ihr erklärt habe, dass die Eltern den Christbaum schmücken und die Geschenke kaufen.

Drei Tage nach dem Vorfall mit dem Herrn Pfarrer ist immer noch kein Brief gekommen. Es ist Samstag. In der Pause nach der zweiten Stunde redet mich am Gang einer an. „Du bist also der Niedermayr Sigi! Respekt!“ Es ist ein Schüler aus der Oberstufe, ich habe ihn schon mehrmals gesehen, weil er auffällig aussieht. Er ist einer der wenigen, der die Haare lang trägt, so wie einer von den Beatles. Und er hat eine Latzhose an und runde Brillen aus Metall. Normalerweise schauen die aus der siebten oder achten Klasse mehr oder weniger durch uns durch, schubsen einen höchstens auf die Seite, wenn sie ins Klo gehen, um dort heimlich zu rauchen. Keine Ahnung, warum der mich also jetzt anspricht.

Ich starre ihn wortlos an, als er mir die Hand hinhält. „Du hast dem Pfaffen angeblich ein paar interessante Fragen gestellt, hört man. Und dich glänzend verteidigt, wie er dich fertigmachen wollte! Gut so!“ Ich starre immer noch die dargebotene Hand an. „Willst du mir nicht die Hand schütteln?“, fragt er. Ich reiche ihm meine, er drückt fest zu. „Ich bin der John!“, sagt er. „John?“, frage ich überrascht. „John!“, sagt er und deutet auf seine runden Brillen. „Wegen der Brillen. John Lennon, du weißt schon!“ Ich schüttle den Kopf, und John seufzt. „Keine Ahnung?“, fragt er. Ich schüttle weiter. „John Lennon ist einer von den Beatles. Seine Frau ist Yoko Ono. Hey Jude? Noch nie gehört?“ „Nein. Ich darf gar nicht. Papa hört Regional und Mama Ö1. Aber die Beatles habe ich schon einmal im Fernsehen gesehen“, erkläre ich. „Ich lasse mir die

Haare so lang wachsen wie John Lennon", erklärt John. „Und ich find's klasse, dass du dir nicht alles gefallen lässt. Solche Leute brauchen wir!" „Wer?", frage ich. „Na, in ein paar Jahren ... da werden andere Saiten aufgezogen. Dann werden die alten Nazis hinweggefegt, auf Nimmerwiedersehen. Unter den Talaren der Muff von tausend Jahren!" Er lacht.

„Was willst denn mit dem Zwerg?" Ein Mädchen ist hinter ihm aufgetaucht und hakt sich bei ihm unter. Ungeniert küsst sie ihn auf den Hals. „Das ist Madeleine", sagt er. „Meine Freundin!" Er grinst. Madeleine trägt Jeans, die unten ganz weit sind, einen kurzen Pullover, der den Nabel hervorschauen lässt, und einen langen Mantel mit Fransen daran. John hat auch solche Jeans an, außerdem ein schwarzes Hemd und eine Jeansjacke. Solche Sachen hätte ich auch gerne, aber ich muss mit einer kackbraunen Hose mit Bügelfalten von unserem Uniformschneider herumlaufen. In Kastenkirchen gibt es nämlich einen, der Uniformen für Musikkapellen schneidert, und wenn da Hosen übrigbleiben, kann man sie billig kaufen, was meine Eltern auch tun. Plötzlich schäme ich mich unsäglich vor den beiden.

„Was heißt Zwerg?", verteidigt mich John. „Er hat unseren Pfaffen fertiggemacht. Mit ein paar einfachen Fragen, hört man. Aus dem wird noch was!" „Kann schon sein!" Madeleine misst mich abschätzig. Ich finde sie wunderschön. Sie hat langes, schwarzes Haar, das in Locken über ihre Schultern fällt, eine schmale Nase und ziemlich weiße Haut. „Aber jetzt hauen wir ab. Ich hab keine Lust auf Chemie." „Also, dann!" John hebt lässig die Hand, bevor er sich von Madeleine wegziehen lässt.

Ich bin plötzlich unglaublich stolz auf mich. Mit mir, dem Sigi Niedermayr aus Kastenkirchen, hat ein Achtklassler gesprochen. Einer, der unten weite Jeans trägt und eine Freundin hat. Und noch dazu schwänzen die jetzt einfach die Schule, wenn ich recht gehört habe. Vielleicht habe ich jetzt einen neuen Freund. Und nur, weil ich ein paar einfache Fragen gestellt habe.

7 Der Apotheker

Neben dem Karton mit den Schulbüchern lagen ein paar verstaubte Bücher. Er holte sie vom Stapel, lauter dicke Bände. „Angelique“ von Anne Golon. In diesen Schmökern hatte Mama immer gelesen, auch im Alter noch. Es waren historische Liebesromane. Er konnte sich noch gut daran erinnern, wie der Kauf von Büchern damals vonstattengegangen war. Buchhandlung hatte es natürlich in Kastenkirchen keine gegeben, höchstens Romanhefte hatte man im örtlichen Lebensmittelgeschäft an der Kasse erwerben können. Die hatte sein Papa manchmal gelesen, vor allem Westernromane und Jerry-Cotton-Hefte. Die Westernromane hatte er als Bub einmal ausprobiert, aber die hatten an den Karl May bei weitem nicht herangereicht.

Jedes Vierteljahr war also die Betreuerin der Buchgemeinschaft Donauland bei ihnen zu Hause aufgetaucht, das war gleichzeitig die Friseurin von Mama, die Himmelreicher Heidi. Sie hatte den Katalog vorbeigebracht und nach dem Quartalswunsch gefragt, denn jedes Vierteljahr musste man ein Buch aussuchen, sonst bekam man einen Vorschlagsband, den die Buchgemeinschaft loswerden wollte. Auch seine Bücher waren bei Donauland angeschafft worden, alle Karl-May-Bände waren vorrätig gewesen und immer wieder hatte er sehnsüchtig die Seiten durchgeblättert, auf denen in einer langen Reihe alle Werke seines Lieblingsschriftstellers abgebildet waren.

Aus dem Angelique-Band, den er gerade zur Hand genommen hatte, rutschte ein Brief auf dünnem Papier.

„Liebe Edeltraud!", stand als Anrede auf der ersten Seite. Interessiert begann er zu lesen. Es war ein Brief seiner Neustädter Großmutter an seine Mutter. Sie hatte sogar sorgfältig das Datum in die rechte obere Ecke geschrieben. 4. März 1969. Omis Schrift war exakt und ordentlich, leider aber Kurrent, und mit dieser Schrift tat er sich schwer, obwohl er schon gelegentlich Dokumente lesen hatte müssen, die darin abgefasst waren.

Es ging in dem Brief um Mamas Plan, arbeiten zu gehen. Nicht nur sein Vater war offenbar damit nicht einverstanden gewesen. Wie man hier lesen konnte, hatte auch seine Großmutter Einwände gegen diesen Plan gehabt. „Weißt du", schrieb sie, „es ist doch die Aufgabe des Mannes, für die Familie zu sorgen. Es wäre gut, wenn du dich darum kümmerst, dass Adolf es bei der Bahn weiterbringt, er muss ja nicht ein kleiner Fahrdienstleiter bleiben. Das wäre viel vernünftiger, als selber arbeiten zu gehen. Ich habe nie arbeiten gehen müssen, weil ich eben darauf geschaut habe, dass mein Alois einen guten Posten bei der Bezirkshauptmannschaft bekommen hat." In dem Ton ging es weiter. Sie hätten, erklärte Omi, ihre Tochter ja nicht deswegen in die Handelsschule geschickt, dass sie ihr Leben lang arbeiten gehen müsse. Im Gegenteil, sie hätte sich ein nettes Büro aussuchen und sich dort den Chef angeln sollen, hübsch genug sei sie ja gewesen. So hatte Omi sich das vorgestellt, und dann natürlich zeitlebens Hausfrau bleiben. Seine Großmutter hatte es nahezu als Schande für die Familie betrachtet, dass ihre Tochter arbeiten gehen „musste". Schuld daran war natürlich sein Vater, der es nicht weit genug gebracht hatte. Soweit er sich aber erinnern konnte, hatte seine Mutter arbeiten gehen wollen, sie war mit der ständigen Gegenwart der Eltern seines Vaters nicht gut zurechtgekommen und der Haushalt hatte sie nicht erfüllt. Leider, so erinnerte er sich, war die Konstellation etwas unglücklich gewesen – der frisch getrennte Apotheker, der sich Mama als junge, attraktive Verkäuferin in den Laden holte –, da hatte Papa wohl zu Recht Befürchtungen gehegt.

Die Rollen, die man den Geschlechtern damals zugedacht hatte, erschienen aus heutiger Sicht vorsintflutlich. Da hatte sich wirklich viel verändert. In den sechziger Jahren durften verheiratete Frauen praktisch nichts, wenn ihr Mann nicht zustimmte, man hatte sie wie unmündige Kinder behandelt. Als seine Mutter zu arbeiten begonnen hatte, musste der Ehemann noch zustimmen, dass eine Frau das überhaupt durfte, und ein Bankkonto durfte sie ohne sein Einverständnis auch nicht eröffnen. Die Vorstellungen darüber, was ein richtiger Mann war, waren allerdings auch nicht viel besser gewesen – das Wichtigste war es, normal zu sein, also dem traditionellen Rollenverständnis zu entsprechen. Männer verdienten das Geld, waren Familienoberhaupt, fuhren die Autos und waren heterosexuell. Homosexualität war unter Strafe gestanden, und er konnte sich noch gut daran erinnern, dass konservative Politiker auch noch in den späten siebziger Jahren gegen die Legalisierung der Homosexualität öffentlich gewettert hatten. Als er selbst in der 8. Klasse gewesen war, war erstmals im ORF über Homosexualität diskutiert worden, spätabends im Club 2. Die Sendung war am nächsten Tag das dominierende Thema in allen Unterrichtsstunden gewesen, ein strickender Mann die Sensation des Abends. Das rechte Lager hatte geschäumt.

Ich bin jetzt öfter bei Oma oben, denn unten, bei meinen Eltern, wird viel gestritten, und Oma ist froh, wenn sie ein wenig Gesellschaft hat, sie mag das Alleinsein nicht. Zwei- oder dreimal in der Woche helfe ich ihr beim Kochen. Sie kocht furchtbar gern und meistens viel zu viel, weil sie es nicht gewohnt ist, nur für eine Person zu kochen, und die Umstellung fällt ihr schwer. So bleibt immer etwas übrig, und das friert sie ein. Wenn ihre Gefriertruhe voll ist, dann bringt sie uns manchmal eine Ladung fertiges Essen, das wir nur auftauen brauchen. Das ist leider auch manchmal ein Auslöser für Streit, denn Papa ist immer ganz begeistert, wenn Oma wieder einmal eine ganze Schüssel voller Knödel bringt. Mamas Begeisterung hält sich in Grenzen, denn sie glaubt dann immer, dass Papa das Essen von seiner Mutter lieber mag als ihres. Sie sagt dann spitz: „Ist dir mein Essen leicht nicht gut genug?" Und Papa antwortet, dass Oma es ja nur gut meint und dass sie sich einen Haufen Arbeit erspart, wenn die Oma was für uns gekocht hat. Mama sagt dann meistens, dass sie ja gleich arbeiten gehen kann, wenn sie zu Hause eh nicht gebraucht wird. Das ist der Zeitpunkt, an dem beide zu schreien anfangen und ich mich in meine Dachschräge zurückziehe.

Heute ist Samstag, da habe ich früher aus und bin zu Mittag schon daheim. Es ist immer noch kein Brief von der Schule gekommen, und ich fühle mich ein wenig entspannter. Also mache ich wieder einmal mit meiner Oma Bratknödel.

Ich darf zuerst die Fleischreste durch den Fleischwolf drehen, das macht man bei uns händisch. Der Fleischwolf ist ein einfaches, gusseisernes Gerät mit einer Schnecke drin und einer Kurbel dran. Oma holt die Zutaten aus dem Kühlschrank. „Da nehmen wir den Rest vom Geselchten und den Schweinsbraten, der vorige Woche übriggeblieben ist!" Sie legt die Bratenstücke vor mich hin. „Schneidest alles ein bisschen zusammen, und dann drehst es durch den Wolf!", trägt sie mir auf. Ein paar Wurstreste kommen auch noch dazu. „Ich glaub, ich hab auch noch ... da ist es ja!“ Oma legt mir noch ein Stück gekochtes Rindfleisch auf das Schneidbrett.

„Weißt“, sagt sie, während ich die Stücke durch den Wolf drehe und die weiche Masse in eine Schüssel fällt, die sie unter den Fleischwolf gestellt hat, „wer sich nicht auskennt, der nimmt ja gerne ein Faschiertes für die Bratknödel. Und dann wird das Brat viel zu hart. Es soll aber zart und butterweich werden!“

Den Erdäpfelteig macht Oma selbst, denn sie sagt, dass man dafür viel Gespür braucht. „Siehst du“, sagt sie, „der ist jetzt noch viel zu weich. Der würd uns beim Kochen am End’ zerfallen. Da tun wir noch ein bisschen Mehl hinein.“ Sie streut großzügig Mehl aus einem Papiersack über die geknetete Kugel und knetet neuerlich. „So, jetzt passt’s!“, sagt sie schließlich.

Das Knödelrollen macht am meisten Spaß. Oma nennt es „Schleifen“. Zuerst formt man aus dem Brat kleine Kugeln, dann nimmt man ein Stück Erdäpfelteig, legt es um die Kugel und rollt vorsichtig, damit sich der Teig schließt. „Geht der schon?“, frage ich Oma nach dem ersten Knödel. „Hm!“, macht sie, nimmt ihn in die Hand und rollt ihn noch einmal. „Passt schon!“ Der Knödel landet im Wasser.

20 Knödel werden es insgesamt. „Was machen wir denn jetzt mit den ganzen Knödeln?“, frage ich. Oma zuckt mit den Schultern. „Wie viele isst du?“, fragt sie. „Drei!“, sage ich, nachdem ich die Größe der Knödel, die im Wasser treiben, abgeschätzt habe. „Aber ich muss erst Mama fragen, ich weiß ja nicht, was sie heute kocht!“ „Frier ich halt ein, was übrigbleibt!“, sagt Oma.

Plötzlich steht Mama mit Uschi an der Hand in der Tür. Sie schaut irgendwie ein wenig verzweifelt aus, so als ob ... „Ist was passiert?“, frage ich gleich. Mama setzt sich auf einen Sessel am Küchentisch. „Wie man's nimmt. Ich hab eine Arbeit angenommen. Der Adolf weiß es noch nicht!" Oma setzt sich gleich dazu. „Oje, oje!", seufzt sie. „Das wird ihm gar nicht passen!" Ich bleibe bei den Knödeln stehen, damit denen nichts passiert. Wenn sie zu stark kochen, dann muss ich den Topf ein bisschen nach links rücken, da ist die Platte nicht so heiß. Uschi stellt sich neben mich. „Du kannst das gar nicht, Knödel machen!", erklärt sie. „Wohl kann ich das! Nur du bist zu dumm dazu!" Uschi schlägt mit ihrer Puppe nach mir, was der sicher nicht gut bekommt, weil sie ja schon einen lockeren Arm hat. „Hört auf, ihr zwei!", schimpft Mama.

„Wo denn jetzt?", fragt Oma. „In der Apotheke", erklärt Mama. „Der Herr Apotheker hat mich direkt angesprochen, wie ich das Wick geholt hab, für die Ursula. Die hustet ja schon seit Weihnachten." Mama streicht Uschi über die Haare, und wie auf Bestellung hustet sie uns gleich etwas vor. „Und der Herr Apotheker braucht halt dringend jemanden, weil ... na ja, seine Frau, die ist ihm ja davon. Und die andere Helferin, die Monika, die ist schwanger und möchte daheimbleiben, sobald sie ihr Kind hat. Und so leicht, sagt er, findet man ja in Kastenkirchen niemanden. Und ich hab ja, ich meine, ich kenn mich ja aus. Ich hab die Handelsschule und ..." Sie stützt den Kopf in die Hände.

„Dass dem die Frau davon ist, das hab ich schon gehört", sagt Oma. „Das wird den Adi erst recht nicht überzeugen, dass es eine gute Idee ist, dass du dort arbeiten gehst. Aber jetzt essen wir einmal Knödel!" Sie steht auf und wischt sich die Hände an der Schürze. Papa hat heute den ganzen Tag Dienst, da hat Mama noch eine Gnadenfrist, bis sie ihm gestehen muss, was sie angestellt hat. „Kriegt die Mama jetzt eine Strafe?", fragt Uschi, während Oma Knödel verteilt. Mama wischt ihren Einwand wortlos zur Seite. „Das ist eine schöne, eine saubere Arbeit!", rechtfertigt sie sich. „Und auch gut bezahlt. Und eine respektable Arbeit ist es auch. Fünfmal in der Woche für viereinhalb Stunden arbeit ich. Am Montag hab ich frei", sagt sie, während sie sich einen Bratknödel entzweischneidet. „Und die habt ihr zwei gekocht?" Sie schenkt mir ein Lächeln. „Ist ja fantastisch!"

„Die war um einiges jünger, die Frau, oder?", fragt Oma mit einem skeptischen Seitenblick zu Mama. „Die ist mit einem Jüngeren davon, hört man?" Mama nickt. „Sie hat ihn im Stich gelassen. Einfach unerhört. Und den Hund hat sie auch mitgenommen. Der Herr Apotheker ist am Boden zerstört!" „Und da hat er nichts Besseres zu tun, als gleich dich einzustellen?", fragt Oma. Ich kann mir schon denken, was sie sich denkt. Der Herr Apotheker ist vielleicht nicht nur an der Arbeitskraft meiner Mama interessiert.

Ich muss an den Urlaub in Italien denken. Die Italiener haben meiner Mama überall nachgepfiffen, und der Rettungsschwimmer an unserem Strand ist auch die ganze Zeit um sie herumscharwenzelt, weil meine Mama anscheinend eine äußerst attraktive Frau ist. Schon in Italien hat es Streit gegeben, weil Papa das alles gar nicht gepasst hat. Und jetzt der Apotheker ... ich weiß nicht, ob das gut gehen wird. „Hast du wirklich die Knödel gemacht?", fragt Uschi und zieht ein angewidertes Gesicht. „Teilweise!", antworte ich. Uschi schiebt den Teller weg. „Dann mag ich sie nicht!" „Dann verhunger halt, du blöde Kuh!", ärgere ich mich. Uschi fängt gleichzeitig an zu husten und zu weinen. Oma drückt sie an sich und wischt ihr mit einem Geschirrtuch die Tränen ab.

„Gebt's halt jetzt Ruhe! Die Knödel sind wunderbar! Und wenn du die nicht isst, dann musst du bis zum Nachtmahl warten!“, erklärt Mama. Mit finsterem Gesicht spießt Uschi ein Stück Knödel auf und steckt es in den Mund. Sie kann ein paar Minuten an einem Stück kauen, wenn ihr etwas nicht passt. Ich nehme mir einen vierten Knödel.

„Wie tun wir denn dann? Essen die Kinder zu Mittag bei mir?“, fragt Oma. Mama zögert. „Ich hab eigentlich nicht ... aber wenn du könntest, dann wäre das wunderbar! Und am Sonntag und am Montag bin ich ja eh daheim!“ „Ich kann auch einmal kochen!“, schlage ich vor. „Und wenn der Papa frei hat, dann ...“ Mama winkt ab. „Das glaubst du doch selber nicht, dass dein Papa einen Kochtopf auch nur anrührt! An das hab ich ja noch gar nicht gedacht!“ „Was?“, fragt Oma. „Ja, wenn der Adolf Nachtdienst hat, dann erwartet er ja ...“ Oma seufzt. „Wenn er nicht einmal ein Frühstück zustande bringt, dann muss ich halt da auch einspringen. Man macht's ja gerne für die eigene Familie. Aber ich bin auch nicht mehr die Jüngste!“ Sie hebt warnend die Gabel.

Nach dem Essen ziehe ich mich in mein Zimmer zurück. Draußen schneit es, manchmal geht der Schnee in Regen über, wirklich kein Wetter, um hinauszugehen. Also lege ich mich ins Bett und lese in „Im Lande des Mahdi“. Eine Geschichte über Menschenjäger und Sklavenhändler, die in Ägypten spielt. Es ist recht spannend, doch an die Wildwestgeschichten von Karl May reicht das Buch nicht heran. Eigentlich sollte ich Musik und Geografie lernen, es ist leicht möglich, dass ich nächste Woche zu einer Prüfung an die Tafel geholt werde, denn in beiden Fächern war ich schon lang nicht dran.

Bei uns ist es so, dass die Lehrer irgendwann wie aus dem Nichts ihr Notenbüchlein hervorkramen, es irgendwo aufschlagen und dann einen von uns zur Prüfung hinausholen. Das bedeutet, dass man spekulieren muss – war man schon lang nicht mehr dran, steigt die Wahrscheinlichkeit, dass bald einmal eine Prüfung fällig ist. Geografie merke ich mir ja leicht, aber mit der Musik ist das so eine Sache. Mich interessiert es einfach nicht, welche Musiken Mozart wann geschrieben hat und wie sie alle heißen und was eine Symphonie ist. Da komme ich mehr nach Papa, denn der hört sich immer das Wunschkonzert an, wo sie Schlager und Volksmusik spielen. Mama kann sich dagegen nicht genug darüber wundern, dass mir Mozart so gar nichts gibt. Sie hat sogar extra bei Donauland eine Langspielplatte mit einer Oper von Mozart gekauft, weil sie meint, dass mir das hilft, diese Musik zu mögen und zu verstehen. Aber ich schlafe fast ein, wenn sich die Sänger um die höchsten und tiefsten Töne bemühen.

Plötzlich läutet es unten. Wer kann das sein? Ich höre, wie Mama zur Türe geht und öffnet. „Der ist oben!“, sagt sie. Das muss der Herbert sein. Ich habe völlig vergessen, dass ich mit ihm ausgemacht habe, dass wir heute Nachmittag DKT spielen. Ich laufe rasch hinunter und hole den Herbert bei der Haustür ab. „Ich habe nicht so viel Zeit!“, erklärt er mir gleich. „Ich muss morgen ministrieren!“ „Was hat denn das mit heute zu tun?“, frage ich. „Ich muss mich noch vorbereiten. Die Lesung und das Evangelium und die Lieder. Ich muss ja wissen ...“ „Aber das machst doch nicht du!“, entgegne ich. „Das ist egal!“, schüttelt Herbert den Kopf. „Ich kann nur richtig ministrieren, wenn ich genau weiß, was der Herr Pfarrer vorhat.“ Wenn ich den Herbert jetzt in eine Debatte darüber verwickle, ob ein Ministrant den genauen Ablauf der Messe kennen muss, oder gar darüber, ob es Gott wirklich gibt, dann können wir das Spiel gleich vergessen. Er ist mir ohnehin schon böse gewesen, weil ich den Seeklausener Herrn Pfarrer mit der Frage nach Christi Himmelfahrt so verärgert habe, da ist es gescheiter, wir konzentrieren uns einmal auf das Spiel.

„Meine Mama geht ab ersten März arbeiten!“, entfährt es mir aber dann doch, während ich gerade die Häuser von meinem Grundstück räume und ein Hotel daraufsetze. Der Herbert sieht auf zu mir. „Da sitzt du aber ganz schön in der Tinte. Wer kocht denn dann, wer macht das Frühstück, und überhaupt ...“ Herberts Mutter ist natürlich, wie fast alle Mütter meiner Schulkollegen, Hausfrau. „Das wird schon“, verteidige ich Mama. „Sie fängt eh erst um acht an, da kann sie uns noch das Frühstück machen. Und kochen tut die Oma. Und wenn ich nach Hause komme, ist sie schon wieder da!“ „Trotzdem!“ Herbert schüttelt den Kopf. „Mein Papa sagt, die Frauen sollen schön daheimbleiben. Wenn sie ihr eigenes Geld verdienen, sagt er, dann werden sie zu stolz, und dann können sie sich auch leisten, die Familie einfach zu verlassen. Und am Ende wollen sie dann noch alles selber bestimmen und ihren Mann nicht mehr respektieren. Sagt mein Papa.“ „Und was sagt deine Mama?“, frage ich Herbert, während ich ihm beim Würfeln zusehe. Neun. Passt. Er kommt genau auf das Feld, wo ich ein Hotel gebaut habe. Herbert zieht und schaut erstaunt. „Die sagt gar nichts. Wieso?“ Ich schüttle nur den Kopf. „1900 Schilling, wenn ich bitten darf!“ Ich halte die Hand auf. „So viel hab ich nicht!“, jammert Herbert. „Dann musst du mir halt Grundstücke überschreiben“, sage ich. Herbert drückt die Fäuste an die Augen. Er kann es nicht gut verkraften, im Spiel zu verlieren, und beginnt oft gleich zu weinen. Bei anderen rennt er dann einfach davon, damit sie es nicht sehen, aber bei mir lässt er die Tränen laufen. „1900!“, wiederhole ich ungerührt.

„Du hast eh gewonnen. Mich freut's auch gar nicht mehr!", gibt er schließlich auf und scheint fast ein wenig erleichtert. „Hast du auch Musik gelernt? Und Geografie?", fragt er mich unten an der Haustür. Ich zucke mit den Schultern. „1782?", fragt Herbert. „Was?" „Die Entführung aus dem Serail! 1786?" „Was weiß ich? Die Zauberflöte?" Es ist die einzige Oper von Mozart, die mir einfällt. Der Herbert wackelt mit dem Finger. „Natürlich die Hochzeit des Figaro! 1791?" „Lass mich in Ruhe!", rufe ich. „Ich lern's schon noch. Morgen." Die Tür fällt hinter Herbert ins Schloss. „Das war die Zauberflöte! 1791 Zauberflöte! Du kommst sicher dran!", ruft er von draußen. Allein, wenn ich daran denke, bekomme ich Magenschmerzen. Dennoch begleitet mich für den Rest des Nachmittags nicht das Musikheft, sondern der „Mahdi". Ich kann mich einfach nicht dazu überwinden, den blöden Mozart zu lernen. Das ist so mühsam, kaum hab ich es gelesen, vergesse ich es schon wieder. Trotz Mamas Langspielplatten.

Als ich kurz vor fünf die Haustür höre, klappe ich mein Buch zu und gehe hinunter. Wahrscheinlich ist es Papa, und jetzt ist es so weit. Mama muss mit ihm über ihre Arbeit reden. Ich drücke mich also unauffällig ins Wohnzimmer, während ich im Bad das Wasser rauschen höre. Papa wäscht sich wohl die Hände, bevor er hereinkommt. Ich schaue nach Mama. „Darf ich fernsehen?", frage ich. Am Samstagnachmittag gibt es was für Kinder, im zweiten deutschen Fernsehen ist um 17 Uhr immer „Daktari". Da geht's um eine Station in Afrika, wo Wildtiere gepflegt werden. Einen uralten zahmen Löwen haben sie auch. „Von mir aus!" Mama hantiert mit irgendwas in der Küche, ihre Stimme klingt flach, ausdruckslos. Dann weiß ich schon, dass sie schlecht gelaunt ist. Uschi setzt sich neben mich aufs Sofa, als der Bildschirm des Fernsehers langsam hell wird. Das dauert mittlerweile ziemlich lange, weil der Fernseher schon alt ist.

„Grüß euch! Hab ich einen Hunger!" Papa betritt den Raum. „Die Mama arbeitet ab nächste Woche in der Apotheke!", schreit Uschi, noch bevor Mama aus der Küche kommt. Papa steht zunächst mit offenem Mund da. „Spinnst du?" Ich remple Uschi meinen Ellenbogen in die Seite. „Das kannst du doch nicht ..." Ich bringe meinen Satz nicht zu Ende, denn während Uschi zu kreischen beginnt, öffnet sich die Küchentür und Mama tritt heraus. „Adolf, lass dir erklären ..." Aber Papa will anscheinend nichts erklärt haben. „Hier bin ich der Herr im Haus!", brüllt er. „Und ob du arbeiten gehst oder nicht, das entscheide ich!" Mama schlägt die Hände vors Gesicht. Obwohl „Daktari" schon begonnen hat, schaue ich jetzt lieber, wie es hier bei uns weitergeht. Mama läuft wieder in die Küche, Papa folgt ihr und knallt die Türe zu, dass das ganze Wohnzimmer erzittert. Ein Glück, dass die Glasscheibe in der Küchentür das ausgehalten hat, sie ist erst kürzlich nach einem Streit neu eingeglast worden. Mama hat die Tür anscheinend damals noch fester zugeschlagen als heute Papa.

Seltsam ist, dass diesmal kein lautstarker Streit folgt, sondern Mama in weinerlichem Ton, unter ständigem Schluchzen, erklärt, warum und wieso und wie das alles funktionieren soll. „Du bist vielleicht blöd!", sage ich zu Uschi. „Das muss doch die Mama dem Papa selber sagen, dass sie arbeiten gehen will. Das ist doch nicht deine Sache." „Wenn ich's aber weiß, und der Papa weiß es noch nicht", verteidigt sich Uschi, umklammert ihre Puppe und starrt auf den Fernseher. Dort turnen gerade putzige Tiger- und Leopardenbabys herum. Paula Tracy, die Tochter des Tierarztes, erklärt, dass sie eine Studie über Jungtiere machen.

Die Folge heißt aber eigentlich „Elefantendiebe". Ich bin schon gespannt, wie man einen Elefanten stehlen kann, ich stelle es mir nicht so einfach vor.

„Meine Frau geht nicht arbeiten! Schon gar nicht für den schmierigen Apotheker!", schreit Papa plötzlich. Dann rumpelt es in der Küche, Papa reißt die Tür auf, verschwindet aber gleich wieder im Vorhaus. Man hört, wie er Schuhe anzieht und seinen Mantel von der Garderobe reißt. Kurz danach kracht die Haustür ins Schloss. Ich höre Mama durch die offene Küchentür weinen.

Plötzlich ist mir „Daktari" mit den Löwen und Affen nicht mehr ganz so wichtig. Ich lasse Uschi mit offenem Mund vor dem Fernseher sitzen und gehe zu Mama. Sie sitzt am Küchentisch, den Kopf auf die verschränkten Arme gestützt, und weint still in sich hinein. Ich setze mich ihr gegenüber auf die Küchenbank. „Ich kann ja auch einmal kochen", versuche ich sie aufzumuntern. „Es muss ja nicht immer was Kompliziertes sein." Mama sieht zu mir auf, zieht ein Taschentuch aus dem Ärmel und wischt sich die Tränen aus dem Gesicht. „Wär sicher super, wenn wir ein Auto hätten", versuche ich es noch. Schließlich hat sie ja gesagt, dass wir uns das leisten könnten, wenn sie arbeiten geht. „Ach was!", sagt Mama, steht auf und schaut in den Topf, der auf dem Herd steht. „Wird das Erdäpfelgulasch halt noch einmal aufgewärmt!" Sie legt einen Deckel auf den Topf. „Es ist ja nicht wegen dem Auto allein. Ich fühle mich so nutzlos, so ... ich weiß nicht. Ich möchte einfach mehr tun als nur putzen und kochen, ich kann doch nicht mein ganzes Leben lang ... ach, das verstehst du eben noch nicht!" Sie kommt zu mir her und streicht mir über die Haare. „Ich versteh schon", sage ich. „Ich möcht ja auch nicht ein ganzes Leben nur kochen und putzen. Kochen schon, aber Wäsche waschen, Socken stopfen und so. Das wär mir auch zu langweilig!" Obwohl ich es zuerst gar nicht wollte, finde ich mich jetzt ganz auf Mamas Seite.

„Eine Frau, weißt du", sagt Mama und setzt sich wieder hin, „möchte vielleicht auch hin und wieder die eine oder andere Kleinigkeit, ein Parfum, eine neue Handtasche, was weiß ich ... und ein wenig Anerkennung, ja Anerkennung. Das ist es auch." Ich nicke. In punkto Anerkennung, da ist Papa wahrscheinlich nicht der Aufmerksamste. „Ihr könntet ja auch einmal sagen, dass euch das Essen schmeckt. Oder dass ihr euch über frisch gewaschene Bettwäsche freut. Aber da wird einfach hineingeschaufelt, beim Essen, und niemand sagt danke. Und alles andere, das ist für euch einfach selbstverständlich!" Ich nicke wieder, stehe aber auf und mache mich wieder auf den Weg ins Wohnzimmer. „Ich kann Uschi nicht allein bei ‚Daktari' lassen", erkläre ich. „Da fürchtet sie sich."

Als ich ins Wohnzimmer komme, sitzt meine Schwester immer noch mit offenem Mund vor dem Fernseher. Irgendwie ist der Empfang schlechter geworden, das Bild flimmert und verzieht sich manchmal. Könnte am Wetter liegen. Der Tierarzt und seine Tochter sind jetzt schon auf der Suche nach den Elefantenjägern. Das wird bestimmt noch gefährlich.

Obwohl die Sendung so spannend ist, komme ich ins Grübeln. Vielleicht habe ich mich Mama gegenüber schäbig verhalten. Bei der Anerkennung, die Mama fehlt, habe ich nur an Papa gedacht und völlig darauf vergessen, dass ich ja auch anerkennen könnte, was Mama alles für uns tut. Ich nehme mir vor, mich zu bessern. Das ist auch ganz im Sinne des Benimmbuches, das mir Omi geschenkt hat. Da steht was von Missachtung der Persönlichkeit und

Geringschätzung des Wirkens der Hausfrau, ich hab's mir sogar angestrichen. Allerdings, da ist von der Hausfrau die Rede. Bedeutet das, dass man das Wirken der Frau nur schätzen soll, wenn sie Hausfrau ist? Denn Mama, soviel ist sicher, ist ab nächsten Dienstag keine Hausfrau mehr.

Papa ist jetzt sicher zum Kirchenwirt gegangen und wird erst spät nach Hause kommen, wahrscheinlich auf unsicheren Beinen und nach Bier und Rauch stinkend. Da bin ich dann lieber schon oben im Bett bei meinem „Mahdi". Spät in der Nacht, als ich schon eingeschlafen bin, höre ich noch einmal die Haustür zuschlagen. Anscheinend ist Papa jetzt heimgekommen. Hoffentlich beginnen sie jetzt nicht mitten in der Nacht noch einen Streit.

Als ich aufwache, scheint die Sonne zum Fenster herein. Ich blinzle vorsichtig, denn ganz wach bin ich noch nicht. Es muss ungefähr acht Uhr sein, denn ich höre den Radio aus Omas Wohnung. Sie hat, wie immer am Sonntag, die Übertragung der Sonntagsmesse eingeschaltet, und weil sie nicht so gut hört, muss, vor allem bei der Heiligen Messe, laut aufgedreht werden. Ob Mama und Papa schon wach sind? Ich schlüpfe in meine Kleider und mache mich auf den Weg nach unten, zwei Treppen, an Omas Wohnung vorbei. Die hat natürlich schon gefrühstückt, bevor die Messe begonnen hat, und darf jetzt nicht gestört werden.

Im Wohnzimmer stinkt es. Nach Rauch und nach Bier. Und es schnarcht jemand. Was ist da los? Erst auf den zweiten Blick erkenne ich, dass Papa in seinen Kleidern auf dem Sofa liegt. Von ihm ist das Schnarchen gekommen. In der Küche höre ich Wasser laufen, Mama kocht Kaffee. Sie ist angezogen und frisiert. Genau wie die Mutter in meinem Benimmbuch. Nur hat die einen Morgenmantel, während Mama ihre normalen Sachen trägt. „Du kannst es genauso gut gleich wissen. Ich hab ihn heute Nacht nicht ins Schlafzimmer gelassen.“ Mama schüttet Kaffee aus der Packung in die Filtertüte. „Gibt’s schon einen Kakao?“, frage ich und lasse mich auf meinem Platz auf der Küchenbank nieder. Mama wirft mir einen giftigen Blick zu, und ich erinnere mich an meine guten Vorsätze von gestern. Ich stehe wieder auf. „Kann ich mir einen Kakao machen?“ Mama lächelt. „Musst du nicht. Ich mach’s ja gerne. Aber ‚bitte‘ und ‚danke‘ sagen, das wär schon schön!“

Ich habe schon wieder ein schlechtes Gewissen, hole die Milch aus dem Kühlschrank und reiche sie Mama. Außerdem nehme ich mir vor, mich nicht dagegen zu sträuben, dass Mama mich mit in die Kirche nehmen will. Meistens drücke ich mich ja, und sie muss mit der ewig jammernden Uschi und Papa alleine hingehen. Allerdings glaube ich nicht, dass Papa heute mitgeht, weil er ja meistens ohnehin nur eine Viertelstunde bleibt und dann zum Kirchenwirt zum Frühschoppen geht. Aber irgendwie, glaube ich, wird er das heute nicht tun. Als ich wieder ins Wohnzimmer komme, steht Uschi neben dem Sofa und rüttelt Papa. Der grunzt nur, und mir kommt vor, als würde es noch mehr stinken, wenn ihn die Uschi bewegt.

Schließlich aber sitzen wir doch alle vier um den Küchentisch, Papa mit verquollenen Augen, den Kopf in eine Hand gestützt. Mama und er schweigen sich an. Nur Uschi hat die Situation nicht erfasst. „Warum bist du denn heute Früh auf dem Sofa gelegen, Papa? Und warum hast du nicht im Schlafzimmer geschlafen?“ „Ich ... ich war spät dran. Und wollte Mama nicht aufwecken.“ Seine Stimme ist extrem kratzig. Dass er nicht eingelassen wurde, erzählt er Uschi nicht. Mama wirft ihm einen Blick zu, der fast verzeihend aussieht, jedenfalls nicht so giftig, wie sie sonst manchmal blicken kann.

Auf dem Weg zur Kirche redet Mama nicht viel, zumindest nicht über ihre bevorstehende Arbeit, wahrscheinlich wegen Uschi. Am Dienstag soll sie ja schon anfangen. Mir könnte sie ihre Sorgen anvertrauen, ich bin jetzt in der Familie der, der am meisten Verständnis für sie hat. Als vorne am Altar dann der Herbert auftaucht, fällt mir schlagartig wieder Mozart ein. Verdammt noch einmal, was war jetzt 1786? Oder war es 1876? Und was geht mich das eigentlich an, wann der was geschrieben hat? Ich mag seine Musik ja gar nicht hören! Mir ist Heintje viel lieber. Aber die Frau Professor Singer meint, Mozart und Haydn und all die anderen Komponisten gehören zur Allgemeinbildung. Wenn wir, zum Beispiel, einmal ein Arzt oder ein Rechtsanwalt sind, dann muss man sich auch kultiviert über Musik unterhalten können, meint sie, sonst haben die Leute kein Vertrauen in einen, weil man ungebildet wirkt. Man sollte dann auch in die Oper gehen, weil man zur Gesellschaft gehört. Ich weiß aber noch nicht, ob ich überhaupt zur Gesellschaft gehören will, weil als Astronaut oder Schriftsteller braucht man die wahrscheinlich gar nicht.

Also, für mich ist jedenfalls klar, dass ich nicht Arzt und nicht Rechtsanwalt werden will. Weil ich sicher nicht in eine Oper gehe und mich auch nicht darüber unterhalten mag. Arzt sowieso nicht, mir graust es vor Blut und offenen Wunden überhaupt, und Anwalt nicht, weil man da angeblich mehr als hundert Seiten Gesetze auswendig lernen muss, damit man überhaupt das Studium schafft. Deswegen kommt auch der Beruf des Schauspielers für mich nicht in Frage, weil ich das Auswendiglernen so hasse. Vielleicht werde ich einmal Witzeerzähler im Bierzelt, weil die Witze kann ich mir alle merken, die da erzählt werden. Natürlich war ich noch nie in einem Bierzelt, außer am Welser Volksfest, aber das war am Nachmittag, da hat keiner Witze erzählt. Papa hat die Witze auf Schallplatten, und wenn er die anhört, dann höre ich mit. Ich kann den Fritz Edtmeier und den Herbert Hisel, das ist ein Witzeerzähler aus Deutschland mit einem sehr komischen Dialekt, sehr gut nachmachen, die Verwandten zerkugeln sich, wenn ich das mache.

Oder vielleicht werde ich Koch oder Astronaut, aber da könnte es Schwierigkeiten wegen meiner Brille geben. Angeblich darf man nicht kurzsichtig sein, wenn man Pilot werden will. Und das muss man werden, bevor man sich überhaupt als Astronaut bewerben kann.

Mama rempelt mich gerade sanft an, weil ich bei „Großer Gott, wir loben dich" nicht mitsinge. Ich hab nicht einmal gehört, dass sie damit begonnen haben. Aber der Herbert, der singt vorne mit, und zwar so laut und so falsch, dass ich mich bemühen muss, nicht loszulachen. Dadurch treten mir Tränen in die Augen und meine Nase beginnt zu rinnen. Ich hab ja schon die längste Zeit einen Schnupfen, wie immer im Winter. Ich krame mein Taschentuch hervor, und leider schnäuze ich gerade in eine andächtige Pause des Liedes hinein. Jeder in der Kirche kann es hören, und Mama rempelt mich dieses Mal fester.

Damit auf dem Heimweg ein Gespräch in Gang kommt, erinnere ich Mama daran, dass nächste Woche – außer ihrem Arbeitsbeginn – noch ein weiteres sehr wesentliches Ereignis bevorsteht: Apollo 9 wird starten. „Da wird das erste Mal die Mondfähre ausprobiert", erkläre ich ihr. „Und zwar in der Erdumlaufbahn. Die Astronauten steigen sogar um und koppeln die Mondlandefähre von der Apollo-Kapsel ab." Mama reagiert nicht, anscheinend denkt sie an etwas ganz anderes. „Und was ist dann mit dem Mann im Mond?", fragt Uschi. Ich gebe es auf. Meine Familie ist offenbar an moderner Technik nicht interessiert. Warum, frage ich mich, werde ich in der Schule nicht über die Raumfahrt geprüft? Anstatt aktuellem Wissen trichtert man uns unnötige Einzelheiten über uralte Komponisten ein, die schon längst zu Staub zerfallen sind.

Als wir nach Hause kommen, hören wir Papa im Bad hantieren. „Ich habe den Badeofen eingeheizt!", ruft er aufgeräumt. Ist das ein Zeichen, dass er nachgegeben hat? Sonst kommt er selten auf die Idee, einzuheizen, weil wir normalerweise ja auch am Samstagabend baden, aber daran hat gestern niemand gedacht. Und ich dränge mich auch nicht vor, wenn es ums Baden geht. Mama sieht mich zweifelnd an. „Bist du jetzt wirklich mit dem Dreck von der ganzen Woche in der Kirche gewesen?", fragt sie mich. Papa lächelt sogar, als er aus dem Bad kommt. Und er hat sich zumindest frisiert und rasiert. Was wohl seinen Stimmungsumschwung bewirkt hat?

„Da kannst du aber gleich die Ursula einseifen!", sagt Mama. „Ich muss mich jetzt um das Mittagessen kümmern!" Normalerweise ist es nämlich Mamas Aufgabe, uns Kinder zu waschen. Bei mir tut sie das Gott sei Dank nicht mehr, aber es hat einiger Überzeugungsarbeit bedurft, bis sie eingesehen hat, dass ich zu alt dafür bin, um von der Mama eingeseift und abgespült zu werden.

Als wir dann alle sauber beim Mittagessen sitzen, räuspert sich Papa. Ich hab gerade erst zwei Bissen von meinem Schnitzel gegessen. „Super schmeckt's, danke, Mama!", komme ich Papa zuvor. „Ich hab mir was überlegt!", sagt Papa bedeutungsschwanger, und Mama hält, mit einem Stück Schnitzel auf der Gabel, knapp vor ihrem Mund inne. Ich bin sehr gespannt, was jetzt kommt. Denn wenn Papa sich was überlegt hat, dann kommt dabei sicher nicht heraus, was Mama eigentlich will. Ich hab mich nicht getäuscht. Papa nimmt noch einen Schluck Bier. „Wenn ich an meinen freien Tagen pfuschen geh, dann bringt uns das mehr als das bisschen Geld von der Apotheke. Du kannst zu Hause bleiben, und ein Auto leisten können wir uns auch." Papa lächelt, in der Überzeugung, dass er gerade eine großartige Idee vorgetragen hat. Pfuschen bedeutet dasselbe wie schwarz arbeiten. Das Geld dafür kriegt man dann bar einfach auf die Hand. Das ist natürlich verboten, aber jeder macht das bei uns. Unser Briefträger zum Beispiel, der ist von Beruf eigentlich Maurer. Mit seiner Postrunde ist er um zwei Uhr Nachmittag fertig, und dann geht er auf dem Bau pfuschen, und am Samstag auch. Papa müsste halt als Installateur pfuschen gehen, Wasserhähne reparieren und so, weil das hat er ursprünglich gelernt, bevor er Eisenbahner geworden ist. Wenn allerdings bei uns ein Wasserhahn tropft, jammert er lange herum, bevor er ihn repariert. Kann also sein, dass er als Installateur gar nicht so gut zu gebrauchen ist.

Mama legt ihre Gabel weg. „Du hast wirklich ü-berhaupt nichts verstanden!" Sie schüttelt den Kopf, steht wortlos auf und geht ins Vorhaus hinaus. Ich höre noch, wie sie Schuhe und Mantel anzieht, dann fällt die Haustür hinter ihr zu. Diesmal hat sie gar nicht zu schimpfen und zu schreien begonnen. Ich fürchte, das ist ein Zeichen für eine wirklich ernste Krise.

Ich nehme mir noch ein Schnitzel von der Platte. Nicht, weil ich noch so hungrig bin, sondern weil ich vermeiden kann, mit Papa zu reden, wenn ich weiter Essen in mich hineinschaufle. „Wo ist die Mama hingegangen?", fragt Uschi. Ob die nur so unschuldig tut oder ob sie wirklich so blöd ist, frage ich mich manchmal. Papa wirft sein Besteck hin. „Mir ist der Appetit vergangen", sagt er und steht ebenfalls auf. Ich hoffe, dass er nicht wieder zum Kirchenwirt geht und sich dort volllaufen lässt. Abermals kracht eine Tür ins Schloss, diesmal aber die Hintertür, die in den Hof und zur Werkstatt von Opa führt. Was Papa da hinten wohl vorhat?

„Wir räumen ab", sage ich zu Uschi. „Und das Geschirr abwaschen tun wir auch!" „Wieso?", fragt Uschi und schiebt ihr letztes Stück Schnitzel in den Mund. „Das macht doch die Mama?" „Siehst du sie hier irgendwo?", fahre ich meine Schwester an, der leider gleich wieder die Tränen in die Augen treten. „Lisa hat noch Hunger!", jammert Uschi und hält mir ihre Puppe entgegen. Ich seufze tief. Uschi ist anscheinend noch zu klein, um zu verstehen, was da gerade passiert ist. „Sie könnte Mamas Schnitzel aufessen", versuche ich, meine Schwester zu trösten. Sie nickt, aber ich glaube, es ist gescheiter, ich erledige das Abwaschen allein. Leider fällt mir beim Abtrocknen ein Teller hinunter, ich bin nicht so geschickt im Hantieren mit nassem Geschirr. Jetzt muss ich das auch noch aufkehren und versuchen, die Scherben in der Mülltonne so zu verstecken, dass man sie nicht gleich von oben sieht. Als ich fertig bin, gehe ich hinauf zu Oma. Ich muss unbedingt mit jemandem reden.

„Na?", fragt sie, als ich zu ihr in die Stube trete. Oma sitzt in ihrem Lehnstuhl am Fenster und stopft Socken. „Wie weit sind die zwei denn mit ihren Verhandlungen?" Sie scheint gut aufgelegt und hoffnungsvoll, aber ich kann ihren Optimismus nicht teilen. „Davongerannt sind sie beide wieder", berichte ich und erzähle von Papas Vorschlag und davon, wie er aufgenommen wurde. Oma seufzt und legt ihr Stopfzeug weg. „Wenn sich die Traudi einmal was in den Kopf gesetzt hat, dann kann man ihr das schwer wieder ausreden. Und ich hab das Gefühl, dass sie sich auf die Arbeit in der Apotheke richtig freut!“ „Kann schon sein!“, sage ich und setze mich an den Stubentisch. „Ich versteh’s ja auch!“, sagt Oma. „Ich hab halt früher noch meine Hühner gehabt, und das Schwein, und den großen Gemüsegarten, sonst wär mir auch langweilig geworden, nur mit dem Haushalt. Und ganz früher bin ich mit meinen Sachen sogar noch auf den Markt gefahren, da war ich also, sozusagen, auch berufstätig. Und das hat mir viel Spaß gemacht, mit den Leuten auf dem Markt zusammenzukommen. Es war ja auch nicht immer leicht mit deinem Opa!“ Sie seufzt und nimmt ihre Stopfarbeit wieder auf.

Von unten hört man Uschi auf der Flöte blasen. „Das Mädel hat wirklich Talent“, sagt Oma. „Vielleicht schenk ich ihr zum Geburtstag die Geige vom Opa.“ „Ich hab abgewaschen!“, trumpfe ich auf, weil ich auch gelobt werden will. Das musikalische Talent meiner Schwester ist an mir leider völlig vorübergegangen. „Braver Bub!“ Omas Zuspruch tut gut. Auf dem Tisch liegt die Zeitung von gestern, unberührt. Oma liest sie nicht, und seit Opa tot ist, liest sie eigentlich niemand. Aber auf der ersten Seite ist ein Artikel über Apollo 9. „Darf ich das lesen?“, frage ich. „Wenn’s dich interessiert, natürlich!“

„Generalprobe für Mondfahrt“, steht da in großen Lettern. „Diesmal droht größte Gefahr!“ Die Mondfähre wird nämlich, so, wie ich es Mama schon erzählt habe, vom Mutterschiff abgekoppelt, damit man mit ihr Flugmanöver durchführen kann. Wenn das Ankoppeln nicht gelingt, dann sind die beiden Astronauten verloren, denn nur mit dem Mutterschiff können sie wieder zur Erde zurückkehren. Morgen Nachmittag soll der Start stattfinden, da werde ich natürlich am Fernseher dabei sein, komme, was da wolle. „Kannst mir ruhig was vorlesen!“, sagt Oma. „Ich seh ja nicht mehr so gut!“ Das glaube ich zwar nicht, denn wenn sie zum Stopfen gut genug sieht, dann sicher auch zum Lesen. „Über Apollo 9?“, frage ich. Oma nickt. „Passt schon!“ „Schon im Juli“, lese ich Oma vor, „sollen zwei amerikanische Astronauten auf dem Mond landen. Die Riesenrakete ‚Saturn 5‘ wird morgen um 17:00 mitteleuropäischer Zeit von Kap Kennedy abheben.“ „Keine zehn Pferde würden mich in so eine Rakete hineinbringen!“ Oma schüttelt den Kopf. „Aber Oma, wenn ich einmal so alt bin wie du, da werden die Leute Urlaub auf dem Mond machen! Und es wird dort Siedlungen geben, und jeden Tag werden Raketen hin- und zurückfliegen, mit einem Flugplan wie der Fahrplan bei der Eisenbahn! Vielleicht werde sogar ich einmal auf dem Mond wohnen!“ Ich hab jetzt natürlich ein wenig übertrieben, aber solche Geschichten habe ich in der „Bunten“ schon gelesen, das wird tatsächlich alles Wirklichkeit. „Und was sollen wir da auf dem Mond?“, fragt Oma. Darüber habe ich mir noch keine so großen Gedanken gemacht. Tatsächlich ist das da oben ja eine Wüste, noch dazu ohne Luft. „Vielleicht haben wir dann nicht mehr genug Platz auf der Erde?“, schlage ich vor. „So weit kommt's noch!“, schließt Oma die Debatte und stopft weiter.

Ich blättere die Zeitung durch, und da fällt mir eine weitere Überschrift auf. „Halbtags zu Hause, halbtags im Beruf“ steht da, und das interessiert mich natürlich, weil ich auch bald von diesem Problem betroffen bin. Über die Kinder, die dann sich selbst überlassen sind, steht nichts in dem Artikel. Aber es heißt, dass viele Frauen den Wunsch haben, wieder mehr mit der Außenwelt in Kontakt zu treten, nachdem sie viele Jahre nur der Familie gewidmet haben. So was Ähnliches hat Mama, glaube ich, auch gesagt. Und natürlich auch Oma, jetzt gerade. Aber ob die Außenwelt in Kastenkirchen wirklich so interessant ist, dass Mama uns deswegen vernachlässigen muss? Und ob der Herr Apotheker die richtige Außenwelt für meine Mama ist? Da muss ich noch viel darüber nachdenken, fürchte ich.

Oma steht auf und lächelt. „Sigi, ich glaub, ich hab was für dich! Komm einmal mit!“ Sie deutet mir mit dem Zeigefinger, ihr ins Schlafzimmer zu folgen. Vor dem hab ich ein wenig Angst, weil doch noch vor ein paar Wochen der tote Opa drinnen gelegen ist. Die Oma deutet auf Opas Nachtkästchen, auf dem ein Radio thront, ein großer Holzkasten, ähnlich wie der in unserem Wohnzimmer. Der Radio ist größer als das Nachtkästchen, und so hängt er auf beiden Seiten ein wenig über. „Den kannst du haben, wenn du willst. Mir genügt mein Radio in der Stube, den brauch ich nicht.“ Ich bin nahezu überwältigt. Ein eigener Radio, ganz für mich alleine! Was man damit alles anfangen kann! Hörspiele kann ich mir in Ruhe anhören, und vielleicht bringen sie im Radio auch mehr über die Mondlandung. Unten ist es ja immer ein Problem, da wechseln sich Opern und Wunschkonzert ab, und im Fernsehen bin ich auch immer erst der Dritte, der seine Meinung sagen und das Programm aussuchen darf. Ich falle Oma um den Hals. „Danke, Oma! Danke! Ich trag ihn gleich hinauf!“

In meiner Dachschräge muss ich den schweren Kasten erst einmal auf den Boden stellen, denn sonst finde ich nirgends einen Platz dafür. Oma hat mir noch den Rat gegeben, den Draht, der als Antenne dient, beim Fenster hinaushängen zu lassen, wegen des Empfangs. Mit dem Stromkabel in der Hand sehe ich mich um. Leider habe ich nur eine Steckdose, und da hängt die Nachttischlampe dran, also stecke ich die aus. Als der Radio warm ist, lege ich mich auf den Fleckerlteppich vor meinem Bett. Ich höre Marschmusik, das war der Sender, den Opa immer eingestellt hatte. Österreich Regional. Ich drehe am Rad, mit dem man die Sender einstellt. Ö1 habe ich rasch gefunden, und Bayern 1 und Bayern 2. Aber ich will Ö3 suchen, das soll ein ganz moderner Sender für junge Leute sein. Papa und Opa haben mehrmals darüber geschimpft, dass da Tschinn-Bumm-Musik läuft, die eigentlich nur Lärm ist, und dass das alles amerikanisches Zeug ist, das unsere Jugend vergiftet. Gerade deswegen bin ich so neugierig darauf. Schließlich finde ich einen Sender, in dem man Musik hört, die modern klingt. Zwei Lieder höre ich mir an, aber dann wird mir langweilig. Ist wohl doch nicht ganz meine Musik. Das erste Lied heißt „Jumping Jack Flash“ und das zweite erinnert mich an John, den Achtklässler, der es erwähnt hat: „Hey Jude“ von den Beatles. Aber das reißt mich auch nicht vom Hocker. Ich werde mir in Zukunft das Radioprogramm genau anschauen müssen, damit ich was Besseres finde. Aber der Empfang ist gut, man kann alles ganz deutlich hören. Und bei „Hey Jude“ verstehe ich sogar schon was! Ganz ehrlich gesagt, Heintje ist mir trotzdem lieber. Der ist nur ein bisschen älter wie ich, aber er singt wunderschön, und sogar auf Deutsch. Der ist auch oft im Fernsehen.

Als ich den Radio abdrehe und meinen „Mahdi“ zur Hand nehme, kann ich mich nicht konzentrieren. Weil da gleich drei Dinge sind, die mich beunruhigen. Zuerst einmal, wo sind Mama und Papa? Sie sind beide schon über eine Stunde weg. Und das dritte ist die drohende Musikprüfung. Aber ich bringe es einfach nicht über mich, das Heft zur Hand zu nehmen und zu lernen. Vielleicht komme ich morgen gar nicht dran, und dann hätte ich umsonst gelernt.

Den ganzen Nachmittag höre ich nichts von meinen Eltern, probiere noch ein paarmal meinen neuen Radio aus, finde aber nichts, was mich wirklich interessiert. Schließlich muss ich doch hinunter, denn am Sonntagnachmittag darf ich eine Stunde fernsehen. Heute ist „Familie Feuerstein“ dran, das schaue ich mir jedes Mal an, wenn es im Fernsehen zu sehen ist. Uschi kommt aus ihrem Zimmer, als sie den Fernseher hört. „Darfst du denn das? Wenn du niemanden fragen kannst?“ Sie wirkt ein wenig kleinlaut, ich glaube, sie war noch nie einen ganzen Nachmittag allein. „Wo sind denn Mama und Papa?“, fragt sie. „Wahrscheinlich spazieren!“, lüge ich. „Sie kommen sicher bald.“

Gerade, als „Familie Feuerstein“ beginnt, kommt Mama nach Hause. Sie sieht verheult aus, als sie ins Wohnzimmer tritt. Wortlos verschwindet sie in der Küche, ich höre sie hantieren, wahrscheinlich richtet sie das Abendessen für uns her. Und mitten während der spannenden Folge, als Fred und Barney gerade nach Hause kommen, taucht auch Papa auf. Ich würde gerne zu Ende schauen, weil Fred und Barney beim Saurierrennen gewettet haben, aber ihren Frauen erzählen sie, dass sie beim Bowling waren.

Papa sieht verschwitzt aus. „Ist Mama da?“, fragt er. Er ist nicht nur verschwitzt, sondern auch schmutzig. War er den ganzen Nachmittag in der Werkstatt? Ich nicke und deute auf die Küchentür. Papa verschwindet wieder. Gott sei Dank ist „Familie Feuerstein“ schon zu Ende, als er umgezogen wiederkommt. Ein kleiner grüner Außerirdischer hat Fred und Barney vor den Ganoven gerettet, die sie in eine Zelle eingesperrt hatten, weil Fred nicht zugeben wollte, wie sie es geschafft haben, die Gewinner im Saurierrennen vorherzusagen. In Wirklichkeit hat es ihnen der Außerirdische verraten.

In der Küche ist es still geworden. Was Mama wohl macht? „Schalt ab!“, sagt Papa zu mir.

Das Abendessen verläuft dann äußerst schweigsam. Papa und Mama werfen sich gelegentlich Blicke zu, sagen aber nichts. Sogar Uschi merkt, dass dicke Luft herrscht, und hält den Mund. Mama hat die übrig gebliebenen Schnitzel in vier gleiche Teile geteilt. Ich schneide meines in feine Streifen und lege die Streifen auf ein Stück Brot. Darüber kommen dünn geschnittene Zwiebeln. Die esse ich furchtbar gerne. Mama hat den Doktor Heiml schon einmal gefragt, ob es gesund ist, dass ich so viele Zwiebeln esse. Der hat Mama gefragt, wie es bei mir mit dem Gemüse sonst ausschaut, und Mama hat natürlich zugeben müssen, dass ich gar keines esse. Dann hat der Doktor gemeint, dann sei es gut, dass ich wenigstens Zwiebeln esse. In die Schule allerdings nehme ich kein Zwiebelbrot mit, das macht nur der dicke Holzinger. Erstens stinken seine Brote immer recht unangenehm, und zweitens muss er sich auch blöde Bemerkungen der anderen gefallen lassen. Dem Holzinger allerdings macht das nichts aus, er hat sehr starke Arme und riesige Hände, deswegen fürchten ihn die meisten. Weil er mit mir in der Volksschule war, hilft er mir hie und da, zum Beispiel, wenn der Zöbinger droht, dass er mich verdreschen will.

Und das erinnert mich wieder an morgen. Vielleicht werde ich am Abend doch noch ein bisschen ins Musikheft schauen. Nur für alle Fälle.

8 Joseph Haydns Bart

In einer Schublade der alten Kredenz im Keller fand er eine Blockflöte. Dieses Möbelstück war lange in der Stube seiner Eltern gestanden. Die Stube war irgendwann von Mama in „Wohnzimmer" umbenannt worden, weil das moderner war. Oma war immer bei der Bezeichnung „Stube" geblieben.

Er konnte sich dunkel daran erinnern, dass er im Volksschulalter Blockflöte spielen hatte müssen. Ganz zu Beginn aus freien Stücken, bald aber unter Zwang – man hatte ihn schließlich für das gesamte Schuljahr angemeldet und musste dafür bezahlen, da gab es kein Entrinnen. Es war ein eisernes Prinzip gewesen – wofür man bezahlt hatte, das wurde auch konsumiert, für Verschwendung hatte man weder Verständnis noch die Mittel. Das galt nicht nur für Musikstunden, sondern auch für Lebensmittel. Was am Wochenende übrigblieb, wurde am Montag verkocht, beispielsweise als Fleckerlspeise. Hartes Brot verarbeitete man in einer Brotsuppe, und wenn es schimmlig geworden war – was selten vorkam –, dann wurde es an die Hühner verfüttert, die fraßen alles.

An den Blockflötenunterricht konnte er sich nur deswegen erinnern, weil in Mamas Fotoalbum ein Bild prangte, das ihn beim Abschlusskonzert der Musikschule, die Flöte pfeifend, zeigte. Er hatte keine Ahnung, was damals gespielt worden war, aber auf dem Bild war deutlich zu sehen, dass er Anzug und Krawatte trug. Der Anzug war viel zu eng, kein Knopf des Sakkos hatte sich schließen lassen, und der Bauch quoll über den Hosenbund. Keine schöne Erinnerung.

Später hatte seine Mutter auch noch mehrmals ihr altes Akkordeon hervorgeholt und ihm darauf vorgespielt, um ihn zu ermuntern, das Instrument ebenfalls zu lernen. Er hatte sich beharrlich geweigert, und seine Mutter hatte schließlich nachgegeben. Seine Schwester hingegen hatte nach der Blockflöte in Windeseile Klarinette gelernt und auch in der örtlichen Blaskapelle mitgespielt. Gitarre, Geige und später Klavier waren noch hinzugekommen. In dieser Hinsicht war sie ihm weit überlegen gewesen und hatte aus ihrem Talent schließlich auch einen Beruf gemacht.

Überhaupt, die Musik. So gerne er heute Musik hörte, so verhasst war ihm der Musikunterricht in der Schule gewesen. Es hatte sogar einmal einen bösen Eklat mit seiner ansonsten netten Musiklehrerin gegeben – wahrscheinlich hatte sie ihm einfach nicht abgenommen, dass er sich den Lernstoff nicht merken konnte, und gedacht, er wolle sich über sie oder den Komponisten lustig machen. Um Josef Haydn war es gegangen, jetzt erinnerte er sich. Aber weder Frage noch Antwort bei dieser Prüfung wollten ihm einfallen. Nur dass er dafür einen Klassenbucheintrag kassiert hatte, das war ihm im Gedächtnis geblieben, weil es eine schwere und unangenehme Strafe war.

Als ich am Morgen aufwache, muss ich leider als Erstes an Musik denken. Ich habe gestern mein Musikheft nicht gefunden, entweder hab ich es in der Schule vergessen, oder ich habe es überhaupt verloren. Mit der Ordnung in meiner Schultasche ist es nämlich so eine Sache, die gibt es in Wirklichkeit nicht. Ich bin immer in Eile, wenn ich Schulsachen einpacken muss, sodass ich alles, was reinmuss, einfach irgendwohin stopfe. Entsprechend lange dauert es dann, bis ich die Sachen wiederfinde. Wenn ich sie finde. Diese Methode merkt man dem Zustand meiner Hefte und Bücher auch an.

„1808?", fragt mich der Herbert gleich, nachdem wir in den Zug gestiegen sind und uns einen Sitzplatz erobert haben. Unser Waggon hat Holzsitze, und dennoch hat es jemand geschafft, unsere Sitzbank mit einer Zigarette gründlich anzubrennen, sodass ein großer, schwarzer Fleck entstanden ist. „Was weiß denn ich? Mozart gestorben?" Ich klappe meine schwere, lederne Schultasche auf und suche, nur sicherheitshalber, noch einmal nach dem Musikheft. Herbert schüttelt den Kopf und macht abschätzig „Tss, tss!". „Sag's mir halt!", herrsche ich ihn an und finde gleichzeitig das gesuchte Heft. Es hat sich im Deutsch-Schulübungsheft versteckt. „Haydn. Schicksalssymphonie", erwidert der Herbert, und ich stelle fest, dass mein Musikheft sehr seltsam riecht. Tatsächlich klebt auf der Mozart-Seite ein kleines, total flach gedrücktes Stück Käse. Es muss schon länger da drin sein, weil es bestialisch stinkt. Wahrscheinlich ist es mir nach der Musikstunde aus dem Jausenbrot gefallen.

„Welche von den Haydn-Symphonien ist in C-Dur?", fragt Herbert weiter. Ich kratze den Käse aus meinem Heft und schmiere ihn unter die Sitzbank. Dann versuche ich, alles zu entziffern, was ich mir über Mozart aufgeschrieben hab, was schwierig ist, weil der Käse einen großen Fettfleck hinterlassen hat. Ich weiß leider nicht einmal, was das ist, C-Dur. Ich habe es einmal gewusst, weil ich in der ersten Klasse Volksschule bei Frau Bäuerlein Blockflötenunterricht nehmen musste. Meine Mama hat darauf bestanden. Am Anfang der zweiten Klasse hat die Frau Bäuerlein meine Mama zufällig beim Einkaufen getroffen und sie gefragt, ob das ihr Ernst ist, dass ich mit der Blockflöte noch ein zweites Jahr anhängen soll. Weil der Begabteste sei ich nicht, und zudem würde ich auch zu wenig üben. Meine Mama war höchst erbost, hat die Frau Bäuerlein eine unfähige, dumme Kuh geschimpft und mich abgemeldet. Also, das mit der Kuh hat sie natürlich der Bäuerlein nicht ins Gesicht gesagt, sondern nur zu Hause. Der Bäuerlein ins Gesicht hat sie angeblich gesagt, dass das Problem ja nicht am Schüler liegen muss, sondern dass es auch Pädagoginnen gibt, die Schwierigkeiten haben, die Musik richtig zu vermitteln. Öffentlich würde meine Mama niemals Schimpfworte gebrauchen, weil das gar nicht fein ist, aber die Bäuerlein hat auch so verstanden, was sie meint, und ist beleidigt abgerauscht. Seither gibt es ein wenig Verstimmung zwischen der Musikschule und unserer Familie, obwohl Uschi immer brav auf ihrer Blockflöte pfeift. Sogar Haydn und Mozart, wenn ich richtig informiert bin.

„Na?", bohrt Herbert. „Weißt du's nicht?" Ich erinnere mich dumpf an seine Frage. „Die erste!", sage ich, ins Blaue hinein, und zu meiner Überraschung klopft mir der Herbert auf die Schulter. „Genau! Richtig! Und die zweite?" „G-moll!", sage ich, damit er endlich Ruhe gibt. Der Herbert zieht eine leidende Grimasse. „D-Dur wär's gewesen. Knapp daneben. 1802. Nein, drei." Ich versuche, in meinem übelriechenden Heft zu lesen. Der Herbert aber gibt keine Ruhe, zählt an den Fingern die Symphonien Beethovens ab und murmelt dabei ständig vor sich hin. Irgendwie hat das alles keinen Sinn. Vielleicht ist es gescheiter, ich höre ihm zu, womöglich bleibt da was hängen. „Wie hat der mit dem Bart schnell noch geheißen?", frage ich, gerade, als der Zug in Seeklausen anhält. „Bart?", fragt Herbert und schnallt seine Schultasche auf den Rücken. Das Musikbuch hält er in Händen, damit er auf dem Weg zur Schule noch rasch nachschauen kann, falls ihm etwas nicht einfällt. „Nicht, dass ich wüsste. Mozart, Beethoven und Haydn waren alle glattrasiert. Schau dir doch die Bilder im Musikbuch ..." Er hält mir sein aufgeschlagenes Buch vor die Nase. Tatsächlich. Alle glattrasiert. Haydn und Mozart aber mit weißer Perücke. „Ja, ja!", unterbreche ich ihn. „Ist schon gut!" Aber ich erinnere mich trotzdem an einen mit einem Rauschebart.

Der Tag entwickelt sich nicht so schlecht, denn in der ersten Stunde ist Geografie, Herr Professor Zauner zückt sein Notenbüchlein, schlägt es an einer beliebigen Stelle auf und ruft „Niedermayr!". Ich bin jetzt entspannt, denn in Geografie kenne ich mich aus, und zweimal an einem Tag dranzukommen, so viel Pech kann man gar nicht haben. Er fragt mich die Nebentäler der Salzach ab, die ich alle brav aufzählen kann, dann nach der Metallindustrie in der Steiermark, und auch das habe ich mir alles gemerkt. Zufrieden nickend trägt er irgendwas in sein Notenheft ein, blättert ein paar Seiten weiter und ruft den Zöbinger auf. Der hat das alles zwar schon voriges Jahr gelernt, steht aber nur dümmlich grinsend da und legt seinen Zeigefinger auf die Unterlippe, als ihn der Herr Professor nach den größten Seen in Österreich fragt. „Na!", sagt der Herr Professor und deutet helfend aus dem Fenster. „Wo wohnen wir denn?" Aber dem Zöbinger fällt nicht einmal der Klausnersee ein, der direkt vor unserem Fenster liegt, nur durch die Pfarrkirche verdeckt.

„Also", sagt der Herr Professor, der es immer gut mit uns meint, sogar mit denen, die wirklich keine Ahnung von gar nichts haben. „Fangen wir einmal im Westen an. Da gibt es einen großen See, der liegt zum Teil in Österreich, zum Teil in Deutschland und zum Teil in der Sch...?" Der Zöbinger müsste jetzt nur das „...weiz" ergänzen, und schon hätte er eine Frage beantwortet. Er sagt aber nur „Ah .... Ah!“ Der Professor grinst. „Falsche Antwort. Weder Albanien noch Afghanistan. Und ganz im Osten Österreichs? Ein Steppensee? Den wir uns mit Ungarn teilen?“ Wieder stottert der Zöbinger herum, bis ich nicht mehr an mich halten kann und hinausschreie: „Erste Frage: Bodensee, zweite: Neusiedlersee!“

Der Herr Professor seufzt. „Niedermayr, ich weiß, dass du das weißt. Aber ich hab dir schon im ersten Semester ein Gut in Betragen gegeben, weil du deine Pappen nicht halten kannst!“ Er gerät in Rage und läuft rot an. „Und selbst wenn so ein Trottel wie der Zöbinger nicht einmal die einfachsten Fragen beantworten kann, dann hast du dein vorlautes Maul zu halten, wenn ich dich nicht drangenommen habe!“ Ich rutsche ein bisschen tiefer in den Sessel hinein, weil mir der Herr Professor ziemlich nahe gekommen ist. Bis jetzt habe ich ihn immer für einen verträglichen Menschen gehalten, so einen Wutausbruch hätte ich ihm nicht zugetraut. Den Zöbinger donnert er noch an: „Setzen, fünf! Das wird heuer auch nichts, Zöbinger! Ab in die Hauptschule! Und guten Flug! Damit es gleich bis zum B-Zug reicht!“

Der B-Zug in der Hauptschule, das ist eine Klasse, in der die landen, die in der normalen Hauptschule nicht mitkommen. Da gibt es nicht einmal Englisch, ich weiß gar nicht, was die dort überhaupt lernen. Und wenn es auch für den B-Zug nicht reicht, dann landet man bei uns in der Volksschuloberstufe, da kommen die hin, die mit dem Schreiben und Lesen nach vier Jahren Volksschule immer noch Probleme haben.

In der Pause muss ich wieder einmal für etwas büßen, an dem ich ganz unschuldig bin. Der Zöbinger passt mich ab, noch bevor ich auf den Gang flüchten kann, und nimmt mich in den Schwitzkasten. „Nur du bist schuld!“, schnauft er, während er mich würgt. „Du mit deiner Klugscheißerei!“ Ich kriege nur wenig Luft. „Aber wenn du nicht einmal den Bodensee ... Aua!“ Der Zöbinger hat mir einen kräftigen Tritt in den Unterleib verpasst und mich fallen lassen. Zwischen den Beinen tut es so weh, dass mir die Tränen in die Augen schießen. Der Herbert steht mit seinem Jausenbrot über mir und kaut ungerührt. „Da werden deine Eltern auf Enkel verzichten müssen“, sagt er. Ich richte mich auf und knie schnaufend vor ihm. „Halt doch den Mund! Hättest mir lieber geholfen!“ Der Herbert schüttelt den Kopf. „Zu gefährlich. Ich will ja schließlich nicht ...“ Er beißt noch einmal ab und nuschelt unverständlich vor sich hin.

Leider geht es mir in der darauffolgenden Musikstunde fast genau wie dem Zöbinger zuvor. Es ist fast unglaublich, aber Frau Professor Singer hat schon drei Mitschüler geprüft, als Ersten den Herbert, dann zwei von den Seeklausnern aus der ersten Reihe, und alle drei haben wie die Automaten die Daten der Komponisten und ihrer Werke heruntergeschnurrt. Die Frau Professor hat ihr Notenbüchlein schon wieder in ihrer geräumigen Handtasche verstaut, als ihr Blick auf mich fällt. „Niedermayr! Du warst auch schon lang nicht mehr dran, gell? Kommst schnell noch nach vor? Das haben wir ja gleich!“

Ich komme nicht schnell, sondern äußerst zögerlich, und leider haben wir es gar nicht gleich. „Mozarts Opern?“, fragt sie mich. Na, das wenigstens ist eine leichte Frage. Ich nehme meine Finger zu Hilfe. „Don Figaro, Zauberflöte ...“ Sie unterbricht mich. „Don Figaro?“ Ihre Stirn legt sich in Falten, aber selbst so sieht sie noch sehr hübsch und freundlich aus. Ich blicke in die Klasse. Der Herbert vollführt seltsame Grimassen mit offenem Mund.

Anscheinend will er mir durch Lippenbewegungen die richtige Antwort mitteilen. „Die Hochzeit des …“, probiere ich es noch einmal. „Genau!“ Die Anspannung im Gesicht meiner Lehrerin löst sich. „Die Hochzeit des Figaro. Richtig.“ Wenn sie gut aufgelegt ist, beantwortet sich die Frau Professor die Fragen manchmal selbst.

„Wie viele Kreuze hat denn G-Dur?“, fragt sie dann. Ich muss raten. „Drei?“ Wieder Stirnfalten. Dazu noch ein verzogener Mund. Ich muss weit daneben liegen. „Sechs?“, schlage ich vor. Zur Grimasse kommt ein Kopfschütteln. Kichern und Prusten aus den ersten Reihen verunsichert mich zusätzlich. „Was ist denn überhaupt der Unterschied zwischen Dur und Moll?“, fragt die Frau Professor nun. Ich denke an Bodensee und Neusiedlersee und weiß nun, wie der Zöbinger sich gefühlt haben muss. Leider kann ich meine Wut nach der Stunde an niemandem auslassen, weil ich erstens kein schwächeres Opfer finde und mich zweitens sowieso nie an einem Schwächeren vergreifen würde.

„Da sind die Töne …“ Ich fahre unsicher mit dem Zeigefinger in der Luft herum. „… also, verschieden!“, erkläre ich entschlossen. „Na ja“, gibt die Frau Professor zu und schlägt ihre Beine übereinander. „Nicht ganz falsch. Aber auch nicht richtig. Also?“ Ich schiele nach links. Der Herbert hält verstohlen drei Finger hoch. „Drei Töne!“, sage ich. „Drei Töne sind verschieden!“

Die Frau Professor schüttelt ärgerlich den Kopf. „Letzte Chance: Alles, was du über Josef Haydn weißt!“ Ich erinnere mich an das Gespräch mit Herbert im Zug. Mir fällt aber absolut nichts mehr ein, ich habe eine Denkblockade. Lediglich das Gesicht Haydns sehe ich vor meinem geistigen Auge. Lehrer bedenken das oft nicht. Wenn mich jemand so plötzlich was fragt und ich keine

Zeit zum Nachdenken habe und noch dazu vor der ganzen Klasse stehen muss, die nur darauf wartet, dass man sich blamiert, dann kann ich einfach nicht denken. Solche Prüfungen sind nicht fair.

„Er war glattrasiert", fällt mir ein. „Haydn war glattrasiert. Und er hatte eine Perücke, eine weiße!", biete ich eine Antwort an. „Das ist alles?" Die Frau Professor wendet sich von mir ab, ich sehe, wie sie einen Fünfer in ihr Notenheft einträgt. „Weißt du, Niedermayr, es hat auch schon Nachprüfungen in Musikerziehung gegeben! Und wenn sich einer blöd stellt oder gar glaubt, hier den Kasperl spielen zu wollen, dann ist bei mir der Ofen aus!" Sie hat die Stimme erhoben. „Aber es stimmt, Frau Professor, auf dem Bild im Musikbuch ..." Weiter komme ich aber nicht. „Pflanzen kannst du wen anderen, Niedermayr! Geh auf deinen Platz!" Das Gelächter, das folgt, darf ich wohl nicht als Erfolg verbuchen. In mir steigt Wut hoch. „Aber ich habe Sie doch gar nicht ... Sie haben gesagt, alles, was ich über Haydn weiß! Und das war alles! Ich hab doch nicht ..."

„Genug!", zischt die Frau Professor. „Du brauchst nicht auch noch frech zu werden! Das gibt einen Klassenbucheintrag, Niedermayr!" Ich setze mich auf meinen Platz und lege den Kopf auf meine Unterarme, weil mir die Tränen kommen. Schon wieder habe ich wahrheitsgemäß geantwortet, und ausgelegt wird es mir als Unverschämtheit. Die Welt, und vor allem die Schule, ist so ungerecht! Christian aus der ersten Reihe hat sich noch immer nicht erfangen. „Perücke!", brüllt er und haut dabei auf sein Pult. „Du kannst gleich mit ins Klassenbuch!", zischt die Frau Professor und fährt mit ihrem Eintrag fort. Wieder einen Feind gewonnen.

In der nächsten Stunde haben wir Deutsch, und das bedeutet, dass Frau Professor Schlierberger zu uns kommt, die auch unser Klassenvorstand ist. Als sie das Klassenbuch öffnet, senke ich den Blick auf die Platte meines Schreibpults, auf dem jemand „Otis R.I.P." eingraviert und mit schwarzer Tinte ausgemalt hat. „Oh Gott!", stöhnt die Frau Professor. „Niedermayr! Schon wieder! Und der Grundner auch! Was war denn los? Was habt ihr denn ... die Kollegin Singer, die ist doch eh so nett?"

„Ich hab gar nichts getan!", verteidigt sich der Grundner und deutet mit ausgestrecktem Zeigefinger auf mich. „Er hat ..." Die Frau Professor unterbricht ihn. „Er wird mir selber sagen, was er hat, nicht wahr, Sigi?" Ich versuche eine Erklärung, verheddere mich aber in meinen Sätzen und schweige schließlich, weil meine Entschuldigungen selbst in meinen Ohren fürchterlich blöd klingen und ich die Geschichte mit der Perücke auf keinen Fall wiederholen will. Die Frau Professor klappt das Klassenbuch zu und steht auf. „Da werde ich halt die Kollegin fragen müssen. Aber für dich, Sigi, wird's eng. Noch eine Eintragung, dann Disziplinarkonferenz und Karzer. Und das kann dann bis zum Schulverweis gehen!"

Mir sinkt das Herz in die Hose. Wenn sie mich aus der Schule schmeißen, erschlägt mich Papa. Ganz sicher. Denn diese Schande, die hält er nicht aus. Was Mama dazu sagen würde, daran mag ich gar nicht denken. Die Tränen fließen, ohne dass ich etwas tun kann, um sie aufzuhalten. Nicht einmal lautes Schluchzen kann ich unterdrücken. „Ja, jetzt ist es zu spät zum Jammern, Sigi. Das hättest du dir vorher überlegen müssen! Geh halt hinaus aufs Klo und heul dich aus!"

Das lasse ich mir nicht zweimal sagen. Auf dem Klodeckel sitzend schwöre ich mir selbst, im Unterricht überhaupt nichts mehr zu sagen, außer, wenn ich muss.

Ich werde schweigen wie ein stolzer Häuptling, wie Winnetou. Mein Mund wird versiegelt sein. Dann kann mir nichts passieren. Und jeden Nachmittag werde ich mich gewissenhaft auf die Stunden am kommenden Tag vorbereiten, vor allem auf die, die mich nicht interessieren.

Als ich wieder in die Klasse zurückkomme, klappt die Frau Professor gerade das Deutschbuch zu. „So!", sagt sie. „Jetzt habe ich noch eine aufregende Neuigkeit für euch. In zwei Wochen kommt der Herr Unterrichtsminister zu uns in die Schule, um das neue Gebäude feierlich zu eröffnen. Und jede Klasse soll sich etwas ausdenken, was sie zu diesem feierlichen Anlass beitragen kann. Was fällt euch denn ein?" Zunächst herrscht große Unruhe in der Klasse. Überall wird getuschelt, man hört immer wieder, ehrfürchtig betont, das Wort „Minister". „Wisst ihr denn überhaupt, wie er heißt?", fragt die Frau Professor. Stille. Ich zermartere mir das Gehirn, aber auch mir will nicht einfallen, wie der Minister heißt. Ich weiß nur, dass es ein kurzer Name ist und dass er von der ÖVP ist, denn die ist momentan an der Regierung. Das weiß ich, weil Papa immer auf die „Schwarzen" schimpft, wenn er sich im Fernsehen die Nachrichten anschaut. Er ist nämlich, weil er Eisenbahner ist, bei den „Roten". Was wiederum Mama nicht gefällt, denn sie hält die „Roten" für kulturlos und primitiv und erklärt Papa gelegentlich, dass er sein Bauernhaus gleich beim Staat abgeben kann, wenn die „Roten" an die Macht kommen, weil die wollen, dass alles dem Staat gehört. Was kürzlich leider dazu geführt hat, dass Uschi zu weinen begonnen hat. „Nehmen mir die Roten dann auch meine Puppen weg?", hat sie geflennt. Ich möchte jetzt nicht ins Detail gehen, aber das Ganze hat wieder einmal zu einem hässlichen Streit zwischen meinen

Eltern geführt, weil Papa Mama vorgeworfen hat, dass sie mit ihren Schreckensbildern von den „Roten“ Uschi unnötig ängstigt.

„Mock!“, sagt die Frau Professor schließlich in die Stille hinein. „Der Herr Unterrichtsminister heißt Alois Mock, und er ist noch sehr jung und hat viel Verständnis für die Jugend.“ „Wie alt ist er denn?“, fragt einer aus der ersten Reihe. „35“, sagt die Frau Professor. „Der jüngste Minister, den wir je hatten!“ Die ganze Klasse stöhnt. Kein Wunder. Der ist ja fast so alt wie meine Eltern. Meine Mama ist 38 und mein Papa sogar schon 42, und auf die Idee, dass sie „jung“ sind, wäre ich nie gekommen. „Auf jeden Fall“, sagt die Frau Professor noch, „wird es eine Diskussionsveranstaltung mit Schülern aus der Oberstufe geben. Und was die Unterstufe betrifft, da haben wir uns gedacht, dass es ein paar Lieder und Gedichte zur Umrahmung des Festakts geben sollte. Überlegt euch schon einmal, ob ihr euch für den Chor melden wollt, oder vielleicht ein Gedicht vortragen.“ In diesem Moment läutet es. Kein Mensch hört der Frau Professor noch zu, alles drängt zur Tür, denn es ist große Pause. Ich krame nach meiner Jause, als mich die Frau Professor anspricht. „Sigi, wart noch einen Moment!“

Mit dem Jausenbrot in der Hand erstarre ich. Was will sie denn noch von mir? „Komm einmal her!“ Sie deutet mir mit dem Zeigefinger. Ich nähere mich langsam dem Katheder. „Noch näher!“, lächelt sie. „Ich tu dir schon nichts!“ Ich bleibe vorsichtig und umklammere mein Jausenbrot, als ob es mir Sicherheit geben könnte. „Sigi“, sagt die Frau Professor jetzt ernst. „Du weißt, dass ich es gut mit dir meine!“ Sie greift nach meiner freien Hand, mit beiden Händen. Das ist mir sehr unangenehm, ich werde nicht gern berührt, das ist bei uns in Kastenkirchen nicht üblich. Höchstens, dass man sich die Hände schüttelt. Die

Frau Professor hält aber meine Hand fest. „Du bist sehr begabt, und du hast es in der Klasse nicht leicht", erklärt sie mit freundlichem Blick. Ich senke den Blick auf mein Brot, weil mir das alles furchtbar peinlich ist. Hoffentlich kommt keiner zurück in die Klasse.

„Du bist halt ... na ja, du hast es nicht so mit dem Fußball und dem Raufen, da wird man schnell zum Außenseiter!" Worauf will sie hinaus? Dass sie mich schon im Herbst einmal vor den übelsten Schlägern der Klasse gerettet hat, das werde ich sowieso nicht vergessen. Die Frau Professor seufzt. „Aber du musst dein Mundwerk im Zaum halten. Du rufst die ganze Zeit heraus, lässt den Schwächeren kaum Zeit zum Nachdenken. Und jetzt haben wir hintereinander die zwei Eintragungen. Zuerst ärgerst du den Herrn Pfarrer mit deinen Astronauten, und jetzt noch die Geschichte mit der Kollegin Singer. Wie soll denn das enden?" Sie lässt mich nicht los, obwohl ich den Arm zurückzuziehen versuche. „Wie war denn das mit der Frau Professor wirklich?" „Sie hat gesagt, alles, was ich über Haydn weiß. Und ich hab eben, an nichts hab ich mich erinnert, außer an die Perücke. Und in der Früh, da haben wir, der Herbert und ich, es gibt da so einen Komponisten mit einem langen Bart, und der Herbert hat eben gesagt, dass das nicht Haydn gewesen sein kann, weil der war glattrasiert. Und das ist mir eben eingefallen, sonst nichts!" Die Frau Professor seufzt wieder. „Das ist dir aber schon klar, dass sie das nicht wissen wollte, sondern den Lernstoff, die Musik?" Ich nicke.

Es scheint mir unmöglich, ihr zu erklären, dass ich in meiner Not der Denkblockade eben nur dieses Bild vor Augen hatte, und dann, um irgendetwas zu sagen, habe ich eben ... „Aber sie hat gesagt, alles!", beharre ich auf meinem Standpunkt. „Wie auch immer!", sagt sie, lässt meinen Arm endlich los, steht auf und klappt das Klassenbuch zu. „Ich werde ein gutes Wort für dich einlegen. Vielleicht braucht's auch mehr als eines. Aber du musst dich in Zukunft zusammenreißen!“ Ich nicke. In diesem Moment kommen der Zöbinger und der Grundner wieder herein. Gott sei Dank haben sie wenigstens nicht gesehen, wie mich die Frau Professor am Arm gehalten und zu sich herangezogen hat. „Auf jeden Fall wär's gut, wenn du dich für die Feier melden würdest“, sagt sie noch, während sie ihre Tasche umhängt. „Für ein Gedicht, oder wenigstens für den Chor. Für die Bundeshymne wird's schon reichen!“

„Ich hab's dir doch gleich gesagt, dass du drankommst. Und dass es das gibt, dass man sich so wenig merkt, das kann doch gar nicht sein!“, nervt mich der Herbert im Zug auf dem Weg nach Hause. „Wenn mich halt Musik nicht interessiert!“, kontere ich. „In der Schule muss man auch das lernen, was einen nicht interessiert!“, doziert der Herbert. Ich möchte den Streit jetzt nicht anheizen, indem ich ihn auf seine eklatanten Schwächen in Mathematik hinweise. „Meldest du dich zum Chor?“, frage ich deshalb. Der Herbert nickt eifrig. „Es wäre mir eine große Ehre, dem Herrn Minister Freude zu bereiten!“ In letzter Zeit, fällt mir auf, redet der Herbert öfter so geschwollenes Zeug daher. Ob das mit seiner Frömmigkeit zu tun hat? Vielleicht ist das die Sprache der Heiligen Schrift, die da aus ihm spricht. Wahrscheinlich ist es das Gescheiteste, wenn ich mich auch für den Chor melde, weil ganz allein oder zu zweit ein Gedicht aufsagen, das kann ich mir überhaupt nicht vorstellen. Und im Chor, da kann man einfach den Mund auf- und zuklappen, wenn einem der Text oder die Melodie nicht einfallen.

Zu Hause gibt es, wie häufig am Montag, Fleckerlspeise, die für mich aufgewärmt wird, denn Mama und Uschi haben schon gegessen, als Uschi von der Schule heimgekommen ist. „Bist du schon nervös?“, frage ich Mama, weil morgen ja ihr erster Arbeitstag ist. Sie schüttelt den Kopf, aber ich merke ihr die Unruhe an. Sie rührt fahrig in der Bratpfanne, damit die Fleckerlspeise nicht anbrennt, und flucht sogar einmal leise, als ein paar Fleckerl samt Wurstresten über Bord gehen. „Der Herr Apotheker kommt heute Abend vorbei. Er will noch einmal mit mir reden. Und mit dem Papa. Dass du schön ‚Herr Magister‘ sagst, wenn er kommt, hörst du?“ Auweh, denke ich mir, ob das wohl gutgeht, wenn sie den Herrn Apotheker mit unserem Papa zusammenbringt? Oder ob es da gleich Mord und Totschlag gibt? Bei Papa weiß man nie, und den Apotheker, den kenn ich eigentlich gar nicht. Ich erinnere mich an meine guten Vorsätze und lobe die Fleckerlspeise. „Wunderbar, Mama. Soll ich dir beim Abwaschen helfen?“ Die Frage war eigentlich rein rhetorisch gemeint, denn Mama erledigt das Abwaschen und Abtrocknen immer alleine, doch diesmal nickt sie und sagt: „Gern! Möchtest du lieber abwaschen oder Geschirr abtrocknen?“ Ich erinnere mich an den kaputten Teller im Mistkübel und entscheide mich für das Abwaschen.

„Weißt du“, sagt Mama, „ich habe mit dem Herrn Apotheker noch einmal geredet. Dass der Adolf so sehr dagegen ist, dass ich arbeite. Und dann hat er gemeint, dass er sich doch selber einmal mit ihm unterhalten könnte. Um ihn davon zu überzeugen, dass es eine gute Idee ist, dass ich in der Apotheke mithelfe.“ Ich bin noch total unentschlossen, wie ich mich zu dieser Neuerung in unserem Haushalt stellen soll. „Im Benimmbuch von der Oma steht, dass die vornehmste Aufgabe der Mutter ist, Hausfrau zu sein und sich um Kinder und Mann zu kümmern!“, werfe ich in die Debatte. Mama lacht auf. „Ja, da kann viel drinstehen. Aber was das Leben heute kostet, das steht natürlich nicht drin. Und deine Neustädter Omi, die hat leicht reden, die hat immer nur die feine Dame gespielt und den Opi arbeiten lassen, der hat ja auch genug verdient." Ich verzichte jetzt darauf, Mama damit zu konfrontieren, dass sie selber auch gerne eine feine Dame wäre und schon angedeutet hat, dass sie von ihrem Lohn Schuhe und Handtaschen zu kaufen gedenkt.

„Und heute Vormittag habe ich mich in der Fahrschule angemeldet!" Diese Neuigkeit trifft mich wie ein Donnerschlag. Heißt das dann, dass sie tatsächlich ein Auto kaufen und das dann auch noch selber fahren will? Die einzige Frau, die ich kenne, die ein Auto fährt, ist mein Klassenvorstand, Frau Professor Schlierberger. Und das ist ein ganz kleines, ein Puch 500. Ob Mama auch so ein Auto will? „Was sagt denn der Papa dazu?", ist alles, was mir einfällt, während ich die Bratpfanne gründlich mit der Bürste schrubbe, damit die eingebrannten Flecken weggehen. „Nichts!", sagt Mama. „Weil er es noch nicht weiß. Und die Uschi auch nicht. Ich will es ihm selber sagen, also halt den Mund. Und den Führerschein zahl ich mir selber, von meinem Geld. Der Herr Apotheker hat mir heute Vormittag einen Vorschuss gegeben, weil er das für eine gute Idee hält, das mit dem Führerschein. Frauen sollten unabhängig sein, sagt er. Und dass es auch wichtig ist, dass ich meine eigene Pension kriege, wenn mit dem Papa einmal was ist, sagt er auch." Das kann ja lustig werden, wenn der Herr Apotheker jetzt schon alle Entscheidungen in unserer Familie trifft. Ich tauche den Nudeltopf ins Abwaschwasser.

„Was soll denn mit dem Papa sein?", frage ich, etwas misstrauisch geworden. „Was weiß denn ich!", gibt Mama zurück. „Irgendwas passieren kann immer!" Ob sie damit einen Unfall oder eventuell eine Scheidung meint, das lässt sie offen. Wenn sich meine Eltern scheiden lassen würden, das wäre ganz schlimm. Ich wäre dann eine Scheidungswaise. Einen in unserer Klasse gibt es, der das ist. Alle zwei Wochen ist er über das Wochenende bei seinem Papa, sonst bei der Mama. Das ist auch ein Grund, warum ich dem Apotheker misstraue. Weil er sich jetzt schon, wo meine Mama noch gar nicht arbeitet, irgendwie in unsere Familie einmischt. Andererseits, natürlich, der Clemens, das ist unser Scheidungswaise, der gibt nach jedem Wochenende bei seinem Papa furchtbar an, dass sie so tolle Ausflüge gemacht haben, und jedes Mal bekommt er angeblich ein neues Lego-Modell. Aber ich zweifle stark daran, dass das mit meinem Papa auch so wäre.

Den Nachmittag verbringe ich mit meiner Deutschhausübung, denn wir müssen eine Inhaltsangabe von einer Sage schreiben. Die steht in unserem Lesebuch drinnen, aber ich hab sie schon gekannt. Sie kommt in einem meiner Sagenbücher vor und ist viel länger als die im Lesebuch. Ich entscheide mich für die längere Version, um die Frau Professor zu beeindrucken. Ich glaube, das kann ich jetzt dringend brauchen. In der Sage geht es um die Gründung eines Klosters, das an der Stelle errichtet wurde, an der der Sohn eines Fürsten auf der Jagd den Tod fand, weil ihn ein wilder Eber überrannte.

Kurz vor fünf gehe ich hinunter, weil ich den Start von Apollo 9 nicht verpassen will. „Meinetwegen", sagt Mama. „Aber wenn der Herr Apotheker kommt, schaltest du ab, dann grüßt du, wie ich es dir beigebracht habe, und gehst hinauf in dein Zimmer!" Als ich den Fernseher einschalte, hält Herbert Pichler, der Kommentator, ein Modell der Mondlandefähre in der Hand und erklärt, warum sie nicht stromlinienförmig gebaut ist wie andere Raumschiffe. Ich weiß natürlich längst, dass die Mondfähre nicht in der Atmosphäre eingesetzt wird, deswegen ist ihre Form völlig egal, weil sie nie mit Luftwiderstand zu tun haben wird. Zwischendurch erklärt immer wieder Frau Kurz, was gerade auf dem amerikanischen Sender gesprochen wird, den sie übersetzt. Doktor Pichler hat sogar ein Modell der Apollo-Kapsel und erklärt, wie sie mit der Mondfähre gekoppelt werden soll.

Beim Start ist dann das Bild extrem unscharf, man kann praktisch nur die Rauchwolke und den Feuerschein erkennen, der unten herausschießt, als die Rakete abhebt. „So!", sagt Mama. „Besser, du gehst jetzt gleich hinauf." Sie wirkt ein bisschen nervös. „Die Rakete fliegt ja schon, da können wir ..." Sie drückt auf den Ausschaltknopf, ohne sich um meine Proteste zu kümmern. Aber wenigstens muss ich so den Apotheker nicht grüßen. Im Radio gibt es leider keine Übertragung vom Raumfahrtprogramm, daher muss ich weiterlesen.

Als Papa heimkommt, öffne ich meine Tür einen Spalt und horche gespannt in meiner Dachschräge, was sich unten abspielt. Seltsamerweise bleibt es ruhig. Ich habe damit gerechnet, dass Papa zu schreien beginnt und Mama droht, dass er den Apotheker beim Kragen packen und wieder hinausschmeißen wird. Es dauert nicht lange, bis es klingelt und der Apotheker kommt. Mama begrüßt ihn freundlich. Ich schleiche die Stiege hinunter, damit ich besser verstehe, was gesprochen wird. „Der Adolf ist schon drinnen", sagt Mama. „Schön, dass Sie sich Zeit genommen haben!"

Für mich klingt das alles ein wenig zu nett. Ob ich hinuntergehen soll, um ganz unschuldig im Wohnzimmer zu spielen? Ich könnte Uschi fragen, ob sie mit mir Mensch-ärgere-dich-nicht spielen möchte, da könnten wir bequem zuhören, was besprochen wird. Aber ein gewisses Gefühl sagt mir, dass ich unten nicht willkommen wäre. Stattdessen gehe ich nur eine Stiege hinunter und klopfe bei Oma an. Die wischt sich die Hände an der Schürze ab und lächelt, als sie mich sieht. „Servus, Sigi! Was meinst, sollen wir Spiegeleier machen? Ich hab ein gutes, frisches Brot dazu!"

Ich nicke. Spiegeleier hab ich noch nie gemacht. Oma zeigt es mir. „Zuerst tust du Butterschmalz in die Pfanne. Nicht zu wenig, sonst picken sie an. Dann musst du vorsichtig ein Ei am Rand von der Pfanne aufschlagen, so!" Sie zeigt es mir, lässt das Ei gleich in die Pfanne gleiten. Sie macht das alles ganz flink mit einer Hand. „Damit der Dotter nicht ausläuft, verstehst du?" Sie rückt die Pfanne ein wenig nach links. „Da ist's zu heiß! Jetzt du!" Mein erstes Ei misslingt, obwohl ich beide Hände dazu nehme, der Dotter läuft aus. Beim zweiten klappt es schon besser. „So!", sagt Oma. „Sehr gut! Und jetzt musst du mit der Schaufel vorsichtig unter die Eier fahren, sonst setzen sie sich an und wir kriegen sie nicht mehr heraus." Sie zeigt es mir beim ersten Ei. Leider gelingt es mir nicht so gut wie Oma, ich zerreiße meine beiden Eier, aber es macht mir nichts, sie schmecken genauso gut wie das vollständige, das natürlich Oma bekommt. „Auch für die einfachen Sachen braucht man Erfahrung und Gefühl!", erklärt sie. „Je öfter du es machst, desto besser geht es!"

Sie schneidet jedem von uns ein Stück Brot vom Laib. Das Brot holt sie immer vom Nachbarn, der backt einmal in der Woche in dem großen Backofen, der hinter dem Haus steht. Und bis zum Nachbarn schafft es Oma noch. Bis zum Geschäft ist es ihr zu weit, vor allem, weil sie ja alles in einer schweren Tasche heimtragen müsste.

Ich erzähle Oma vom Apotheker und vom Führerschein. Sie schüttelt skeptisch den Kopf. „Ein Führerschein? Wozu denn das?“ Ich erkläre ihr die Sache mit dem eigenen Auto. „Der Adi“, sagt sie dann, „der hat zuerst nur den Traktorführerschein gemacht. Weil wir damals ja noch zwei Äcker und einen Traktor gehabt haben. Da ist der Adi schon mit 14 gefahren, aber mit 16 hat er dann doch den Führerschein gebraucht.“ Ich höre aufmerksam zu, während ich die ausgeflossenen Eidotter mit dem Brot auftunke. „Und dann hat er sich eingebildet, er muss auch noch den Autoführerschein machen, den hat er sich dann von seinem Gesellengehalt selber gezahlt.“

„Hast du nie Auto fahren wollen?“, frage ich Oma. „Ach geh!“ Sie schüttelt belustigt den Kopf. „Wie ich jung war, sind wir noch mit den Rössern gefahren! Willst ein Foto sehen?“ Ich nicke. Oma steht auf und bringt einen Pappkarton daher, in dem ein paar Stapel ganz welliger Fotos liegen. „Schau!“, sagt sie. „Das ist der Fuchs. Der hat meinem Vater gehört. Wir haben ja einen recht großen Hof gehabt, mit drei, vier Pferden. Der Fuchs hat den Pflug gezogen, aber das Fuhrwerk auch!“ Auf dem Foto sieht man eine junge Frau und einen älteren Mann mit einem langen Schnauzbart. Der hält die Zügel von einem Pferd, das vor einen Wagen gespannt ist. „Bist das du?“ Ich deute auf die Frau. Oma nickt. „Fesch war ich damals, nicht? Ich glaub, das war, kurz bevor ich deinen Opa kennen gelernt hab.“ Ich muss wieder an den Onkel Franz denken, der den Krieg nicht überlebt hat, weil er davongelaufen ist und erschossen wurde. Aber ich will Oma jetzt nicht daran erinnern.

„Hast du auch fahren können, mit dem Pferdewagen?“, frage ich. „Na, was glaubst du! Das hat jedes Kind können, da hat man auch keinen Führerschein gebraucht dafür! Und den Pferdemist, den haben wir in den Gemüsegarten getan!" „Das muss aber ganz schön gestunken haben!", wende ich ein. „Die Autos stinken noch viel mehr! Und was da hinten rauskommt, das kannst du nicht in den Garten streuen, dass das Gemüse besser wächst!" Da muss ich Oma recht geben.

Die Zeit ist rasch vergangen, und unten schlägt die Haustür zu. Anscheinend ist der Apotheker gegangen. Ich muss jetzt doch einmal hinunter, schauen, was es zum Nachtmahl gibt, aber als ich die Tür zum Stiegenhaus öffne, höre ich Papa jetzt doch schreien. „Wozu brauchst du denn einen Führerschein? Wenn jemand fährt, dann bin das ich! Frauen am Steuer! Das wäre ja noch schöner!" Sieht so aus, als wäre das Thema Apotheke durch und sie hätten jetzt einen neuen Grund zum Streiten gefunden. Oma steht hinter mir. „Ich hab's ja schon gesagt. Wenn sich die Traudi einmal was in den Kopf gesetzt hat, gibt sie nicht so leicht auf. Und recht hat sie!"

9 Die berufstätige Mutter

Nicht nur seine eigenen Schulhefte hatte Mama aufgehoben, sondern natürlich auch die von Uschi. Er fand ein Rechenheft, das seine Schwester in der 3. Klasse Volksschule vollgekritzelt hatte. Er begann, darin zu blättern. Und als er einfache, ungelenke Zeichnungen von Banknoten und Münzen darin fand, kam schlagartig wieder eine Erinnerung in ihm hoch. Nachdem seine Mutter begonnen hatte, in der Apotheke zu arbeiten, hatte er immer öfter seiner Schwester bei den Aufgaben helfen müssen. Das hatte darin geendet, dass er sie erledigte und Uschi sie abschrieb, so ging es am schnellsten. Dass die dabei natürlich nichts lernte, war ihm egal, es war ja nicht seine Sache.

Dass Eltern ständig mit ihren Kindern lernten und Aufgaben kontrollierten, war damals nicht üblich gewesen. Entweder man packte die Schule allein, oder eben nicht. Wenn man das Gymnasium nicht schaffte, ging man in eine Lehre, das war damals für Eltern kein Problem und auch keine Schande gewesen. Diese Helikoptereltern, wie man sie heute nannte, die am liebsten selber alles für ihre Kinder erledigen wollten, die hatte es nicht gegeben. Zumindest nicht in seinem Umfeld.

Überhaupt hatte es, wenn man es recht bedachte, damals sehr viele Freiheiten für Kinder gegeben. Zwar waren Schule und Erziehung autoritär gewesen, aber wann immer es möglich war, hatte er sich in seine eigene Welt davongestohlen. Entweder allein mit einem Buch, mit einem Freund auf dem Fahrrad oder auch im Winter beim Rodeln und Skifahren.

Die Eltern hatten gar nicht die Zeit gehabt, Kinder ständig zu beaufsichtigen – und er fand, die frühe Selbständigkeit hatte ihm gutgetan.

Papa ist schon weg, als ich am nächsten Morgen hinunterkomme. Mama, finde ich, hat sich eleganter angezogen und zurechtgemacht, als sie das sonst tut, und sie huscht ein bisschen nervös in der Küche herum. „Ich hab Bratwürstel und Erdäpfelschmarren vorgekocht, gestern“, sagt sie. „Muss ja nicht gleich am ersten Tag sein, dass die Oma alles für mich macht. Du musst halt ein paar Minuten warten, Uschi, weil ich erst um halb eins heimkomm. Aber wenn du willst, kannst du in die Apotheke kommen und dort warten, bis ich fertig bin!“ Uschi strahlt. „In die Apotheke, in die Apotheke!“, schreit sie. Sie weiß natürlich, dass dort immer Zuckerl auf dem Ladentisch liegen und jedes Kind eines geschenkt bekommt.

Da hatte sich auch einiges geändert, und zwar fundamental. Zuckerl oder andere Süßigkeiten in der Apotheke waren heute undenkbar. Damals aber hatte Zucker ein positives Image gehabt, vor allem Traubenzucker. Er galt als nahrhaft und gesund, wohl deswegen, weil es der Kriegsgeneration vor allem an Kalorien gefehlt hatte, die der Zucker reichlich geliefert hatte. Er selbst hatte sogar als Kind, vor allem von der Oma, oft nach dem Zähneputzen noch ein sogenanntes „Betthupferl“ bekommen: meistens ein Stück Schokolade. Unter dem, was diese schlechte Angewohnheit mit seinen Zähnen angerichtet hatte, litt er heute noch. Vor allem, wenn er wieder einmal eine Rechnung für eine neue Krone zu begleichen hatte.

Mein Schulweg ist von Sorgen geplagt, wegen meiner zwei Klassenbucheintragungen und der drohenden Disziplinarkonferenz, wenn noch eine weitere folgen sollte. Der Herbert allerdings heitert mich ein wenig auf, denn heute kann er sich nicht so überlegen geben wie gestern mit seinen Jahreszahlen. „Mir ist nichts eingefallen!“, klagt er und meint die Nacherzählung der Sage. „Bei einer Nacherzählung muss dir ja nichts einfallen!“, erkläre ich selbstsicher. „Es steht ja alles schon im Lesebuch!“ „Das ist es ja eben!“, klagt der Herbert. „Ich habe angefangen, und nach drei Sätzen habe ich gemerkt, dass ich alles aus dem Lesebuch abgeschrieben habe!“ „Ich hab’s dir doch schon erklärt“, seufze ich. „Du musst die Sage zweimal lesen. Dann machst du für eine Stunde was anderes, und dann schreibst du. Ohne dass du noch einmal ins Buch schaust.“ Der Herbert sagt aber, das hat er auch schon probiert, und da kann er sich dann an gar nichts mehr erinnern. Dann schaut er sicherheitshalber wieder im Buch nach und schreibt erst recht ab.

„Da kann ich dir auch nicht helfen, wenn du meine Methoden nicht verstehst!“, sage ich. „Ich kann ja schließlich nicht deine Hausübung schreiben!“ „Doch!“, sagt der Herbert. „Der Ungerböck, der lässt sich die Hausübungen immer von seiner großen Schwester schreiben. Oder von seiner Mutter. Weil, sagt er, das geht schneller, als wenn ihn seine Mama stundenlang sitzen lässt und aufpassen muss, dass er nicht vom Küchentisch aufsteht und davonrennt.“ „Ich bin aber nicht dem Ungerböck seine Schwester und seine Mama auch nicht!“, schließe ich das Thema ab. Der Herbert schmollt ein wenig, aber das muss unsere Freundschaft schon aushalten.

Mir aber ist auch deswegen ein wenig unwohl, weil in den ersten zwei Stunden Turnen ist. Das ist aus mehreren Gründen ein Problem. Erstens gibt es da den Zöbinger, der beim Umziehen immer allen, die er erwischt, die Unterhose hinunterzieht, sodass man mit nacktem Popo dasteht, und zweitens gibt es den Professor Wolf, der uns in den Turnstunden unmenschlich schindet, und das ist gerade für einen etwas stärkeren Brillenträger äußerst unangenehm.

„Stärker" heißt jetzt nicht „kräftiger", sondern das, was es in Mamas Modezeitschriften heißt. Wenn da Mode für „stärkere Damen" angepriesen wird, dann meint man dicke Damen, denen normale Sachen nicht passen. Leider bin auch ich in dieser Hinsicht „stärker" und werde von Monat zu Monat noch „stärker", obwohl ich bei jeder Mahlzeit noch mehr Hunger habe, als ich esse. „Mehr Bewegung", hat mir der Schularzt verordnet, aber mehr, als der Herr Professor Wolf verlangt, halte ich einfach nicht aus.

Dem Zöbinger entkomme ich glücklicherweise, dem Herrn Professor Wolf aber nicht. Nach den endlosen Aufwärmrunden falle ich völlig durchgeschwitzt auf eine der Langbänke, die an der Wand des Turnsaals aufgestellt sind, während ein paar ganz Eifrige schon den Barren hereinschieben, auf dem anscheinend heute geturnt werden soll. Die Turnstunden enden für mich demütigend, weil ich keine einzige der auszuführenden Barrenübungen auch nur ansatzweise zustande bringe. Als erste Übung soll man in den sogenannten „Stütz" springen, das heißt, man tritt zwischen die Holme des Barrens, legt die Hände darauf, springt hoch und streckt die Arme durch, sodass die Füße in der Luft baumeln. Die Kraft in meinen Armen reicht bei weitem nicht aus, um dieses Kunststück zu vollbringen. „Wie ein nasser Sack!", schimpft der Wolf. Und als auch der

Herbert und der dicke Holzinger ebenso kläglich scheitern, kommt wieder einmal die Geschichte mit dem Iwan aus dem Krieg, der ihnen damals aber tüchtig den Arsch aufgerissen hätte, wenn sie so lahme Enten wie wir gewesen wären. Der Zöbinger hüpft wie eine Feder in den Stütz und turnt dann auch noch auf den Holmen herum, dass es für den Herrn Professor eine wahre Freude ist. Dass er den Zöbinger als Leistungsträger wegen seines erbärmlichen Abschneidens in den anderen Fächern verlieren wird, das weiß der Wolf noch nicht.

Was mich betrifft, ist es nicht nur die Kraft in den Armen, die fehlt, ich fürchte mich auch vor den Angstzuständen, die mich befallen werden, sollte ich doch einmal hinaufkommen, denn ich bin nicht schwindelfrei. Und meine Brillen fallen bei heftigen Bewegungen gern einmal herunter. Ich bin daher sehr froh, als wir, zwar stinkend und verschwitzt, aber wenigstens angezogen alle wieder im Klassenzimmer sitzen. In der großen Pause kommt die Frau Professor Schlierberger mit einer Liste, in die man sich eintragen muss, wenn man bei der Eröffnungsfeier im Chor singen will. Sie sieht mich gleich fragend an, und ich nicke, rein aus Pflichtbewusstsein, und stehe schon auf der Liste. Gott sei Dank macht der Herbert auch mit.

Als ich nach Hause komme, ist alles beim Alten. „Grüß dich!“, sagt Mama und schiebt mein Essen ins Backrohr. „Wie wars?“, fragt sie. „Wie immer!“, sage ich. „Und bei dir?“ Mama strahlt mich an. Anscheinend hat sie auf diese Frage schon gewartet, um jemandem erzählen zu können, was sie heute Vormittag erlebt hat. „Wunderbar!“, lacht sie. „Natürlich muss mich die Monika erst einschulen, die geht in zwei Wochen in Mutterschutz, bis dahin muss ich alles gelernt haben.“ „Und was tust du da so?“, frage ich. „Ach, das meiste ist sehr einfach. Die Leute wollen einen Hustensaft, oder eine Salbe zum Einreiben für ihre schmerzenden Gelenke. Das habe ich heute schon gemacht. Die Menschen sind ja so dankbar, wenn man ihnen hilft!“

Ich frage mich, ob das mit der Dankbarkeit eine kleine, aber feine Spitze gegen die Familie ist, die ja anscheinend nicht ausreichend dankbar ist. Mama redet und redet, und ich schaufle meinen Erdäpfelschmarren in mich hinein, ohne genau zuzuhören. Jedenfalls hat Mama rote Wangen bekommen und scheint vor lauter Glück zu strahlen. Dass jemand so ein Theater wegen einer Arbeit machen kann, das ist mir schleierhaft, ich drücke mich lieber davor, sooft es möglich ist. Heute, stelle ich fest, habe ich jedenfalls keinen Nachteil dadurch, dass Mama arbeitet. Damit allerdings habe ich mich getäuscht.

Nach dem Essen räumt Mama den Küchentisch ab, wischt ihn sauber und stellt dann eine große Tasche darauf ab. „Der Herr Apotheker hat mir ein paar Kataloge mitgegeben!“ Sie holt ein paar Wälzer aus der Tasche, einer davon dick wie ein Telefonbuch. „Damit ich mich mit dem Warenangebot vertraut machen kann!“ „Kriegst du dafür auch bezahlt?“, frage ich pragmatisch. Mama schüttelt den Kopf. „Wo denkst du hin? Das nennt man Fortbildung, das gehört zum Arbeitsalltag dazu! Ursula ist jetzt auch schon groß genug, dass sie ihre Aufgabe allein machen kann. Ich hab sie in ihr Zimmer geschickt.“ So läuft das also. Vormittag Arbeit, Nachmittag Weiterbildung. Ich brauch Mama ja nicht mehr, aber Uschi, wenn die niemanden hat, der ihr hilft, dann wird das nichts mit dem Gymnasium. Dann muss sie froh sein, wenn sie den A-Zug in der Hauptschule schafft. „Und du kannst ihr ja gelegentlich ein wenig unter die Arme greifen!“, sagt Mama, während sie schon in dem dicken Wälzer blättert. „Das schadet dir auch nicht, und du bist doch so gut in Deutsch! Und in

Mathematik!“ In mir keimt ein fürchterlicher Verdacht. „Heißt das, dass ich ihre Aufsätze schreiben soll? Und ihre Aufgaben machen, damit sie derweil mit ihren Puppen spielen kann?“ Mama zuckt mit den Schultern. Sie scheint gänzlich vertieft in ihren Warenkatalog. „Nur ein bisschen helfen, vielleicht!“, sagt sie geistesabwesend.

Ich verziehe mich in meine Dachschräge, aber leider dauert es nicht lange, bis Uschi vor der versperrten Tür steht und heftig dagegen schlägt. „Mama sagt, du sollst mir bei der Aufgabe helfen!“, jammert sie. „Das ist so schwer, das kann ich nicht!“ Ich stelle mich tot, denn ich habe mir gestern den „Tom Sawyer“ aus der Bücherei geholt. Den sollte man eigentlich vor „Huckleberry Finn“ lesen, es ist die Geschichte von seinem Freund Tom, die eben früher spielt. Die Fernsehserie über Huckleberry Finn hat übrigens da aufgehört, wo es im Buch erst richtig losgeht. Es hat sich also ausgezahlt, dass ich es gelesen habe.

Uschi hört nicht auf, an die Tür zu hämmern. Schließlich gebe ich nach und mache auf. „Da!“ Sie hält mir ihr Rechenbuch hin. „101 a und b.“ Um die Nummern der Aufgaben hat sie rosa Kringel gemalt, sonst ist anscheinend noch nichts erledigt. Man soll 794 Schilling mit möglichst wenigen Scheinen und Münzen bezahlen. „Das ist ja babyleicht!“, sage ich. „Du fängst einfach vorne an. Womit zahlst du die 700 Schilling?“ Uschi sieht ratlos drein. „Weiß ich nicht. Aber ich soll ja 794 Schilling zahlen, nicht 700.“ Ich stöhne. „Du musst dir das im Kopf aufteilen. Von mir aus auch im Heft. Schreib einfach einmal ‚700‘ hin!“ „Ins Heft darf ich nur schreiben, was stimmt!“, jammert sie. Ich halte ihr meinen Block hin. „Nimm halt das da!“ Uschi scheint nicht überzeugt, doch nach kurzem Zögern malt sie die Zahl auf das Blatt. „Und daneben schreibst du, welche Scheine du dafür brauchst! Das müsst ihr doch gelernt haben!“ Uschi schüttelt den Kopf. „Welche Scheine brauchst du jetzt für die 700?“, helfe ich ihr und nehme meinen „Tom Sawyer“ wieder zur Hand. Vielleicht kann ich weiterlesen, während sie überlegt. „Ein Tausender?“, schlägt Uschi vor. Meine Geduld ist jetzt schon erschöpft. „Das ist zu viel. Was ist die nächstkleinere Banknote?“ „Hundert?“

Ich beschließe, sie in ihr Verderben laufen zu lassen. „Wie viele Hunderter brauchst du jetzt?“ „Acht. Weil ich ja mehr als 700 zahlen muss!“ Ich lege mein Buch weg, greife mir den Block und lege ihn auf den Stuhl neben dem Bett. Ich schreibe und erkläre gleichzeitig. „Für die 700 nimmst du einen Fünfhunderter, zwei Hunderter. Die 90: ein Fünfziger, zwei Zwanziger. Wie viel fehlt noch?“ Uschi starrt mich ratlos an. „4 Schillinge“ schreibe ich neben die Zahl vier. „Du brauchst also 14 Scheine und Münzen insgesamt.“ „Wir haben aber b auch noch auf!“, mault sie. Ich schreibe ihr kommentarlos die Lösung hin. Diesmal sind es fünf Scheine und vier Münzen für 863 Schilling. „Und jetzt raus!“

Endlich kann ich mich wieder in mein Buch vertiefen, aber das Lesen wird mir von meinen Sorgen verleidet. Erstens die beiden Klassenbucheintragungen, und jetzt habe ich auch noch Uschi und ihre Hausübungen am Hals.

10 Die große Feier

Es war kaum zu glauben, dass seine Mutter diesen Zeitungsausschnitt tatsächlich aufgehoben hatte. Wahrscheinlich nur, weil er selbst bei der Eröffnungsfeier des Schulneubaus im Chor mitgesungen hatte. Der Artikel steckte, vergilbt und zerknittert, zwischen den Seiten eines Fotoalbums. Das Foto zeigte den damaligen Unterrichtsminister hinter einem Rednerpult und den Hinterkopf eines jungen Mannes im Sakko, der aufgestanden war, während die ihn Umgebenden – offenbar Schülerinnen und Schüler – saßen. „Herr Minister, was halten Sie von langen Haaren?" war in großen Lettern darunter zu lesen. Dabei trug der junge Mann, nach heutigen Maßstäben gemessen, sein Haar nicht sonderlich lang, es bedeckte lediglich den Hemdkragen und die Ohren. Etwa so, wie Paul McCartney in den Sechzigern ausgesehen hatte. Die Antwort des Ministers war wohlwollend diplomatisch ausgefallen. Aber wenigstens hatte es damals noch Diskussionen zwischen Politik und Schülern gegeben, wenn die Feier auch höchst konservativ und betulich ausgefallen war. Er erinnerte sich an eine Schuleröffnung mehr als 30 Jahre später, zu der er als Elternvertreter geladen gewesen war. Die Ministerin war durch die Gänge geeilt, hatte ein paar Hände geschüttelt, sich flüchtig einige der Darbietungen der Schüler und Schülerinnen angesehen, eine nichtssagende Rede gehalten und war abgerauscht. Weder mit Schülern oder Lehrerinnen noch mit Eltern waren Gespräche geführt worden.

Das Thema Haare, eigentlich Jugendkultur ganz allgemein, war damals, 1969, ein heißes gewesen. Man hatte Jugendlichen nur wenige persönliche Freiräume zugestanden, am besten, so die Meinung der meisten Erwachsenen, hielten sie sich im Schoß der Familie und höchstens noch der Kirche auf, bis sie ein Einkommen und eine Familie gegründet hatten. Dann sollte gefälligst ein Einfamilienhaus gebaut und zwei Kinder geboren werden.

Und wenn man eine Frau war, dann wurde es zwar mit Wohlwollen gesehen, wenn man eine Berufsausbildung absolvierte und berufstätig war – aber bitte nur bis zum Eintreffen des ersten Nachwuchses und für den äußersten Notfall, der darin bestand, dass kein Ehemann aufgetrieben werden konnte. Er fragte sich manchmal, wie es so vielen Familien damals gelungen war, das Leben mit nur einem Einkommen zu finanzieren. Seine Mutter hatte sich damals, entgegen der Widerstände seitens der Familie, aus dem für sie frustrierenden Hausfrauenalltag in die Berufstätigkeit geflüchtet. Nicht ganz ohne den Hintergedanken freilich, ein Leben auf etwas größerem Fuß zu führen. Man konnte es am Fotoalbum sehen: Nachdem sie zu arbeiten begonnen hatte, tauchten immer wieder Fotos von schicken Hüten und neuen Handtaschen auf. Die hatte sich Mama von ihrem eigenen Geld gegönnt.

Morgen soll also die große Feier stattfinden. Gerüchteweise hat es geheißen, sogar der Herr Landeshauptmann wird anreisen, manche haben sogar hinter vorgehaltener Hand vom Bundeskanzler geflüstert, aber bestätigt ist nur der Unterrichtsminister.

Insgesamt vier Nachmittage habe ich extra in der Schule verbringen müssen, um mit dem Schulchor die drei läppischen Strophen der Bundeshymne einzuüben. Und schuld daran sind ein paar Sänger und Sängerinnen, die sich einfach den Text nicht merken können und immer mittendrin wieder aufhören, was Falsches singen oder die Strophen verwechseln. So schwierig, finde ich, ist die Hymne nun aber auch nicht.

Ich gebe mein Bestes, um Frau Professor Singer, die den Chor leitet, für mich einzunehmen, damit sie – wenn es denn zu einer Disziplinarkonferenz gegen mich kommt – auf meiner Seite steht. Ich singe nicht zu laut, nicht zu leise, möglichst richtig, bemühe mich aber, deutlich zu zeigen, dass ich wirklich ernsthaft bei der Sache bin. Das hat natürlich zur Folge, dass ich gelegentlich über textunsichere Mitschüler den Kopf schütteln muss. So, dass es die Frau Professor sieht. Sogar der Herbert hat Probleme mit dem Text der Bundeshymne. Der steht nämlich direkt neben mir und singt immer „heiß umfeindet" statt „heißumfehdet".

„Umfeindet", erkläre ich ihm in einer Gesangspause, „das heißt gar nichts. Das Wort gibt's gar nicht." „So?", fragt der Herbert. „Aber was heißt ‚heißumfehdet'? Das kenn ich auch nicht!" „Das heißt", erkläre ich, „so viel wie ‚umkämpft'. Dass halt viele Kriege hier waren und dass viel gekämpft wurde in diesem Land. Und eine ‚Fehde', das ist ein Kampf zwischen Rittern." Herbert mault zwar herum, dass es gar keine Ritter mehr gäbe, aber ich erzähle ihm, dass die Hymne eben schon sehr alt ist und auf die Kämpfe der Ritter anspielt. Es gibt schließlich haufenweise Burgen in unserem Land, da ist ja wohl klar, dass die Ritter darum gekämpft haben. „Ich habe selber die Folterkammer in der Burg Schreckenkogel gesehen!", trumpfe ich zum Schluss auf. „Da war sogar so eine Kiste, in die man einen

Mann gestellt hat, und dann hat man einen Deckel draufgeschraubt, mit eisernen Spießen darin, und die haben sich dem Mann in die Augen und ins Herz gebohrt! Und sogar in seinen Zipfel!“ Der Herbert zuckt zusammen und hält sich die Hände vor den Unterleib. Dann will er wissen, was das mit unserer Bundeshymne zu tun hat, aber die Pause ist schon vorbei.

Die Frau Professor meint, man könne die Bundeshymne nur dann mit entsprechendem Ausdruck in der Stimme singen, wenn man auch weiß, wovon man singt. „Was bedeutet denn das eigentlich, Land der Berge, Land am Strome? Wovon ist da die Rede?“, will sie von uns wissen. Ich weiß natürlich, dass die Alpen und die Donau damit gemeint sind, halte mich aber vornehm zurück, weil ich nicht schon wieder unangenehm durch Hinausrufen auffallen darf. Gott sei Dank wissen die Mädchen aus der 2. Klasse die Antwort auch, die Ulli Gehbauer zum Beispiel zeigt brav auf. Bei „Land der Dome“ läuft es schon bescheidener, nur der Stephansdom und der Salzburger Dom werden genannt, worauf die Frau Professor Singer an den Fingern noch mindestens zehn weitere Dome in Österreich aufzählt. Als sie allerdings wissen will, was das Wort „Dom“ eigentlich bedeutet, muss ich wegen meiner Schwäche in Religion auch passen. Die Frau Professor muss schließlich aushelfen und uns erklären, dass „Dom“ vom lateinischen „domus“ kommt und „Haus Gottes“ heißt. Fast ertappe ich mich schon bei der Frage, was denn dann der Unterschied zwischen Dom und Kirche ist, denn unsere Kirche in Kastenkirchen ist auf jeden Fall kein Dom, sicher aber ein Gotteshaus. Es gelingt mir gerade noch, mir auf die Zunge zu beißen, bevor ich meine Frage hinausplärre. Die anderen Chormitglieder scheinen mit Frau Professor Singers Erklärung zufrieden.

Leider muss ich dann, bei der letzten Frage zur ersten Strophe, doch mit den Fingern schnippen und auf den Zehenspitzen wippen, denn niemand weiß, was mit den „Hämmern zukunftsreich" gemeint ist. „Mein Opa, der war hammerterrisch!", rufe ich, bevor die Frau Professor mich aufruft. „Weil er Schmied war. Und in der Schmiede war es so laut, dass alle davon taub geworden sind. Schmiedehämmer sind da gemeint, ganz große, zum Beispiel wie im Sensenwerk!" Jetzt, da bin ich mir sicher, kommt der dritte Eintrag, weil ich mich schon wieder wichtiggemacht habe. Die Frau Professor aber lächelt nur. „Danke, Sigi!", sagt sie. „Jetzt, glaube ich, können wir weitermachen, wenn alle wissen, wovon sie da singen!" Noch einmal davongekommen. Eigentlich, denke ich mir während des letzten Absingens der Hymne, ist das mit den Hämmern ein Blödsinn, denn das Sensenwerk hat längst zugesperrt und den riesengroßen Schmiedehammer kann man sich nur mehr im Heimatmuseum anschauen.

Ich komme sehr spät heim und werde leider wieder ungewollt Zeuge eines häuslichen Streits. Ich halte im Vorhaus inne, um zu verstehen, worum es geht. Anscheinend hat der Fahrlehrer in der Fahrschule Mama beleidigt. „Hausfrauen gehören nicht ans Steuer eines Autos", soll er gesagt haben, als sich Mama in der Fahrstunde ungeschickt angestellt hat. „Der schreit immer gleich!", beschwert sie sich. Ich lege ein Ohr an die Wohnzimmertür, um besser zu hören. „Und da kann ich mich nicht konzentrieren, wenn mich einer anschreit. Da habe ich halt den falschen Gang erwischt, und es hat gekracht ..." Mama schluchzt auf. Ich presse mein Ohr fester gegen die Tür. Hat sie in der Fahrschule etwa einen Unfall gebaut? Dann wäre wohl endgültig Schluss mit dem Traum vom Autofahren. Aber es stellt sich heraus, dass nur das Getriebe beim Schalten gekracht hat.

Ich kann Mama gut verstehen, ich kann mich ja auch nicht konzentrieren, wenn ich vor der Klasse stehe und Fragen beantworten soll und mir ständig einer dreinredet, da braucht der nicht einmal schreien. Und ein bisschen viel war es für sie schon in den letzten Wochen. Zuerst die Arbeit, dann die Kataloge zum Lernen, und dann auch noch der Führerscheinkurs. Da gibt es nämlich auch ein dickes Buch, das sie auswendig lernen muss.

„Ich hab's dir ja gleich gesagt!" Papas Stimme klingt hämisch. „Autofahren ist halt nichts für Frauen, da hat der Fahrlehrer schon recht. Aber du willst ja immer mit dem Kopf durch die Wand!" Vielleicht, denke ich mir, kann ich den Streit beenden, indem ich einfach ins Wohnzimmer platze, von der Bundeshymne erzähle und darum bitte, dass mir das Mittagessen gewärmt wird. Das klappt allerdings nicht, denn als ich ins Wohnzimmer trete, wirft Papa einen Blick auf meine Socken. „Und die Kinder schickst du schon mit löchrigen Socken in die Schule!", schimpft er. „Für den Haushalt hast du anscheinend gar keine Zeit mehr!"

Tatsächlich war früher Kleidung immer wieder repariert worden, so lange, bis Reparaturen hoffnungslos erschienen und das jeweilige Kleidungsstück zum Putzfetzen degradiert wurde. Sowohl seine Mutter als auch Oma hatten ein pilzförmiges Stopfholz besessen, über das man die löchrigen Socken spannte und mit Garn in annähernd der gleichen Farbe so kunstvoll stopfte, dass man gar nicht mehr erkennen konnte, wo das Loch gewesen war. Wenn ein Hosenboden durchgesessen war, hatte man Stoffstücke eingenäht, und auch Hemden wurden geflickt, wenn sich ein Riss aufgetan hatte. Überhaupt war viel Kleidung selbst gemacht worden, Oma hatte eigentlich ständig Socken für ihn und Uschi gestrickt, Mama hatte auf ihrer Nähmaschine Hosen, Röcke und Kleider fabriziert. Kleidung ständig neu zu kaufen, konnte man sich nicht leisten, aber auch das Angebot war beschränkt gewesen, im Dorf hatte es nur ein einziges Kleidergeschäft gegeben, und da waren Sachen in seiner Größe meist Mangelware gewesen, sodass man zum Uniformschneider ausweichen hatte müssen.

„Was gibt's denn zu essen?", frage ich. „Mohnnudeln!" Mama nickt mit dem Kinn in Richtung Küche. „Wärm's dir selber auf. Das kannst du ja schon, oder?" Natürlich kann ich das. Aber wenn ich in Zukunft das Essen selber wärmen und für Uschi die Hausübung machen muss, dann werde ich mit der Zeit überfordert, denke ich. Und das ist sicher nicht gut für meine Entwicklung. Wahrscheinlich wäre es doch gescheiter gewesen, wenn Mama Hausfrau geblieben wäre.

Der Streit draußen ist keineswegs beendet, denn als Mama auch noch erwähnt, dass ihr der Fahrlehrer in der letzten Fahrstunde frech aufs Knie gegriffen hat, unter dem Vorwand, er wolle beim Schalten helfen, ist es mit Papas Geduld vorbei. Er schlägt wuchtig auf den Tisch. „Der soll mir einmal in die Quere kommen!", schreit er. „Den mach ich zu Apfelmus! Wann ist die nächste Fahrstunde?" Irgendwie schafft Mama es, Papa zu beruhigen, und auch ich halte es für keine gute Idee, in die Fahrschule zu gehen und den Fahrlehrer zu verprügeln. „Ich fahre in Zukunft mit der Fahrlehrerin. Die ist sehr nett!", beschwichtigt sie ihn. Ich kann gut mithören, während ich in der Pfanne mit den Nudeln rühre. Mama kommt, um eine Flasche Bier aus dem Kühlschrank zu holen. Wahrscheinlich gehört das auch zu der Strategie, Papa zu besänftigen.

„So was gibt's auch? Ich meine, eine Fahrlehrerin?", fragt Papa nach einem tiefen Schluck aus der Flasche ungläubig. „Natürlich! Frauen können heute alles machen, wenn sie nur wollen. Und wenn man sie lässt." Zur Antwort grunzt Papa nur. Leider habe ich, weil ich so aufmerksam zugehört habe, übersehen, dass es in der Pfanne zu rauchen begonnen hat. Die Mohnnudeln schmecken aber auch angebrannt noch ganz gut. Ich weiß übrigens, dass es nicht nur Fahrlehrerinnen, sondern sogar Rennfahrerinnen gibt. Erst kürzlich habe ich in der Zeitung über eine englische Rennfahrerin gelesen, die in der Rallye-Weltmeisterschaft mitmacht.

Am nächsten Morgen muss mich Mama wegen der großen Eröffnungsfeier in meinen Anzug quetschen. Der hat mir zu Schulbeginn noch gut gepasst, aber jetzt nicht mehr. Wir bringen den Hosenbund zwar zu, aber der Bauch hängt weit darüber, und die Hose schnürt mich ein. „Furchtbar!", sagt Mama. „Aber da können wir jetzt nichts machen, ich muss in die Arbeit. Nimmst halt einen Gürtel, falls der Knopf abreißt." Um den Rest meiner Ausstattung muss ich mich selber kümmern. Ich probiere mein weißes Hemd, das einigermaßen passt, es war mir im Herbst viel zu weit. Der Selbstbinder zum Anklipsen funktioniert, und die Anzugjacke passt zwar an den Schultern und den Ärmeln, zuknöpfen kann ich sie allerdings nicht. „Kommt ja gar nicht in Frage!", schickt mich Mama wieder weg, als ich mich im weißen Hemd zum Frühstück setzen möchte. „Nachher patzt du's an, und ich hab die Scherereien!"

Heute in der Früh stehen gleich vier schwarze Mercedes-Limousinen vor dem Schultor, die müssen wir natürlich ausgiebig bewundern. „Klass!" Der Herbert deutet auf eine schwarze Limousine mit dem Kennzeichen „W9". Das muss das Auto des Ministers sein. „280SE", erklärt Herbert fachmännisch. „160 PS!" Ich hätte den Herbert gar nicht für einen Autokenner gehalten. „Woher weißt du denn ...?", frage ich. „Autoquartett!", grinst er.

In der Schule seufzt die Frau Professor ähnlich tief wie meine Mama, als ich mich bei ihr anmelde. Sie hat nämlich eine Liste mit all ihren Chorsängerinnen und -sängern. Sie mustert mich skeptisch von oben bis unten. „Stellst dich halt in die zweite Reihe, Sigi", sagt sie. „Und, weißt eh, weniger Leberkäse und mehr Bewegung!" Ich begebe mich einigermaßen gedemütigt zum Standplatz des Chores, seitlich auf der Bühne unseres Festsaals. Die Frau Professor hat keine Ahnung. Ich esse doch eh höchstens eine Leberkäsesemmel pro Tag. Außer beim Faschingsfest beim Kirchenwirt, da habe ich drei gegessen. Und das auch nur, weil die Würstel so früh ausgegangen sind, dass ich nur ein Paar ergattert habe.

Die Feier ist so langweilig, dass ich fast im Stehen einschlafe. Zuerst spricht unser Herr Direktor, und das dauert so lang, dass ich den Rest unserer Klasse beneide, die unten hinter den Ehrengästen gleich in der dritten Reihe sitzen. Der Herr Direktor stellt die Ehrengäste der Reihe nach vor und zählt alle ihre Verdienste auf, das dauert ewig. Der Landesschulrat ist gekommen, der Bezirksschulrat, der Herr Landeshauptmannstellvertreter, der Bürgermeister und so weiter. Lauter Männer mit Glatzen und in schwarzen Anzügen. Der Minister sitzt auch da unten, und ich glaube, ihm ist fad, denn er blinzelt ein bisschen angestrengt und kontrolliert immer wieder seine Fingernägel, ob sie auch nicht schmutzig sind. Bei mir hat Mama heute ein paar schwarze Ränder übersehen. Der Minister ist der Einzige, der noch keine Glatze und auch keinen dicken Bauch hat. Schließlich ist er selbst an der Reihe, schüttelt dem Herrn Direktor die Hand und begibt sich ans Rednerpult. Als er allerdings zu sprechen beginnt, ertönt nur lautes Pfeifen und Quietschen aus den Lautsprechern, sodass ich mir unwillkürlich die Ohren zuhalte. Unten sehe ich den Arschwolf aufgeregt an den Knöpfen der Verstärkeranlage herumfummeln, denn er ist für die Saaltechnik zuständig, hat sie aber wohl noch nicht so fest im Griff wie die 1A im Turnunterricht. Herr Professor Wolf hat sich diesen Spitznamen eingehandelt, weil er uns ständig vom Iwan erzählt, der ihnen im Krieg gerne den Arsch aufgerissen hätte.

Schließlich aber kann der Herr Minister beginnen und begrüßt abermals alle Festgäste. Ich kann der Rede nicht folgen und starre auf den Hinterkopf des Schülers vor mir. Der hat fettige Haare und riecht auch ein bisschen streng. Wahrscheinich hat er am Samstag nicht gebadet. Heute ist Dienstag, und so fühle ich mich noch recht frisch und sauber. Ich schiele ein bisschen nach rechts hinüber, denn da steht die Ulli Gehbauer mit ihrer Freundin. Immer, wenn ich die Ulli ansehe, rauscht mir so ein flaues Gefühl durch den Magen, mit dem ich nichts Rechtes anzufangen weiß. Außerdem ertappe ich mich dabei, dass ich ihr auf den Busen starre und überlege, ob der nicht schon wieder ein bisschen gewachsen ist. Heute allerdings kann man das nicht beurteilen, denn sie trägt anscheinend einen sehr steifen Büstenhalter, der sich unter ihrem engen Pullover deutlich abzeichnet. So etwas hat sie bisher meines Wissens nach nicht gebraucht. Ich schaue wieder weg, denn das Hinschauen zur Ulli gehört sicher zu dem, was man im Katechismus als „Unkeuschheit“ bezeichnet. Das müsste man eigentlich beichten. Aber es fällt mir nicht im Traum ein, freiwillig beichten zu gehen. In der Volksschule sind wir jeden Monat praktisch in die Kirche abgeführt worden, aber das ist jetzt Gott sei Dank vorbei.

Erst der Applaus für die Rede des Herrn Ministers schreckt mich aus meinen Träumereien auf. Er steigt aber nicht die Treppe hinunter, sondern kommt zu uns her. Direkt vor mir bleibt er stehen, oder vielmehr direkt vor dem, der vor mir steht. „Na“, fragt er, lässig mit einer Hand in der Hosentasche. „Habt ihr auch brav geübt? Alle drei Strophen?“ Wir nicken eifrig, und der Herr Minister streckt dem vor mir die Hand hin. Der schüttelt sie kräftig. Meine Hände beginnen zu schwitzen. Er wird doch nicht ... Aber der Herr Minister hat sich abgewandt, ist rechts hinüber zu den Mädchen und schüttelt der Ulli und ihrer Freundin auch die Hand. Wahrscheinlich ist ihm aufgefallen, wie der vor mir duftet, und er hat sich gedacht, na, die hübschen Mädchen da drüben, die riechen sicher besser.

Ich bin noch ganz benommen von dem Schreck, als drei Mädchen aus einer anderen ersten Klasse auf die Bühne treten und ein Gedicht aufsagen. „Oh Heimat, du bist an Schönheit so reich!“, deklamieren sie und nicken dazu im Takt mit dem Kopf. Bei der zweiten Strophe sind sie sich nicht einig, ob es „Du bist doch das Herz in Europas Mitte“ oder „Doch bist du das Herz in Europas Mitte“ heißt, verhaspeln sich, halten inne, schauen einander an und werden rot. Die Frau Professor Schlierberger eilt ihnen zu Hilfe und bringt die stotternden Mädchen wieder auf Linie. „... es gleicht dir kein anderes Land“, geht es weiter. Den Rest leiern die drei ganz ordentlich herunter, aber wenn sie so viel geübt haben wie wir, müsste es eigentlich besser funktionieren.

Als allerdings die Frau Professor Singer vor uns hintritt und die Arme für den Einsatz hebt, ist es auch bei mir mit der Konzentration vorbei. Die erste Strophe ist kein Problem, aber plötzlich ist der Beginn der zweiten Strophe in meinem Kopf nicht mehr auffindbar, und ich verpasse deswegen gleich einmal den Einsatz für die erste. Gott sei Dank erhole ich mich vom Schock des Beginns und bin für den Rest der Hymne dabei, so inbrünstig, wie mir das eben möglich ist.

Nach der Bundeshymne gibt es für den Chor Frankfurter Würstel, während sich der Herr Minister mit dem Herrn Direktor in den Musiksaal begibt, wo schon die siebten und achten Klassen auf eine Diskussionsveranstaltung mit dem Regierungsmitglied warten. Natürlich patze ich mir beim Würstelessen das weiße Hemd mit Senf an, aber die wirkliche Bombe dieser Eröffnungsfeier platzt erst am nächsten Tag, als ich in der Früh die Zeitung hereinhole, um sie zu Oma hinaufzutragen.

Auf der ersten Seite ist ein Foto von unserem Herrn Unterrichtsminister in unserem Musiksaal. Er ist aber nicht allein drauf. Von hinten sieht man einen Schüler, der aufgestanden ist, um eine Frage zu stellen. Es kann nur John sein, der mich kürzlich angesprochen hat, denn sonst hat in der Schule keiner so lange Haare wie er. „Herr Minister, was halten Sie von langen Haaren?“, steht in großen Lettern unter dem Foto. Darunter ist ein kurzer Text über die Schuleröffnung, den Reporter scheint aber einzig und allein interessiert zu haben, was der Minister auf die Frage geantwortet hat. Ich lese rasch weiter, während ich die Treppe hinaufsteige. Dem Artikel nach hat unser Direktor versucht, eine Antwort auf die

Frage zu verhindern, doch der Minister habe ihm deutlich gemacht, dass er gern antworten würde. „Ich habe gar nichts gegen lange Haare“, wird er zitiert. „Wenn sie gepflegt, gewaschen und frisiert sind. Es wird wohl für einen Mann nicht in jeder Lage passend sein, das Haar lang zu tragen, aber in Wirklichkeit kommt es darauf an, was jemand zu sagen hat und was er kann.“ Da hat er sich, finde ich, aber geschickt aus der Affäre gezogen. Ich überlege, ob er das mit dem Pflegen deswegen gesagt hat, weil der vor mir im Chor so gestunken hat. Aber der hat kurze Haare gehabt.

Dennoch ist das Ganze natürlich ein Skandal, endlich einmal einer, bei dem ich in der ersten Reihe dabei bin, denn ich kann mich nicht erinnern, dass jemals einer aus unserer Schule in der Zeitung war. Außer mir selber, natürlich, weil ich ja damals den Aufsatzwettbewerb gewonnen habe, zu Weihnachten.

„Schau einmal, Oma!“ Ich halte ihr die erste Seite der Zeitung entgegen. „Das ist der John! Aus unserer Schule! Und der hat lange Haare!“ Oma setzt sich hin, schiebt ihre Brille auf die Nase und nimmt die Zeitung zur Hand. „Da hätt sich dein Opa wieder furchtbar aufgeregt!“, ist ihr einziger Kommentar. „Aber ich kenne den! Und der Minister hat mir die Hand geschüttelt. Fast!“ „Na“, sagt Oma nur. „Da bin ich aber gespannt, wie sich die Leute in Kastenkirchen und in Seeklausen das Maul zerreißen werden. Und der Direktor, der ist gar nicht in der Zeitung? Und euer Chor?“ Ich schüttle den Kopf. „Der John ist halt interessanter“, entgegne ich. Aber gespannt bin ich schon, wie bei uns in der Schule die Lehrer darauf reagieren werden, dass ausgerechnet der John in die Zeitung gekommen ist und nicht zum Beispiel die drei Mädchen mit dem Gedicht und auch nicht die Ulli Gehbauer, obwohl sie von vorne viel hübscher anzusehen ist als der John von hinten.

Am nächsten Tag haben wir zuerst Englisch, dann zwei Stunden Zeichnen und schließlich Mathematik. Das Foto in der Zeitung ist allgemeines und wichtigstes Gesprächsthema. „Ich lass mir jetzt auch die Haare wachsen!“, verkündet großspurig der Zöbinger. „Länger noch als der John. So lang wie der echte Beatle!“ „Das erlauben dir deine Eltern nie!“, wenden andere ein. „Wirst schon sehen!“, hält der Zöbinger dagegen. Vor ein paar Tagen erst war etwas im Fernsehen von John Lennon, er hat sich mit seiner Frau in einem Hotel ins Bett gelegt, und da sind sie eine ganze Woche geblieben. Und da hat man genau gesehen, dass die Haare vom John Lennon so lang sind, dass sie weit über den Hemdkragen hängen. Mama hat sich furchtbar darüber aufgeregt, dass so ungepflegte Leute überhaupt im Fernsehen gezeigt werden dürfen, und außerdem hat sie es unmöglich gefunden, sich einfach tagsüber ins Bett zu legen und sich im Pyjama fotografieren zu lassen. Und Papa hat gemeint, dass er es schwört, dass er mich mit der Schaufel erschlägt, wenn es mir einfallen sollte, meine Haare so lang wachsen zu lassen. Ich weiß also ungefähr, womit ich zu rechnen habe, wenn ich mich entschließen sollte, der gerade gängigen Mode zu folgen.

„Mein Bruder“, sagt der Ranzinger, während wir im Zeichenunterricht gerade an einer Piratenburg malen, „der hat eine Platte von John Lennon. Die hat ihm einer aus Wien mitgebracht. Und da sind er und seine Frau ganz nackt drauf, vorne von vorne und hinten von hinten! Und man sieht alles, den Zipfel und den Busen und alles!“ Der Ranzinger ist ganz aufgeregt. „Wie jetzt?“, fragt der Herbert. „Wie, vorne von vorne und ...“ „Na ja“, erklärt der Ranzinger, sichtlich glücklich darüber, dass ihm endlich einmal jemand zuhört. „Auf der vorderen Seite, da sieht man den Zipfel und den Busen und die ganzen Haare, die die da unten ... Und auf der hinteren Seite von dem Plattenumschlag, da sieht man dann den Arsch von den beiden!"

„Was muss ich da hören?" Der Herr Professor Seipel ist von hinten an den Ranzinger herangetreten und hat ihn am Ohrläppchen gepackt. Nur scherzhaft, der Seipel ist ein ganz Netter. „Was für Wörter werden denn hier an diesem Tisch in den Mund genommen?" „Ich hab nix gehört!", grinst der Herbert, und auch ich schüttle den Kopf.

„Ich bin schon fertig!", sage ich, um den Seipel abzulenken, und halte ihm mein Blatt hin. Er schüttelt den Kopf. „Solange da noch etwas weiß ist", erklärt er mir, „bist du nicht fertig. Streng dich ein bisschen mehr an! Was ist mit dem Hintergrund? Und überhaupt, was soll denn deine Burg da? Das ist ja alles mit dem Lineal gezogen!" Er wirft mir das Blatt hin und zieht sich kopfschüttelnd wieder hinter den Katheder zurück, wo er seine Kunstzeitschriften liegen hat, die er während der Stunden immer liest, wenn er gerade nichts zu tun hat. Und das ist eigentlich fast immer. Natürlich habe ich die Bretter, aus denen die Burg zusammengenagelt ist, mit dem Lineal gezeichnet, weil sie ja schließlich gerade werden sollten. Freihändig kann ich keine geraden Bretter zeichnen, da kommen höchstens ganz krumme und schiefe Bretter heraus, und das wäre gänzlich unrealistisch. „Glaubst du, dass der Brueghel auch mit dem Lineal gemalt hat?", prustet der Herbert los. Ich bin ein wenig beleidigt, sage nichts und übermale die geraden Bretter dick mit brauner Farbe, damit sie künstlerischer aussehen. Den Brueghel, den haben wir in Deutsch gehabt, bei einer Bildbeschreibung. Da hat wiederum der Herbert nichts zu lachen gehabt, weil ich schon eine Seite geschrieben habe, als er noch nicht einmal gewusst hat, wie er anfangen soll.

Das mit den beiden Nackten auf dem Plattenumschlag, das finde ich wirklich unerhört. Ich habe nämlich noch nie ein Foto von einem ganz nackten Menschen gesehen, und es wundert mich, dass so etwas überhaupt erlaubt ist. Ich habe noch nicht einmal einen nackten Busen gesehen, nicht auf einem Foto und nicht in echt. Und von welchen Haaren da unten der Ranzinger geredet hat, weiß ich auch nicht. Deswegen täte er mich natürlich schon interessieren, dieser Plattenumschlag. Vielleicht lädt uns ja der Ranzinger einmal ein, die Plattensammlung von seinem Bruder anschauen. Meine Erfahrung reicht nämlich nur bis zum Versandhauskatalog, wo die Büstenhalter samt ihrem Inhalt abgebildet sind. Da sieht man halt meistens nur die obere Hälfte, das wirklich Wichtige ist immer verdeckt.

„Was sagen denn deine Eltern dazu?", frage ich den Ranzinger, denn ich möchte mir gar nicht vorstellen, was meine Eltern zu zwei nackten Langhaarigen, von vorne und von hinten, im Plattenschrank sagen würden. Der Ranzinger grinst überlegen. „Die wissen da nichts davon, der Karli hat ein Geheimversteck für seine Platten. Die kauft er sich von dem Geld, das er im Sommer im Sägewerk verdient hat!"

Wenn er es recht bedachte, fand er es sehr überraschend, dass damals so ein Cover veröffentlicht werden konnte, in den prüden Sechzigerjahren. Das Internet aber verriet ihm, dass das Cover in manchen Editionen mit braunem Packpapier verhüllt worden war, das nur die Gesichter von John und Yoko freiließ. Auf Youtube gab es sogar ein Audiofile der Platte. Sie enthielt lediglich Geräusche, Gesprächs- und Gesangsfetzen. Sehr avantgardistisch. Kein Wunder, dass die anderen Beatles mit dieser neuen Ausrichtung John Lennons nichts anzufangen gewusst hatten.

Von den Lehrern erwähnt niemand die Geschichte aus der Zeitung, dabei würde es mich wahnsinnig interessieren, was die darüber denken. Und erst der Herr Direktor! In der großen Pause sehe ich den John lässig in der Nähe des Buffets an der Wand lehnen, um ihn herum eine ganze Menge Schüler aus der Oberstufe. Heute ist er natürlich der Held des Tages, alle bewundern ihn dafür, was er sich traut. Ich versuche, mich unauffällig an die Oberstufenschüler heranzuschleichen. Dafür muss ich so tun, als ob ich ganz zufällig dort vorbeikommen und mich gar nicht für ihre Gespräche interessieren würde. Ich bekomme nur ein paar Gesprächsfetzen mit, irgendwas von „alten Nazis" und „gezeigt". Es wird viel gelacht, und die Burschen vergleichen ihre Haarlängen untereinander. Anscheinend hat man es schon weit gebracht, wenn es einem gelingt, die Haare unter dem Ohr zusammenzuziehen.

In der Mathematikstunde lässt mich die Frau Professor einmal aufs Klo gehen, und da werde ich zufällig Zeuge davon, dass die Frage von John doch nicht ganz ohne Folgen bleiben wird. Da geht nämlich der Herr Professor Öhlinger mit dem John und einem anderen Erwachsenen gerade am Klo vorbei, als ich die Tür aufstoße. Der Öhlinger ist der Klassenvorstand von der Achten, und der andere, das könnte der Vater vom John sein. Er sieht ihm ein wenig ähnlich, ist genau so groß und trägt die Haare auch ein wenig länger. Sie sind auf dem Weg in Richtung Direktion.

Auch auf dem Weg zum Bahnhof gibt es dann etwas zu sehen: ein Fahrschulauto, das gerade mit aufheulendem Motor rückwärts einzuparken versucht. Immer wieder rollt der Wagen nach vorn, immer wieder heult der Motor auf. Als ich näherkomme, halte ich geschockt inne und ducke mich hinter einem an der Straße geparkten Auto. In dem Fahrschulauto sitzt meine Mama. Und das neben ihr, das ist ganz bestimmt keine Fahrlehrerin. Der hat nämlich einen dicken schwarzen Schnauzbart. Und der Schnauzbart-Besitzer hat den Arm um die Lehne des Fahrersitzes gelegt, sodass seine Hand auf der Schulter von Mama liegt. Und die andere Hand, die muss irgendwo unter dem Lenkrad sein. Ich laufe gebückt auf der anderen Straßenseite an den Autos vorbei, damit Mama mich nicht sieht. Und ich will auch gar nicht sehen, was da in dem Auto noch alles passiert. Nein, es war wirklich keine gute Idee, das mit der Arbeit in der Apotheke und mit der Fahrschule. Jetzt haben wir den Salat. Zuerst der Apotheker, der meiner Mama praktisch den Führerschein zahlt, und jetzt noch dieser schnauzbärtige Fahrlehrer, der sich an ihr vergreift.

„Warum redest du denn nix?", fragt Oma, als sie mir die Fleischlaibchen mit Kartoffelpüree hinstellt. „Sonst bist du doch immer wie aufgezogen, wenn du von der Schule kommst? Ist was passiert, wegen der Geschichte in der Zeitung?" Zu viele Fragen auf einmal. Ich stopfe einen großen Bissen Fleischlaibchen und eine gehäufte Gabel Püree in den Mund, um nicht antworten zu müssen. „Deine Mama hat noch eine Fahrstunde, hat sie gesagt. Deswegen hab ich heute das Essen für euch gemacht." Ich kann ihr leider nicht sagen, dass ich das schon weiß. Ich möchte mir gar nicht ausmalen, was passiert, wenn Papa das mit dem Fahrlehrer erfährt. Es könnte ja sein, dass auch jemand anderer sie gesehen hat, der nicht so verschwiegen ist wie ich. Wo werden wir wohnen, wenn Papa Mama hinausschmeißt, weil er erfährt, was im Fahrschulauto vorgefallen ist? Müssen wir dann beim Fahrlehrer oder beim Apotheker wohnen? Oder bei der Omi in Neustadt? Alles eine fürchterliche Vorstellung.

„Der Vater hat kommen müssen", informiere ich Oma mit immer noch vollem Mund, „von dem mit den langen Haaren." „Wahrscheinlich schmeißen sie den gleich aus der Schule", meint Oma. „Gehört eh weg, solches Gesindel. Soll er halt nach Russland gehen, wenn es ihm hier nicht gefällt!" Ich habe keine Ahnung, wieso einer mit langen Haaren nach Russland gehen soll, weil die Beatles, die sind ja aus England, genauer gesagt, aus Liverpool, aber ich verkneife mir die Frage. „Irgendwas ist mit dir!", sagt Oma schließlich. „Du bist heute ganz anders ... war was in der Schule? Hast etwas angestellt?" Ich schüttle den Kopf.

„Die sind super, die Fleischlaibchen!", versuche ich Oma abzulenken. Es gelingt. „Ich tu immer selber das Bauchfleisch faschieren, von der halben Sau, die ich im Herbst eingefroren hab. Das ist schön fett, das schmeckt am besten!" Ich nicke. Aus den weniger wertvollen, fetten Teilen des Schweins wird bei uns Faschiertes gemacht, Oma dreht es eigenhändig durch den Fleischwolf. Zweimal, damit es schön fein und geschmeidig wird. Und da muss schon ein bisschen Fett dabei sein, damit die Laibchen gut schmecken und knusprig werden. Leider aber geistert anstatt des Geschmacks der Laibchen immer noch der Gedanke an den schmierigen, schnauzbärtigen Fahrlehrer in meinem Kopf herum.

Ich sitze am Küchentisch, erstens, weil ich mit der Mathematikaufgabe noch nicht fertig bin, und zweitens, weil ich warten will, bis Mama heimkommt. Ich möchte schon gerne sehen, wie sie aufgelegt ist, nach dieser denkwürdigen Fahrstunde. Ich bringe nicht viel weiter, auch deswegen, weil Uschi ständig aus ihrem Zimmer kommt und mich mit ihrer eigenen Aufgabe nervt, die sie nicht kapiert. Heute geht es bei ihr um Meter, Dezimeter und Zentimeter. „Das ist genau das Gleiche wie bei den Banknoten", erkläre ich ihr. „Du musst dir das in kleine Schritte zerlegen. Wenn das Zimmer jetzt 574 Zentimeter lang ist, wie viele Meter stecken da drin?" „Da stecken Meter drin, in den Zentimetern?", fragt sie. Als Mama kommt, bin ich kurz davor, aufzugeben und ihr wieder alles aufzuschreiben, damit sie es in ihr Heft abschreiben kann.

„Grüß euch!", sagt Mama, als sie endlich vom Drei-Uhr-Zug aus Seeklausen kommt. Sie wirkt ein bisschen geistesabwesend. „Mein Gott, da schaut's aus!", jammert sie. Uschi und ich haben nämlich vergessen, das Frühstücksgeschirr abzuspülen, das steht jetzt immer noch mit den eingetrockneten Marmeladeresten neben der Abwasch herum. „Dass ihr auch gar nichts selber machen könnt!", schimpft sie. „Wie war's denn in der Fahrschule?", frage ich ganz unschuldig. Mama wirft mir einen düsteren Blick zu, dass mir heiß wird. Hat sie mich etwa gesehen? „Wird schon!", sagt sie. „Besser wär's allerdings, wenn mir der Papa ein bissl helfen könnt. Er könnt sich ja von einem seiner Freunde das Auto ausborgen, damit wir üben können! Sonst behauptet er ja auch, dass er von seinen Freunden alles haben kann, weil sie ... ach was!" Mama wirft den Abwaschfetzen beiseite, mit dem sie gerade versucht hat, die Marmeladereste von den Tellern zu entfernen.

„Und, wie geht's mit der Hausübung?", lenkt sie vom Thema ab. „Gut! Fertig!" Ich klappe das Heft zu und stopfe es in meine Schultasche. „Ich muss noch was lesen, für die Schule!", verabschiede ich mich nach oben. Das stimmt zwar, aber ich muss erst noch ein paar Seiten Karl May lesen, zur Ablenkung. „Unter Geiern" kenne ich zwar schon, aber das macht mir nichts aus, ich finde es beim zweiten oder dritten Mal genauso spannend. Irgendwie, kommt mir vor, war Mama ziemlich schlechter Laune. Das könnte darauf hindeuten, dass sie das gar nicht wollte, was der Fahrlehrer mit seinen Händen gemacht hat. Leider verstehe ich von diesen Dingen, die sich zwischen Männern und Frauen abspielen, nicht so viel, und es erklärt einem auch niemand.

Die Filme, die ich gesehen habe, helfen mir nicht viel weiter. Kurz vor Weihachten habe ich Mama überredet, mit mir ins Kino zu gehen, weil Heintje in einem Film mitgespielt hat. Der war zwar dann nur ganz kurz in einem Lied zu sehen, aber sonst war die Geschichte lustig. Abgesehen von der Szene, wo sich die ganze Klasse auszieht, weil die Frau Professor sagt, sie sollen sich von Vorurteilen freimachen. Mama hat mir die Augen zugehalten, bis alles vorbei war, aber sie haben sowieso die Unterwäsche anbehalten, das habe ich zwischen ihren Fingern hindurch gesehen. Aber, wie schon gesagt, wirklich Aufschlüsse darüber, wie das zwischen Männern und Frauen funktioniert, bekommt man aus den Filmen auch nicht. Zuerst schauen sie sich verliebt in die Augen, dann wird umarmt und geküsst, aber wie es danach weitergeht, erfährt man nicht. Vielleicht, weil es dann mit dem Spaß vorbei ist. Auf jeden Fall frage ich mich, wieso Mama nicht mit der Fahrlehrerin gefahren ist, wie sie das Papa angekündigt hat.

Was am nächsten Tag vor der Schule passiert, lenkt mich von den düsteren Gedanken über meine Eltern ab. In der ersten Stunde haben wir Naturgeschichte, und weil wir gerade bei den Fischen sind, hat uns Herr Professor Aichmayr eine frisch gefangene Forelle mitgebracht, die vor unseren Augen nun auseinandergenommen wird.

Schon als der Herr Professor mit einer spitzen Schere die eine Hälfte vom Fisch aufschneidet, fangen einige an, Würgegeräusche von sich zu geben und „Wääh!" zu schreien. „Das hier", erklärt Herr Professor Aichmayr, auf den Fisch zeigend, „ist der Darm, der hier in den After mündet. Davor der Magen, ganz vorne die Leber. Und dahinter ... Was ist denn los?", ruft er plötzlich entrüstet. Fast die ganze Klasse hat sich an den Hals gefasst und meine Mitschüler tun so, als müssten sie kotzen. Ich finde die Sache interessant, und außerdem ist es unter meiner Würde, mich angesichts der inneren Organe eines Fisches derart aufzuführen wie meine Klassenkameraden. Das ist ganz etwas anderes als beim Fischen, die Forelle ist ja schon tot. Mein Papa hat mich nämlich einmal zum Fischen mitgenommen, damit ein richtiger Mann aus mir wird. Da habe ich die Flucht ergriffen, denn ich hätte den japsenden Fisch von dem Haken befreien sollen, der in seinem Kiefer gesteckt ist. Und dann sollte ich ihn auch noch mit einem Holzprügel erschlagen, da bin ich dann davongelaufen. Aber, wie gesagt, das hier ist Wissenschaft und damit etwas ganz anderes.

Professor Aichmayr kommt nun aus einem ganz anderen Grund nicht in seinem Vortrag weiter. „Solidarität mit John!", hören wir eine laute Stimme rufen. Ein vielstimmiger Chor wiederholt: „Solidarität mit John!" Nun gibt es kein Halten mehr, wir haben ausgezeichnete Aussicht auf den Platz vor dem Eingang der Schule, wo sich Oberstufenschüler versammelt haben, die Fäuste hochrecken und immer wieder brüllen: „Solidarität mit John!" Alle stürzen ans Fenster, und Herr Professor Aichmayr nimmt es mit einem Schmunzeln hin, weil er anscheinend selber gern sehen möchte, was da los ist. Unten steht eine Gruppe Achtklassler, einer von ihnen streckt ein Megafon in die Höhe, wenn er nicht gerade hineinbrüllt. Zunächst einmal habe ich keine Ahnung, worum es geht. Aber mit „John“ kann ja nur einer gemeint sein. Was allerdings „Solidarität“ heißt, weiß ich nicht. Ich hoffe, es steckt nicht irgendeine Gemeinheit dahinter. „Da ist der mit den langen Haaren!“, schreit einer und klopft aufgeregt gegen das geschlossene Fenster. „Der mit dem Minister!“ John ist soeben aufgetaucht, offenbar ist er aus dem Haupteingang der Schule gekommen. Er hebt die Hände über den Kopf und klatscht Beifall.

„Der Scherübl! Schau an!“ Hinter mir steht der Herr Professor. „Wieso Scherübl?“, frage ich. „Na, der da unten, mit den langen Haaren und der Lennon-Brille, das ist der Scherübl. Möchte heuer maturieren. Schauen wir einmal. Blöd ist er ja nicht!“ „Aber warum Solidarität?“, frage ich. „Was heißt denn das überhaupt?“ Der Herr Professor muss es schließlich wissen. „Das heißt, dass sie ihn unterstützen, dass sie auf seiner Seite sind.“ Er schüttelt den Kopf. „Die wissen gar nicht, die Kinder da unten, was sie sich da antun! Das nimmt kein gutes Ende!“ Er kehrt zu seiner Forelle zurück, und wenige Sekunden später läutet es auch schon. In der nächsten Naturgeschichtsstunde, denke ich mir, wird die Forelle wohl schon übel stinken.

„Wir laufen hinunter!“, sage ich zum Herbert. „Das müssen wir sehen, was da jetzt passiert!“ Der Herbert schüttelt den Kopf. „Ich glaube nicht, dass das der gebotenen christlichen Demut entspricht!“, erklärt er mit erhobenem Zeigefinger. Er kann manchmal echt ein Klugscheißer sein. „Aber Jesus hat auch lange Haare gehabt! Bis über die Schultern! Denk doch an die Bilder, die uns der Herr Professor Seipel gezeigt hat!“, versuche ich, ihn zu überreden. Doch der Herbert schüttelt widerspenstig den Kopf und gesellt sich zum dicken Holzinger, der sich auch mehr für sein Zwiebelbrot interessiert als für den Schulskandal, dessen Zeuge man sein muss.

Es dauert keine zwei Minuten, und die halbe Schule ist unten beim Haupteingang versammelt. Alles johlt und applaudiert, ich klatsche auch begeistert, obwohl ich immer noch gar nicht weiß, worum es eigentlich geht. Ich muss ein paarmal hochhüpfen, um über die vielen Köpfe vor mir hinwegsehen zu können. Die Schüler schreien ausdauernd weiter, anscheinend warten sie auf irgendetwas. Der John hat sich zu ihnen gesellt, steht aber mit verschränkten Armen da und scheint unsicher, was zu tun ist. Einen Bart hat er auch schon, und wenn ich es mir genau überlege, schaut der John Scherübl tatsächlich ein bisschen wie der Jesus vom Bild des Herrn Professor Seipel aus. Der Heiligenschein fehlt halt. Ich dränge mich durch die Menge und nähere mich der Truppe, die immer noch mit erhobenen Fäusten ihren Schlachtruf wiederholt. Aus unserer Klasse hat sich der Zöbinger dazugestellt und brüllt mit, obwohl der sicher keine Ahnung hat, worum es geht. Auch andere Unterstufenschüler stimmen grinsend mit ein. „Die alten Nazis müssen weg, das ist gar keine Frage", höre ich einen Achtklassler zu John sagen. Der grinst verlegen und zuckt mit den Schultern. Ich muss plötzlich wieder an den Franz denken, meinen Onkel, der bei Hitlers Krieg nicht mitmachen wollte. Ob da am Ende einer von unseren Lehrern mit dabei war? Vorstellen kann ich es mir nicht.

Plötzlich tritt der, der das Megafon hält, vor die anderen hin. Ich glaube, das ist der Karli Ranzinger, der Bruder von unserem Ranzinger, der die Schallplatte mit den Nackten vorne und hinten drauf hat. „Wir fordern Gerechtigkeit für unseren Mitschüler Johann Scherübl!", schreit er, dass das Megafon quietscht. „Es darf zu keiner Disziplinarkonferenz, zu keiner Bestrafung und zu keinem Schulausschluss kommen! Unser Mitschüler hat das Recht auf freie Meinungsäußerung in Anspruch genommen!“ Applaus und Gebrüll von allen Seiten. Ich kann mich nicht zurückhalten, schreie ebenfalls laut „Bravo!“ und klatsche begeistert in die Hände. Die Stimmung ist wunderbar, endlich einmal geschieht etwas, so viel Spaß habe ich in der Schule schon lang nicht mehr gehabt.

Gerade, als ich mich zu wundern beginne, dass keine Lehrer zu sehen sind, taucht der Herr Direktor im Eingang auf. Er scheint sehr aufgeregt zu sein, denn seine Haare, die er sonst sorgfältig über die Glatze gelegt hat, stehen wirr vom Kopf ab. Wahrscheinlich ist er gelaufen, und das hat seine Frisur nicht ausgehalten. „Ich löse diese nicht genehmigte Demonstration mit sofortiger Wirkung auf!“, brüllt er mit hochrotem Gesicht. „Das wird ein Nachspiel haben!“, fügt er hinzu.

Plötzlich wird es leise. Anscheinend hat sein Auftritt vielen doch Angst eingejagt, Einzelne beginnen bereits, einen großen Bogen um den Herrn Direktor schlagend, sich ins Schulgebäude zurückzuziehen. „Ranzinger, Scherübl!“, schreit der Herr Direktor. „Ich werde euch für alles zur Verantwortung ziehen! Ich weiß schon, wer hier die Rädelsführer sind!“ Ich bin so gespannt, wie es weitergeht, dass ich mich nicht vom Fleck rühre.

Hinter dem Herrn Direktor taucht plötzlich die Frau Professor Weishäupl auf, unsere junge Mathematiklehrerin, die wir heiß lieben, weil sie immer gut aufgelegt ist und Miniröcke trägt. Sie drängt sich am Herrn Direktor vorbei und steuert auf den Ranzinger zu. Als sie bei ihm angelangt ist, streckt sie ihm auffordernd die Hand entgegen, und der Ranzinger ist so perplex, dass er ihr das Megafon in dieselbe drückt. „Ihr habt gehört!“, sagt sie mit fester Stimme. „Dass ihr diese Demonstration auflösen müsst. So geht das nicht, mit Schreien und Brüllen erreicht ihr gar nichts. Ich garantiere euch, dass in der Lehrerkonferenz alle Tatsachen sorgfältig abgewogen werden. Niemand wird für etwas bestraft, das nicht strafbar ist, und niemand fliegt von der Schule. Da weiß ich mich mit dem Herrn Direktor auf einer Linie, nicht wahr?" Sie dreht sich um und lächelt dem Herrn Direktor zu, dem nichts anderes übrigbleibt, als ergeben zu nicken.

Die Frau Professor reicht das Megafon zurück, bedankt sich mit einer kleinen Verbeugung und verschwindet wieder im Schuleingang. Was für eine Frau. Die muss man wirklich bewundern. Dass sie sich das traut, das heißt schon was. Immerhin ist sie eine der ganz jungen Lehrerinnen, sie ist sicher noch nicht lang da und hat wohl in der Schule auch nicht viel zu sagen. Hoffentlich ist es jetzt nicht sie, die den Kopf für den Ranzinger und den Scherübl hinhalten muss. „Na?", herrscht mich der Herr Direktor an, weil ich einer der wenigen bin, die sich immer noch nicht bewegen. Aber ich will eigentlich gar nicht demonstrieren, ich habe nur nachgedacht. Und bei mir ist das so, dass es manchmal nicht klappt, dass ich gleichzeitig nachdenke und mich bewege. Oft muss ich, wenn ich ins Grübeln gerate, stehen bleiben. Jetzt aber mache ich, dass ich ins Schulgebäude komme, weil ich an meine drohende dritte Klassenbucheintragung denken muss. Und ich weiß nicht, ob sich die Frau Professor Weishäupl für mich auch so ins Zeug legen würde wie für den Scherübl und den Ranzinger.

Als ich heimkomme, höre ich schon von der Haustür aus, dass Mama am Telefon ist. Natürlich mache ich die Tür ganz leise zu, damit ich mithören kann, mit wem sie redet und was sie sagt. „Ja, Papá. Genau“, sagt sie gerade. Aha. Sie spricht mit Opi in Neustadt. Wenn sie mit ihm spricht, betont sie „Papá“ ganz vornehm auf der zweiten Silbe. Aber was will sie von Opi? Mamas Eltern kommen ja ohnehin nächstes Wochenende, weil da ist Ostern. „Ja, dauernd hat er seine Hände irgendwo an mir. Und dass ich mich nicht so anstellen soll, wenn ich durch die Prüfung kommen will.“ So ist das also. Das mit dem Arm um die Rückenlehne und mit der Hand unter dem Lenkrad, das war nicht freiwillig. Aber warum beschwert sie sich bei Opi und nicht bei Papa? Opi ist weit weg, was soll er gegen den Fahrlehrer machen? Aber dann fällt mir ein, dass Opi Beamter auf der Bezirkshauptmannschaft war, und Führerscheine und Fahrschulen, die haben wohl mit der Bezirkshauptmannschaft einiges zu tun. „Ja, Dannhauser heißt er. Nein, Dannhauser, mit D. Weiches D“, sagt Mama. Anscheinend schreibt Opi alles auf. Erst als Mama auflegt, nimmt sie mich wahr. „Hast du etwa mitgehört?“, fragt sie. Ich schüttle den Kopf. „Bin gerade hereingekommen. Mit wem hast denn telefoniert?“, frage ich mit Unschuldsmiene. „Ach, nix!“, sagt sie. „Nur wegen dem Friseurtermin. Vor Ostern muss ich ja noch ...“ Mama ist ein bisschen rot geworden, sie kann nur ganz schlecht lügen.

Ich denke mir, die Sache mit dem Fahrlehrer ist jetzt aus der Welt, weil Opi sich mit seinen Beziehungen darum kümmert. Beziehungen sind in unserer Welt sehr wichtig. Wenn man etwas erledigt bekommen will, dann ist es gut, wenn man jemanden kennt, der wichtig ist. Die Straße zu unserem Haus etwa, die ist erst kürzlich asphaltiert worden, davor hat es mordsmäßig gestaubt, wenn es trocken war, und wenn es geregnet hat, war alles schlammig. Dann aber hat der Fiedler weiter oben am Hügel ein neues Haus gebaut, und der Fiedler, das ist der Fleischhauer bei uns in Kastenkirchen, und außerdem ist er im Gemeinderat und gehört zur Partei vom Bürgermeister. Und im Vorstand vom Fußballverein ist er auch, und wer weiß, wo noch. Kaum war der Fiedler in sein neues Haus eingezogen, ruck-zuck war die Straße vor unserem Haus bis zum Fiedler hinauf schon asphaltiert. Mama hat sich bei Papa natürlich beschwert, dass er überhaupt keine Beziehungen hat, weil er in der falschen Partei ist, und Papa hat damit gekontert, dass sie dafür immer gratis mit der Eisenbahn fahren kann, weil das nämlich seine guten Beziehungen sind. Mama war da leider wieder einmal so in Fahrt, dass sie geschrien hat, dass sie auf die Eisenbahn pfeift, weil es drinnen nach kaltem Rauch stinkt und die Sitze völlig verdreckt sind, und dass sie viel lieber mit einem eigenen Auto fahren würde.

Als Papa nach Haus kommt, schlägt er die Haustür zu und fängt gleich an zu brüllen. Ich bin gerade bei Oma und schneide Zwiebeln für die geröstete Leber, die sie für morgen schon jetzt vorkocht. Weil morgen ist Mittwoch, und am Mittwochvormittag wird Wäsche gewaschen, seit mehr als 30 Jahren schon, deswegen hat sie am Mittwochvormittag keine Zeit zum Kochen. „Oje!", sagt Oma, wirkt aber dabei ganz gelassen. „Da ist was passiert!" Ich lasse das Zwiebelmesser fallen und schleiche mich ins Vorhaus. Dort kann ich alles prima mithören, weil die beiden eh so laut schreien.

Zusammengefasst ist Folgendes passiert: Der Arbesbacher Schorsch, der mit Papa bei der Bahn arbeitet, ist einer seiner besten Freunde. Sie treffen sich mindestens jeden Sonntag beim Frühschoppen und am Samstag nach dem Fußball, wenn ein Heimspiel ist. Und am Freitag zum Stammtisch sowieso. Anscheinend hat der Arbesbacher Papa zuerst einen dreckigen Witz über eine Blondine in der Fahrschule erzählt und dann eine blöde Bemerkung über Mamas Fahrstunden gemacht. Daraufhin hat Papa sich mit dem Arbesbacher ein Handgemenge geliefert, weil er von dem seine Frau nicht beleidigen lässt. Und damit Papa ihn in Ruhe lässt, hat der Arbesbacher Papa zu guter Letzt erzählt, was er gesehen hat: nämlich genau das Gleiche wie ich: Mama mit dem schnauzbärtigen Fahrlehrer Dannhauser im Fahrschulauto, und der Fahrlehrer hat seine Hände nicht da gehabt, wo er sie haben hätte sollen. Das Gewimmer von Mama verstehe ich leider nicht so gut, auf jeden Fall stürmt Papa nach einer Weile wütend aus dem Haus. Ich höre draußen sein Moped laut aufheulen, und weg ist er.

Ich gehe wieder zu Oma hinein, die inzwischen dabei ist, Zwiebeln anzuschwitzen. Entweder, denke ich mir, ist Papa jetzt losgefahren, um den Fahrlehrer Dannhauser umzubringen, oder er hat uns verlassen und kommt nie wieder zurück. „Was war denn?", fragt Oma, aber bevor ich noch dazu komme, mir eine Erklärung zurechtzulegen, kommt schon Mama in die Küche, völlig verheult, mit einem Taschentuch in der Hand, mit dem sie ständig über die Augen wischt. Ich übernehme den Kochlöffel, Oma setzt sich zu Mama auf die Küchenbank, und Mama erzählt unter heftigem Schluchzen die ganze Geschichte noch einmal. „Und er bringt den Dannhauser um, ganz bestimmt! Er hat gesagt, nein geschrien! Den bring ich um! Hat er geschrien." Mama zuckt und schluchzt, es scheint diesmal wirklich eine Krise allererster Kategorie zu sein, aber ich habe keine Ahnung, was ich tun kann. Oma und Mama anscheinend auch nicht.

„Soll ich die Polizei anrufen?“, fragt sie schließlich mit fast erstickter Stimme. „Damit die das Schlimmste verhindern?“ Oma schüttelt den Kopf. „Ach was! Beim Adi, das kenn ich schon, da verraucht die Wut schnell. Und bis er beim Dannhauser ist ... Wo wohnt denn der überhaupt? Und weiß der Adi, wo er wohnt?“ „Keine Ahnung!“, schnieft Mama. „Aber wenn er in die Fahrschule fährt ... und wenn er dort auch so herumschreit ... vielleicht ist der Dannhauser ja dort, oder vielleicht erwischt er ihn in einem Fahrschulauto!“

Ich sehe vor meinem geistigen Auge den Bericht in der Zeitung, wie ein wütender Ehemann den Fahrlehrer Dannhauser aus dem Auto gezerrt, verprügelt und schließlich von der Brücke in den Seeklausener See gestoßen hat. Papa kommt ins Gefängnis, ein paar Jahre. Und ein Mörder ist er dann auch. Mir läuft es kalt den Rücken hinunter. Unsere Familie steht am Rande des Abgrunds. Meine Zwiebeln übrigens auch. Ich habe an einer viel zu heißen Stelle des Herds angeschwitzt und vor lauter Aufregung aufs Rühren vergessen. „Ich hab eh noch welche!“, sagt Oma gelassen und kratzt die angebrannten Zwiebeln aus der Pfanne in den Sautrankkübel.

Papa kommt nicht nach Hause, zumindest nicht, bis es für mich Zeit ist, ins Bett zu gehen. Mama und Oma sitzen unten bei uns im Wohnzimmer, falls jemand anruft. „Können wir denn nichts tun?“, fragt Mama immer wieder. „Ich geh ihn jetzt suchen!“ Sie steht auf und macht Anstalten, Schuhe und Mantel anzuziehen. Oma zieht sie wieder aufs Sofa. „Wo willst denn suchen?

Wo es stockfinster ist, draußen!" „Aber wir haben doch jetzt Straßenlaternen!", rufe ich dazwischen. Gleich nach dem Asphaltieren hat die Gemeinde nämlich in unserer Straße auch Straßenlaternen aufgestellt, bis zum Fiedler-Haus hinauf. „Red keinen Blödsinn! Und außerdem, es ist Zeit fürs Bett!" Ungewöhnlich scharf fährt mich Oma an.

Ich bin überhaupt nicht müde und muss noch lesen, und während ich mich in „Unter Geiern" vertiefe, vergesse ich auch darauf, dass ich jetzt wahrscheinlich ein vaterloses Kind bin.

Ich erwache von einem dumpfen Knall. Mein Leselicht ist immer noch eingeschaltet, und das aufgeschlagene Buch liegt auf meinem Bauch. Ich bin während des Lesens eingeschlafen. Aber was war das für ein Krach? Ich lausche und höre kurz darauf, wie jemand die Haustür öffnet. Gleich darauf Schreie und Gejammer. Ich glaube, da muss ich auch hinunter. Ich fahre in Hose und Pullover, ohne vorher den Pyjama auszuziehen. Die Schuhe zuzubinden, spare ich mir.

Als ich aus der Haustür trete, sehe ich im Schein unserer Außenbeleuchtung, dass Mama und Oma drüben vor unserem ehemaligen Heustadel knien. Beide haben nur ihren Schlafrock über den Nachthemden an, sie müssen also auch von dem Lärm aus dem Bett gerissen worden sein. Ich sehe gleich, was passiert ist. Vor der Stadeltür liegt Papas Moped, dessen Motor immer noch läuft. Mama hat Papas Kopf in ihren Schoß gebettet, sein Gesicht ist blutverschmiert. Oma wischt mit einem Taschentuch über Papas Nase und Mund. Ist Papa jetzt tot? Und was ist überhaupt passiert? Weil niemand Notiz von mir nimmt, gehe ich um die drei herum, hebe das Moped auf und stelle den Motor ab. In der darauffolgenden gespenstischen Stille hört man nur ein leises Stöhnen. Noch ist Papa also am Leben. Oma wischt weiter mit ihrem Taschentuch. „Hol eine Rolle Klopapier!“, herrscht sie mich an. Wenn Oma so schroff ist, dann ist die Lage wirklich ernst. „Soll ich nicht die Rettung anrufen?“, frage ich. „Zuerst das Klopapier. Dann schauen wir einmal!“

Ich beeile mich und drücke Oma die Rolle in die Hand. Sie wischt weiter. „Einen Zahn hat er sich ausgeschlagen“, sagt sie. „Und die Lippe hat es böse erwischt. Am Kopf blutet er auch. Und stockbesoffen ist er. Hätte schlimmer kommen können.“ Mama schluchzt, während Oma Papa sorgfältig säubert und immer wieder nachsickerndes Blut abwischt. Ich reime mir zusammen, was passiert ist. Papa muss mit seinem Moped gegen das Stadeltor gedonnert sein, das war der dumpfe Knall. Meistens ist das Tor nämlich offen, wenn er mit dem Moped unterwegs ist, aber ich habe es heute Abend zugemacht, weil ich ... eigentlich habe ich mir gar nichts dabei gedacht, nur halt, dass es nicht offen stehen sollte. Und Papa hat in seinem Rausch nicht gesehen, dass das Tor zu war, und ist mit dem Moped dagegen gebrettert. Jetzt kann man nur hoffen, dass man nicht mir die Schuld für den Unfall in die Schuhe schiebt.

„Los!“, sagt Oma. „Richten wir ihn auf und bringen wir ihn hinein. Damit wir ihn verbinden können!“ Ich helfe mit, Papa auf die Beine zu ziehen. Als ich ihn am Arm packe, schreit er auf. So laut, wie ich ihn noch nie schreien hören habe. „Ah! Mein Arm! Meine Hand!“, brüllt er. Plötzlich sehe ich, dass auch seine rechte Hand blutig ist, der Arm unnatürlich verdreht. Da werden wir, fürchte ich, doch noch die Rettung brauchen.

In der Küche wird Papa auf einen Sessel gesetzt, trotz seines Geschreis legt ihm Oma den gebrochenen Arm in den Schoß. Sie tupft weiter an den Lippen herum, weil da immer noch Blut kommt. Mama weint immer noch und ist keine große Hilfe. „Du gehst jetzt zum Telefon und rufst die Rettung an“, fordert Oma sie auf. „Das Geflenne hilft uns nämlich nicht weiter.“ Mama nickt und geht hinaus, um im Vorhaus, wo das Telefon hängt, zu telefonieren. Papa stinkt fürchterlich nach Alkohol und Zigarettenrauch. Er atmet schwer. Der Herr Professor Aichmayr hat uns einmal erzählt, dass man nach so einem Unfall auch innere Verletzungen haben kann. „Ein Milzriss, oder ein Leberriss, zack!“, hat er gesagt. „Da verblutest du innerlich, ohne dass man es von außen merkt. Und plötzlich bist du tot, und wenn sie dich dann aufschneiden, finden sie zwei Liter Blut in deinem Bauchraum. Wo es natürlich nicht hingehört.“ Der Herr Professor hat, was medizinische Notfälle betrifft, einen etwas seltsamen Humor. Man kann nur hoffen, dass Papa keinen Milz- oder Leberriss erlitten hat. Ich tröste mich damit, dass sein Moped höchstens 40 geht, und er wird ja nicht gerade mit Vollgas gegen das Stadeltor gerauscht sein, weil drinnen hätte er ja dann sowieso stehen bleiben müssen.

Es dauert, bis die Rettung kommt. „Warum war eigentlich das Stadeltor zu?“, fragt Mama, die sich ein wenig beruhigt hat. Ich halte meinen Mund und zucke mit den Schultern. Es ist ja schließlich nicht meine Schuld, dass man sich so besäuft, dass man ein geschlossenes Tor nicht mehr sieht. Ich erinnere mich plötzlich außerdem, dass Papa kürzlich erwähnt hat, dass das Licht bei seinem Moped nicht gut funktioniert.

„Bist du fertig!“ Der Sanitäter wedelt mit der Hand vor seiner Nase herum, als er in unser Wohnzimmer tritt. „Das sind ja mindestens zweieinhalb Promille, rein dem Duft nach!“ Er findet seinen Scherz lustig und lacht seinem Kollegen zu, der hinter ihm ins Zimmer tritt und so dick ist, dass ich mich frage, ob der überhaupt noch jemand anderen außer sich selbst tragen kann. Der erste Sanitäter schaut Papa ins Gesicht. „Können Sie mir sagen, was passiert ist?" Papa versucht, etwas zu sagen, und spuckt Blut aus. „Moped!", versteht man schließlich beim zweiten Versuch. „Mehr oder weniger ansprechbar", konstatiert der Sanitäter. „Wir legen ihn trotzdem hin!" Der Dicke nickt und geht wieder hinaus. Kurz danach steht eine Krankentrage auf einem Rollgestell in unserem Vorhaus. Der erste Sanitäter greift unter Papas gesunden Arm. „Können Sie aufstehen?" Papa nickt, heult aber auf, als sein gebrochener Arm aus seinem Schoß rutscht. Trotzdem liegt er kurz darauf festgeschnallt auf der Trage. Die Sanitäter rollen ihn gerade hinaus, als noch jemand in der Tür auftaucht.

„Guten Abend, die Herrschaften!" Ein Gendarm steht in der Tür. „Was haben wir denn da?" Ein weiterer Gendarm, größer und älter als der erste, taucht ebenfalls in der Tür auf. „Ich hab mir das Moped draußen schon angeschaut. Er ist es!", sagt er. Mir wird plötzlich schwindelig, und Mama schlägt die Hände vor die Augen. Oma bleibt als Einzige halbwegs gelassen und fragt: „Er ist was?" „Wir sollten jetzt fahren", mischt sich der dicke Sanitäter schnaufend ein. „Der könnte innere Verletzungen haben. Am Ende verblutet er uns noch!" Papa stöhnt gequält auf, Mama entfährt ein Entsetzensschrei, der Gendarm nickt. „Fahrt's nur! Der rennt uns schon nicht davon!" Beide Gendarmen und auch der dicke Sanitäter lachen ausgiebig, während Papa ins Rettungsfahrzeug verfrachtet wird.

„Kann ich mit?", fragt Mama. „Wär uns lieber, wenn Sie dableiben würden. Für eine Aussage!" Der erste Gendarm hebt wichtigtuerisch den Finger. Mama hat immer noch die Hände vor dem Gesicht und schluchzt, als das Rettungsauto mit Tatü-tata und kreisendem Blaulicht abfährt. „Was da die Nachbarn sagen werden!“, flüstert Mama. „Ich mag's mir gar nicht ausdenken!“

Niemand denkt daran, mich ins Bett zu schicken, und so sitze ich mit am Wohnzimmertisch, als die Gendarmen erklären, weswegen sie gekommen sind. „Der Herr Gemahl“, fängt der eine an und kann ein Grinsen dabei nicht unterdrücken, „hat vor der Fahrschule in Seeklausen randaliert.“ Mama stützt den Kopf in die Hände und schüttelt ihn dabei ungläubig. „Einen gewissen Dannhauser wollte er umbringen. Der war aber nicht da, war schon geschlossen.“ „Wollt's einen Schnaps?“, fragt Oma. „Da sagen wir nicht nein!“ Der größere Gendarm, der mehr Streifen auf den Schultern hat, nickt dem kleineren zu. Oma holt Flasche und Stamperl aus der Kredenz. „Sie sollten auch einen trinken, gnädige Frau!“, ermutigt ein Gendarm meine Mama. „Zur Beruhigung!“ Zuerst schüttelt sie noch den Kopf, dann greift sie urplötzlich nach einem Stamperl und kippt es hinunter. „Gut so! Prost!“, sagt der kleine Gendarm und tut es ihr nach. Der ältere wischt sich den Mund. „Dann hat er die Auslagenscheibe eingeschlagen und ist mit seinem Moped wieder davon. Gott sei Dank hat sich ein Zeuge an die Nummer erinnert!“

„Diese Schande, diese Schande!“, flüstert Mama kopfschüttelnd. „Na ja“, sagt der ältere Gendarm. „Wir sind einiges gewohnt. Wird schon nicht so schlimm werden. Aber eine Verhandlung wird's wohl geben. Am Bezirksgericht, nicht. Sachbeschädigung, gefährliche Drohung, Lenken eines Kraftfahrzeugs in alkoholisiertem Zustand, Gemeingefährdung ...“ „Gemeingefährdung? Übertreibt's ihr da nicht ein bissl?“, fragt Oma und schenkt nach. „Wer so besoffen mit einem Moped fährt, gefährdet natürlich auch andere!“, erklärt der jüngere Gendarm und stürzt sein zweites Stamperl hinunter. „Sagen S', gnädige Frau, was war denn eigentlich los? Was wollte denn der Herr Gemahl von diesem Dannhauser?“ Mama wirft mir einen strengen Blick zu. „Siegfried, marsch ins Bett! Es ist mitten in der Nacht, du musst morgen in die Schule!“ Dass ihr das erst jetzt auffällt, wo es spannend wird.

Aber natürlich horche ich draußen an der Tür, wie Mama den Gendarmen die Geschichte mit dem lästigen Fahrlehrer erzählt, und wie Papa draufgekommen ist. „Wenn S' halt auch unbedingt Auto fahren müssen!“, höre ich den einen Gendarmen sagen. Der andere aber fährt ihm über den Mund. „Red doch nicht so einen Blödsinn! Was würdest du denn sagen, wenn der Kerl deine Frau ... Wollen Sie Anzeige gegen den Dannhauser erstatten, gnädige Frau?“ Zuerst höre ich nichts, dann sagt Mama: „Nein ... nein. Mein Vater kümmert sich drum. Ich hab ihn schon ... er war Beamter bei der Bezirkshauptmannschaft. Er kennt die Fahrschulen, alle. Wie gesagt, er kümmert sich drum.“ „Wie Sie meinen“, sagt der ältere Gendarm, und als ich drinnen Sesselrücken höre, mache ich, dass ich geschwind die Stiegen hinaufkomme und in meiner Dachschräge verschwinde. Es ist halb zwei, und ich kann trotzdem nicht einschlafen. Morgen gehe ich sicher nicht in die Schule. Wenn einer in der Klasse das von meinem Papa erfährt, das wäre nicht auszudenken. Ich wäre erledigt, komplett und völlig.

Hoffentlich können sie Papa wieder zusammenflicken, im Krankenhaus. Wegen der inneren Blutungen mache ich mir große Sorgen.

11 Der Nazi

Er wunderte sich, dass ihm die Mappe mit seinen Schulzeugnissen erst jetzt in die Hände fiel. Sie waren fein säuberlich geordnet und vollständig, von der ersten Klasse Volksschule bis zur achten im Gymnasium, nur das Maturazeugnis fehlte. Das hatte er bei sich zu Hause, wohl weil er es zur Immatrikulation an der Universität gebraucht und dann nicht mehr zurückgegeben hatte. Sogar das Blockflötenzeugnis aus der Musikschule lag zwischen den anderen Blättern. Die Frau Bäuerlein hatte ihm trotz ihrer geharnischten Kritik an seinen Leistungen ein „Sehr gut" gegeben.

In den ersten Jahren im Gymnasium hatte es noch Trimester gegeben, und so gab es aus der ersten Klasse gleich drei Zeugnisse. In dem von Ostern prangte unübersehbar ein „4E", eine Note, die später abgeschafft und durch den sogenannten „Blauen Brief" ersetzt worden war. „4E" bedeutete so viel wie viereinhalb, knapp vor dem Durchfallen. Und durchgefallen war man bereits bei zwei Fünfern, in so einem Fall hatte es keine Möglichkeit einer Wiederholungsprüfung mehr gegeben. Das Durchsehen der Zeugnisse ab der vierten Klasse sparte er sich – zu den „4E" hatten sich immer öfter Fünfer gesellt, vor allem, als in der fünften Klasse Latein hinzugekommen war.

Die Lehrer hatten damals nahezu Narrenfreiheit gehabt, es gab kaum gesetzliche Regelungen, die einer willkürlichen Notenvergabe im Wege standen. Manche hatten das weidlich ausgenutzt.

Sein Lehrkörper war aber auch von Konflikten geprägt

gewesen: Eine junge, aufgeschlossene Generation von Lehrerinnen und Lehrern stand einer Mehrheit alter Kolleginnen und Kollegen gegenüber, von denen viele durch ihre Erlebnisse oder auch eigene Schuld mit der Aufarbeitung der Nazizeit zu kämpfen hatten.

Erst als ich, noch im Halbschlaf, in meinem Kakao herumrühre, fällt mir wieder ein, was heute Nacht passiert ist. Ich erschrecke so sehr, dass mir der Löffel entgleitet und Kakaospritzer die Tischplatte zieren. „Was ist mit Papa?", frage ich unvermittelt. „Weißt du schon ..." Mit einem Blick auf Uschi halte ich inne. Ich habe ja keine Ahnung, ob sie überhaupt weiß, was vorgefallen ist, während sie geschlafen hat.

„Es geht ihm gut!", sagt Mama, mit einem Seufzer der Erleichterung. „Der Arm ist in Gips, und zwei Zähne hat er sich ausgeschlagen. Sonst alles in Ordnung." Sie wirft mir einen warnenden Blick zu. „Papa ist mit dem Moped gestürzt, ein Schlagloch. Er hat es übersehen. Gott sei Dank bekommen wir bald ein Auto. Dann kann sowas nicht mehr passieren!" Ich merke deutlich, dass die Geschichte für Uschis Ohren erfunden worden ist, die heute Nacht nichts mitbekommen hat. Ich nicke und grinse Mama verschwörerisch zu. „Da bin ich aber froh. Dass das Schlagloch nicht größer war, meine ich!" Mama zieht eine Grimasse und schüttelt den Kopf.

Ich fürchte, ich muss doch in die Schule. Mir fällt nämlich keine passende Ausrede ein, die Mama dazu veranlassen könnte, mir zu erlauben, daheim zu bleiben. Hoffentlich weiß noch keiner in der Schule, was Papa angestellt hat. „Gehst du dann heute in die Arbeit, oder ..." Mama wiederholt ihren warnenden Blick, garniert mit einer senkrechten Stirnfalte. „Gehst du einmal kurz hinaus,

Ursula? Nach der Katze schauen, ob sie vielleicht herein-will?“ Mama muss ihre Aufforderung wiederholen, bis Uschi sich murrend vom Sessel schiebt. „Ich denke gar nicht daran“, sagt Mama, als Uschi außer Hörweite ist, „dass ich wegen ihm meine Arbeit versäume. Ich hab alles geregelt gehabt, mit Opi, der hätte sich um den Fahrlehrer schon gekümmert. Aber er muss dazwischenfunken und so einen Skandal daraus machen! Wenn wir Pech haben, kriegt er eine hohe Geldstrafe, und es ist wieder Essig mit dem Auto!“ Ich will Mama gerade fragen, ob Papa vielleicht ins Gefängnis muss, als Uschi wieder herein-platzt. „Was habt ihr denn geredet?“, fragt sie. So dumm ist sie nun auch wieder nicht, dass sie nicht kapiert hätte, dass etwas vor ihr geheim gehalten werden soll. „Nix!“, sage ich. „Nur wegen der Englischschularbeit. Ich hab Mama erzählt, dass sie verschoben wird, weil der Herr Professor Wurm krank ist.“ Da ist mir, finde ich, eine sehr elegante Ausrede eingefallen.

Als ich in der Schule aus der Garderobe komme, sehe ich den John, von dem ich mittlerweile weiß, dass er Scherübl heißt, mit dem Ranzinger Karli und dieser Madeleine lässig beim Schulbuffet lehnen. Während ich die Stiege hinaufgehe, muss ich wieder an die Demonstration gestern denken. Und auf einmal fällt mir ein, dass die aus der Oberstufe gefordert haben, dass man wegen freier Meinungsäußerung nicht bestraft werden darf. Und der Scherübl hat ja nicht einmal seine Meinung geäußert, sondern nach der des Ministers gefragt. Aber was ist dann mit mir? Mit meiner Frage? Mich hat der Herr Pfarrer fast zu Tode geprüft, weil ich gefragt habe, wohin der Jesus genau aufgefahren ist. Hab ich denn kein Recht auf freie Meinungsäußerung? Und dann die Geschichte mit Musik. Da hab ich ja auch nicht einmal eine Meinung geäußert, sondern nur die Frage beantwortet, wenn auch auf meine Weise. Und ich bin bestraft worden.

Ich drehe auf der Stiege um und beschließe, den Scherübl um Rat zu fragen, bezüglich meiner Bestrafungen für freie Meinungsäußerung. Er ist leider in ein Gespräch mit dieser Madeleine vertieft, schaut ihr tief in die Augen und krault sie am Kinn. Der Ranzinger ist nicht mehr da. „Entschuldige, ich hätte da einmal eine Frage!", unterbreche ich ihr Geturtel.

„Öha!", ruft der Scherübl überrascht und wendet sich von seiner Freundin ab. „Was willst du denn? Siehst du nicht, dass du störst?" Er wedelt mit seiner Hand, als wäre ich ein lästiges Insekt, das er vertreiben will. „Es geht aber um die freie Meinungsäußerung!", beharre ich. Madeleine beginnt zu lachen. „Da bin ich jetzt aber gespannt!", sagt sie, während der Scherübl immer noch missmutig auf mich herunterschaut. Ich erzähle schnell die Geschichte von Christi Himmelfahrt und den Astronauten und vom Pfarrer und von der ungerechten Prüfung. Der Scherübl seufzt. „Du bist aber schon auch ... bist du immer so lästig?" Irgendwie habe ich das Gefühl, er nimmt mich nicht ernst. „Er hat aber recht!", meint die Madeleine. „Das sollte ins Schülerparlament. Das ist eine Frechheit, was sich dieser Pfarrer erlaubt!" „Ein Schülerparlament, das wir noch nicht haben!", seufzt der Scherübl. „Und überhaupt, was mischst du dich da ein? Was geht die Mädchen Politik an?" Jetzt bin ich ein wenig überrascht, dass der Scherübl sonst so modern tut und dann, was Frauen betrifft, mehr oder weniger einer Meinung mit meinem Papa ist.

Die Madeleine tippt sich nur an die Stirn. Der Herr Direktor rauscht an uns vorbei, mit einem schwerstens missbilligenden Blick in Richtung Scherübl. Seine Haare sind schon wieder von der Glatze gerutscht, anscheinend tut ihm Aufregung nicht gut. Und plötzlich muss ich daran denken, wie einer der Achtklassler gesagt hat, dass die alten Nazis wegmüssten, und an den Onkel Franz muss ich auch denken. Leider läutet es, und der Scherübl macht sich auf den Weg in seine Klasse. „Was ist jetzt wegen dem Pfarrer?“, frage ich. „Wir bleiben dran!“ Der Scherübl hält mir den hochgestreckten Daumen entgegen, und dann ist er weg. Eine große Hilfe, finde ich, ist er nicht gewesen.

In der nächsten Stunde passiert mir wieder ein Fehler, rein aus spontaner Neugier. Der Herr Professor Zauner steht gerade vor der Österreich-Karte und erklärt uns etwas über die Wirtschaft der Mur-Mürz-Furche. Hinten murmelt einer was von Mur-Mürch-Furze, Gekicher kommt auf. Aber ich denke mir, der Zauner ist erstens ein netter Professor, und zweitens unterrichtet er doch auch Geschichte. Ich überlege, wie üblich, überhaupt nicht lange, als ich meine Hand hochstrecke und mit den Fingern schnippe. „Was ist denn?“, dreht sich der Herr Professor verärgert zu mir um.

„Herr Professor“, frage ich, „können Sie uns vielleicht einmal erklären, was ein Nazi ist?“ An Professor Zauners Reaktion erkenne ich sofort, dass auch diese Frage keine gute Idee war. Zunächst steht er nur regungslos da, nach ein paar Sekunden beginnt er rot anzulaufen, streckt seinen Arm mit ausgestrecktem Zeigefinger nach vor und deutet auf mich. Dazu schüttelt er den Arm. „Ich weiß genau, woher das kommt!“, schreit er. „Ich weiß genau, woher das kommt!“ Speichel sprüht aus seinem Mund. Die Klasse ist mucksmäuschenstill, anscheinend haben jetzt auch die Letzten kapiert, dass hier etwas Aufregendes im Gange ist, obwohl die meisten meine Frage wahrscheinlich überhört haben. Ich rücke ein Stück zurück und hebe meine Arme, um den Herrn Professor abzuwehren, falls er auf die Idee kommen sollte, mir eine Ohrfeige zu verpassen. So etwas ist schon öfter vorgekommen, allerdings nicht beim Professor Zauner.

„Dass du es wagst!“, schreit er nun. „Das kommt von diesem Gift, diesem Gift!“ Ich habe keine Ahnung, was er meint, aber ich bekomme Bauchweh und muss plötzlich dringend aufs Klo. „Jetzt vergiften sie uns schon die Erstklassler, diese Kommunisten!“, schreit er. „Aus meinen Augen! Verschwinde! Mach dich davon! Ich will dich hier nicht mehr sehen!“ Er kommt auf mich zu, und ganz instinktiv springe ich auf und ergreife die Flucht. Das hat er mir ja schließlich geraten. Als die Tür hinter mir krachend ins Schloss fliegt, lehne ich mich gegen die Wand und versuche, wieder zu Atem zu kommen. Mir ist, als hätte ich zehn Runden im Turnsaal mit der Trillerpfeife vom Wolf im Nacken in meinen Lungen, mein Herz schlägt zum Zerspringen.

Da habe ich ja was Schönes angerichtet. Mein Vater ist im Krankenhaus und womöglich bald im Gefängnis, und ich habe nichts Besseres zu tun, als mich in der Schule so unmöglich zu machen, dass man mich aus der Klasse wirft, und das schon zum zweiten Mal. Jetzt trägt mich Herr Professor Zauner sicher gerade ins Klassenbuch ein, damit ist die dritte Eintragung da und ich bekomme eine Disziplinarkonferenz. Da kann ich dann Papa im Gefängnis gleich Gesellschaft leisten. Prima habe ich das hinbekommen. Obwohl, es war ja wieder nur eine Frage. Nicht einmal eine Meinung, bloß eine Frage. Er hätte ja auch sagen können, dass er es nicht weiß oder dass er es uns erklären wird, sobald es auf dem Lehrplan steht, oder einfach, dass er jetzt lieber mit seinen Ausführungen zur Mur-Mürz-Furche fortfahren möchte. Stattdessen ist er regelrecht vor Zorn explodiert, und ich habe keine

Ahnung, warum. Ich scheine ein Talent für Fragen oder auch Antworten zu besitzen, die meine Lehrer regelmäßig aus der Haut fahren lassen. Dabei sollten sie über wissbegierige Schüler froh sein. Sind sie aber nicht.

Was tu ich jetzt bloß? Zunächst einmal gehe ich aufs Klo, das wollte ich sowieso schon längst. Und dann, überlege ich, während ich auf der Kloschüssel sitze, muss ich mich jemandem anvertrauen. Ich muss ja rauskriegen, warum der Herr Professor so wütend geworden ist, sonst kann ich mich bei ihm nicht mehr blicken lassen und muss die Schule wechseln. Wahrscheinlich muss ich mich bei ihm entschuldigen. Aber wofür eigentlich? Ich rede mit der Frau Professor Weishäupl. Oder nein, besser mit meinem Klassenvorstand, der Frau Professor Schlierberger. Obwohl es schon peinlich ist, dass sie mir im ersten Schuljahr gleich zweimal aus der Patsche helfen muss. Beim ersten Mal waren allerdings die drei aus Nadlwang schuld, die mich auf dem Schulweg verhauen und meine Schulsachen zerstört haben.

Ich bleibe auf dem Klo sitzen, bis es läutet, damit ich nicht zufällig einem Lehrer begegne und erklären muss, warum ich nicht in meiner Klasse bin. Die stellen ja auch andauernd unnötige Fragen, aber betraft werden sie natürlich nicht dafür. Und dann werde ich mich zum Konferenzzimmer schleichen und nach der Frau Professor Schlierberger fragen.

Als ich allerdings, kurz nach dem Läuten, an die Tür klopfe, taucht hinter mir Herr Professor Zauner auf. Er würdigt mich keines Blickes, zückt seinen Schlüsselbund und öffnet die Tür des Konferenzzimmers. Bevor er dahinter verschwindet, streift er mich mit einem kurzen Blick, schüttelt den Kopf und zischt leise: „Vergiftet!" Das hat er jetzt schon dreimal gesagt, und leider habe ich –

wieder einmal – keine Ahnung, was er damit meint. Ich muss noch einmal klopfen, denn ich habe mich natürlich nicht getraut, ihn nach der Frau Professor Schlierberger zu fragen.

Schließlich kommt sie aus dem Konferenzzimmer und lächelt sogar, als sie mich sieht. „Na, kleiner Schriftsteller? Was gibt's?“ Ich habe ihr anvertraut, dass ich dabei bin, einen Roman zu schreiben, und dass ich einen Preis für meinen Aufsatz über die Weihnachtsbäckerei bekommen habe, seither nennt sie mich gelegentlich so. Natürlich nicht vor der Klasse. „Ein Problem!“, sage ich. „Ein großes. Kann ich mit Ihnen reden? Unter vier Augen?“ Das sagt man so, wenn man mit jemandem allein sprechen will. Die Frau Professor seufzt und schaut auf ihre Uhr. „Viel Zeit hab ich nicht, das sag ich dir gleich. Komm halt mit!“ Wir gehen zu der Bank vor dem Fenster, die durch ein paar Kübelpflanzen vor den Blicken der Masse ein wenig verborgen ist. Sie muss zuerst zwei Mädchen verscheuchen, die gerade die Kleider ihrer Barbie-Puppen tauschen. „Ihr wisst aber schon, dass ihr die nicht in die Schule mitbringen sollt? Nachher sind sie weg, und wir können dann stundenlang aufklären, was passiert ist!“ Die beiden packen ihre Sachen, sagen „Ja, Frau Professor!“ und verziehen sich.

„Also?“ Die Frau Professor klopft auf ihr Uhrglas. Ich beschließe, nicht lang um den heißen Brei herumzureden. „Ich hab den Herrn Professor Zauner gefragt, was ein Nazi ist, und da hat er zu schreien begonnen und mich aus der Klasse geworfen. Und dass ich vergiftet bin, hat er gesagt. Und jetzt ...“ Mir steigen Tränen in die Augen, die ich durch heftiges Reiben zu verbergen versuche, „bekomme ich sicher meinen dritten Klassenbucheintrag, und dann schmeißen sie mich aus der Schule, und mein Papa muss ins Gefängnis!“

Das ist jetzt alles völlig unversehens aus mir herausgebrochen, und die Tränen fließen. Die Frau Professor reicht mir ein Papiertaschentuch. „Oje!“, sagt sie. „Aber eins nach dem anderen. Der Herr Professor Zauner ist ... na, sagen wir einmal, da hast du einen empfindlichen Punkt bei ihm getroffen. Er hat deine Frage als Angriff verstanden.“ „Angriff?“ Ich schnäuze mich und sehe ratlos zu ihr auf. „Wieso Angriff?“ Sie seufzt. „Du musst mir versprechen, dass du kein Wort von dem weitererzählst, was ich dir jetzt sage. Dann bist du vielleicht in Zukunft ein wenig vorsichtiger!“ Ich nicke. „Also!“ Sie schlägt die Beine übereinander. „Der Herr Professor Zauner war im Krieg, wie viele Lehrer hier. Aber er hat, sagen wir es einmal vorsichtig ... nein.“ Sie seufzt wieder. „Er war halt wohl auch in der Partei. Er hat jedenfalls gemeint, dass du ihn beschuldigst, dass er ein Nazi ist. Und er will davon natürlich nichts wissen, verstehst du?“ „Und was meint er mit dem Gift?“, frage ich. „Ach Gott!“, stöhnt die Frau Professor. „Er meint wohl, dass deine Gedanken vergiftet sind.“ Ich würde gerne wissen, was sie damit meint, wage aber nicht zu fragen. „Wie bist du denn überhaupt darauf gekommen, so etwas zu fragen?“ Es läutet, und ich stehe auf. „Nein, bleib noch da. Die 6A kann ein paar Minuten warten.“ Es werden viele Minuten, denn ich muss vom Onkel Franz erzählen, den die Nazis erschossen haben, und dann fragt die Frau Professor leider auch noch nach Papa, und ich muss ihr beichten, dass er im Krankenhaus ist, weil ich das Stadeltor zugemacht habe, und auch noch vom zudringlichen Fahrlehrer. Schließlich weiß die Frau Professor praktisch meine ganze Familiengeschichte, weil sie die anscheinend mehr interessiert als die 6A.

„Herrschaftszeiten!“, sagt sie schließlich. „Da hast du dir ja ganz schön was aufgeladen. Pass auf, wir müssen noch ausführlicher reden. Ich könnte ... kann ich dich zu Hause besuchen?" Ich schüttle energisch den Kopf. „Mama ... wenn jetzt außer dem Papa ... wenn noch ich, dann ...", stottere ich herum. „Schon klar!", sagt sie. „Wir finden einen Weg. Am besten, du entschuldigst dich beim Herrn Professor Zauner. Vielleicht hat er ein Einsehen mit dir. Erzähl ihm vom Onkel Franz, wenn er dich lässt. Dann schauen wir einmal!"

Ich komme viel zu spät in die Naturgeschichtsstunde, entschuldige mich damit, dass mich mein Klassenvorstand sprechen wollte, und hoffe, dass dieser Tag irgendwie vorübergeht und ich mich mit Taschenlampe und Buch unter meine Bettdecke zurückziehen kann, damit ich vor der Welt Ruhe habe.

Doch zuerst kommt die nächste Pause, und sofort stürmt die halbe Klasse zu mir her. Alle schreien durcheinander. „Super!", haut mir der Zöbinger auf die Schulter. „Wir haben gar nichts mehr gemacht, in Geografie!" Der Herbert nickt. „Er hat die ganze Zeit über die Kommunisten geschimpft. Die nur darauf warten, dass sie über das Mühlviertel herfallen können! Und dass wir dann alle unsere Häuser und Autos abgeben müssen, weil die Kommunisten die einkassieren. Aber mein Fahrrad, das gebe ich nicht her, da können sie sich ..." Was die Kommunisten sich können, verstehe ich nicht mehr, weil andere dazwischenschreien. „Bist du leicht ein Nazi?", fragt der Grundner, der anscheinend überhaupt nichts verstanden hat. „Wenn ich frage, was das ist, dann weiß ich es ja selber nicht. Also kann ich auch keiner sein, oder?" Der Grundner kratzt sich am Kopf. „Ach so!", sagt er nur.

Als ich später in der Garderobe gerade meine Schuhe anziehe, steht plötzlich der Scherübl mit seiner schönen Freundin vor mir. „Dem hast es aber ordentlich gegeben!", lobt er mich. „Wie kommst du denn eigentlich auf solche Sachen? Wieso interessiert dich Politik? Das ist doch nicht normal für einen Erstklassler!“ Jetzt plötzlich hat der Scherübl Zeit für mich. Und stellt gleich eine ganze Reihe von Fragen auf einmal. „Woher wisst ihr denn ...?“ Der Scherübl zuckt mit den Schultern. „Spricht sich halt schnell herum, wenn einmal was los ist! Also, warum?“

„So halt!“, zucke ich mit den Schultern. „Ich wollt's einfach wissen. Und ich hab mir gedacht, weil er Geschichtelehrer ist, dann ...“ Die Geschichte vom Onkel Franz erzähle ich dem Scherübl nicht, dazu traue ich ihm zu wenig. Womöglich erzählt der dann das überall herum. Der Scherübl lacht, seine Freundin auch. „Na, da hast du dir gerade den Richtigen ausgesucht. Besser hättest du es gar nicht treffen können!“ Ich bin jetzt ein wenig ratlos. Woher die unangebrachte Heiterkeit? „Wieso?“, frage ich und binde meinen linken Schuh zu.

„Na, pass auf!“ Der Scherübl setzt sich jetzt sogar zu mir auf die Garderobenbank. „Der Zauner ist überhaupt der Obernazi von der ganzen Schule. Der ist ein Glasenbacher, verstehst du? Der hat nach dem Krieg gar nicht unterrichten dürfen, weil er ein solcher Nazi war. Der war bei der SS, ein Kriegsverbrecher! Und so einer will uns was über Geschichte erzählen!“ Er schüttelt entrüstet den Kopf. „Aber hoffentlich nicht mehr lang!“, mischt sich seine Freundin ein. „Glasenbacher?“, frage ich. Der Scherübl nickt. „Nach dem Kriegsende, 1945, haben die Amis alle Nazis in Glasenbach eingesperrt, in ein Lager. Das ist in der Nähe von Salzburg. Allerdings soll es ihnen dort besser gegangen sein als dem Rest der Bevölkerung.“ Da könnten sie, so überlege ich, meinen Opa auch eingesperrt haben. Der war ja, das hat sogar Mama immer gesagt, ein alter Nazi. Und wenn sie mir damals schon erklärt hätte, was das ist, dann würde ich heute nicht so dumm dastehen.

„Und 1949 haben die alten Nazis wieder wählen dürfen, und die Lehrer wieder unterrichten, und die Ärzte wieder operieren. Obwohl sie immer noch Nazis waren, die meisten von ihnen zumindest.“ „Was ist eigentlich ein Kriegsverbrecher?“, frage ich. Ich habe immer geglaubt, ein Krieg ist so und so ein Verbrechen. „Na, seine Einheit hat Zivilisten ermordet, Juden umgebracht, ins KZ geschickt! Wahrscheinlich ist der Zauner ein Mörder, nur haben sie ihm halt nie was nachweisen können!“ Ich schüttle den Kopf. „Der Zauner, ein Mörder? Das glaub ich nicht, der ist doch sonst ... eigentlich ...“ Ich stocke. Ich wollte sagen, dass er ein netter Mensch ist, aber nach seinem Auftritt heute, da weiß ich nicht mehr recht, was ich von ihm halten soll.

„Und was ist mit dem Wolf?“, frage ich. „Weil der redet ja dauernd vom Krieg, und vom Iwan, der ihnen den Arsch aufgerissen hätte, wenn sie so langsam gelaufen wären wie wir in unserem Turnsaal.“ Der Scherübl winkt verächtlich ab. „Der war nicht einmal im Krieg, der tut nur so, in Wirklichkeit war er wahrscheinlich untauglich, so genau weiß das keiner.“ „Waren die alle Nazis?“, frage ich. „Die Lehrer, meine ich?“ Der Scherübl schüttelt den Kopf. „Von unserem Direktor weiß man es auch, dass er bei der Partei war. Aber der Öhlinger, unser Klassenvorstand, der war Sozi. Dem haben sie im letzten Kriegsjahr noch einen Fuß abgeschossen, weil sie ihn an die Front geschickt haben, mit 17. Der war garantiert kein Nazi!“

Ich bin ein bisschen verwirrt, weil ich mit den vielen Begriffen nichts anfangen kann. Was ein „Sozi“ ist oder „die Partei“, damit kenn ich mich nicht so aus. „Die Partei“ hat die Frau Professor Schlierberger auch schon erwähnt.

Anscheinend ist es schlecht, wenn man dabei war. Und dass dem Öhlinger ein Fuß fehlt, das ist mir bisher gar nicht aufgefallen, obwohl er ein wenig hinkt. „Was passiert jetzt mit mir?“, frage ich. „Was wird der Zauner jetzt machen? Ich hab schon zwei Klassenbucheintragungen, von Religion und Musik!“ Die Freundin vom Scherübl lacht. „Na, du bist aber ein ganz wilder Hund!“ „Überhaupt nicht!“, verteidige ich mich. „Ich frage ja nur. Und ich beantworte Fragen!“ „Hä?“, fragt der Scherübl, und da muss ich ihm noch die Geschichte mit Beethovens Bartwuchs erzählen, die mir die zweite Klassenbucheintragung eingebracht hat. Die zwei kriegen sich kaum mehr ein vor Lachen, als ich fertig bin damit.

„Du bist ja zum Schießen!“, kichert der Scherübl. „Dich sollte man ja im Kabarett auftreten lassen!“ Mir ist nicht zum Lachen zumute. „Was ist jetzt mit dem Zauner?“, wiederhole ich meine Frage. „Keine Angst, den machen wir fertig! Gehen wir?“ Er zieht eine Packung Zigaretten aus der Hosentasche, bietet seiner Freundin eine an und klemmt sich selber auch eine zwischen die Lippen. „Wir kümmern uns!“, sagt er noch, bevor die beiden abziehen, und schlägt mir auf die Schulter. Ob der jetzt eine große Hilfe bei meinem Problem sein wird, das muss ich abwarten. Auf jeden Fall spüre ich einen großen Klumpen im Magen, und der wird auch nicht so schnell weggehen, denn ich sehe momentan keine Lösung für meine Probleme, kein Licht am Ende des Tunnels, nur Finsternis.

Als ich nach Hause komme, sitzt Papa zu Hause auf dem Sofa und grinst mich an. Er sieht furchtbar aus, vor allem, wenn er lacht, denn er hat vorne eine Zahnlücke. Sein Gesicht ist voller Schürfwunden, der Arm steckt bis zur Schulter in einem dicken, weißen Gipsverband. „Servus, Sigi!“, sagt er. „Wie war's in der Schule?“

Ich glaube nicht, dass es jetzt eine gute Idee wäre, Papa von Professor Zauner und meiner missglückten Frage zu erzählen. „Normal“, sage ich deshalb. „Wie immer! Wo ist denn die Mama?“ „Ja, wo glaubst du? Irgendwas mit einer Kollegin, die hat sich krankgemeldet, jetzt arbeitet sie auch noch am Nachmittag!“ Papa ist sichtlich verärgert. „Jetzt, wo ich sie so dringend brauchen täte!“ Er schüttelt mit der freien Hand eine Zigarette aus der Packung, Feuer geben kann er sich auch mit einer Hand. „Holst mir ein Bier aus dem Kühlschrank? Die Oma hat uns ein Beuschel gemacht, und da hätt ich gern ein Bier dazu. Sie bringt's herunter, damit ich nicht hinaufmuss.“

Eigentlich, überlege ich, hat Papa an den Beinen ja nichts. Da könnte er sich sein Bier auch selber holen. Aber wegen der Zigarette hat er leider keine Hand frei. Zur Oma hinauf essen gehen könnte er auch, wo die doch eh so Mühe hat auf der Stiege. „Mach auf, Sigi!“, schreit er dafür gleich, als ich in der Küche bin und vor dem Kühlschrank stehe. Ich renne zur Wohnungstür, Oma steht mit dem Kochtopf davor. „Hol noch schnell die Knödel herunter!“ Sie nickt mit dem Kopf in Richtung Stiege. Oben sitzt Uschi am Küchentisch vor ihren Schulheften. „Ich hab schon einen Knödel gegessen. Ich bleib da!“ Na, da gibt es wenigstens Hoffnung, dass ich heute ihre Aufgabe nicht machen muss.

Omas Beuschel ist ein Gedicht. Man macht es aus dem gekochten Herz und den Lungen vom Rind, und Oma macht es regelmäßig, weil es erstens billig ist und zweitens gut schmeckt, wenn man es kann. Viele Leute mögen Beuschel nicht, zum Beispiel Uschi, deswegen hat sie nur einen Knödel gegessen. Papa haut ordentlich rein, obwohl er nur mit dem Löffel in seiner linken Hand essen kann. Dafür ist er sehr schweigsam.

„Ich hoff, dir war das eine Lehre!“, sagt Oma schließlich in die Stille hinein. „Sich zuerst aufführen wie der wilde Aff im Urwald, sich halb zu Tode saufen und dann noch Moped fahren. Wann wirst du endlich gescheiter?“ Sie klingt ziemlich verärgert. Ich nehme mir noch einen Schöpflöffel Beuschel. „Schuld ist nur der, der das verdammte Stadeltor zugemacht hat!“, knurrt Papa. Mir wird ein wenig heiß unter meinem Pullunder. „Ich hab alles unter Kontrolle gehabt, wollt nur das Moped einstellen. Weil's ja regnen sollte.“ „Red doch keinen Blödsinn!“, faucht Oma. „Wenn du nicht so besoffen gewesen wärst, dann hättest du das Tor ja gesehen!“ Papa wird etwas kleinlauter. „Weißt eh, wegen dem Licht. Beim Moped. Zuerst hat's geflackert, dann war's ganz aus!“ Oma schickt ihm einen giftigen Blick und schweigt. Wahrscheinlich weiß Papa, dass seine Ausreden bei ihr nicht gut ankommen.

Ich ziehe mich möglichst schnell, also nach dem zweiten Semmelknödel, in mein Zimmer zurück. Als Mama gegen vier heimkommt, wird es unten noch einmal laut. Ich verstehe nicht genau, worum es geht, aber wohl erstens um Papas Unfall und zweitens um die unvorhergesehene Nachmittagsarbeit in der Apotheke. Da fällt mir ein, dass ich mir ja für vier mit dem Herbert was ausgemacht habe, wir wollten ein bisschen herumradeln, vielleicht unten beim Sägewerk zwischen den Bretterstapeln. Da haben wir schon öfter Rennen veranstaltet. Als ich die Wohnzimmertür einen Spalt öffne, schreit Papa gerade „Das möcht ich gern wissen, was ihr da in der Mittagspause zu arbeiten habt! Statt dass du dich um deinen kranken ...“. „Ich geh schnell noch zum Herbert!“, unterbreche ich Papa. Er reagiert nur mit einem kurzen Blick, und ich schließe die Tür wieder. Ordnungsgemäß abgemeldet habe ich mich, da kann niemand was sagen.

„Krank! Dass ich nicht lache!“, höre ich Mama noch schreien, dann bin ich weg.

Unten beim Sägewerk haben wir uns einen Parcours markiert, mit Kreide. Die Rennstrecke zwischen den Bretterstapeln ist schmal und sehr kurvenreich, deswegen ist es schwer zu überholen. Wer beim Start vorn ist, hat schon so gut wie gewonnen. Die erste Runde geht an den Herbert, weil ich am Anfang nicht ganz bei der Sache war. Nach dem Zieleinlauf lassen wir uns außer Atem auf einen niedrigen Stapel fallen. Von der Halle drüben hört man die Kreissäge kreischen.

Gefährliche Orte, an denen sie gespielt hatten, hatte es damals genügend gegeben. Sie fuhren mit ihren Rädern an Bächen, durch Sägewerke und Mühlen, an Traktoren und Anhängern vorbei, ohne dass sie jemand daran gehindert hatte. Ständige Aufsicht durch die Eltern war unbekannt, die Nachmittage verbrachte er, wenn nicht beim Lesen im Bett, draußen, weit entfernt von den Augen der Eltern. Nicht nur das Sägewerk hatte als Schauplatz der Radrennen gedient, auch eine Mühle in der Nachbarschaft bot einen spannenden Parcours, bei dem gelegentlich Lastwagen im Weg waren, die Getreide in die breiten Trichter entluden, die in den Boden eingelassen waren. Manchmal waren sie zum Spaß in die Haufen von Maiskörnern in diesen Trichtern gehüpft, bis die Müllersburschen sie vertrieben.

„Was machst denn jetzt, wegen dem Zauner?“, will der Herbert von mir wissen. Ich zucke mit den Schultern. „Die Frau Professor Schlierberger meint, ich soll mich entschuldigen. Aber ob das was hilft?“ „Der Pfarrer sagt, bei den Nazis, da gibt es ein Einerseits und ein Andererseits!“ „Über so was redet ihr nach dem Ministrieren?“, frage ich erstaunt. Der Herbert nickt. „Das Einerseits ist, dass die Nazis gottlos waren. Da sind viele aus der Kirche ausgetreten, sagt der Herr Pfarrer." Er schweigt. „Ausgetreten?", frage ich. „Was ist das denn?" Jetzt ist der Herbert in seinem Element, denn wenn er mir was erklären kann, was ich nicht weiß, läuft er zur Hochform auf. „Es gibt Leute", doziert er mit erhobenem Zeigefinger, „die kehren Gott und seiner heiligen Kirche den Rücken. Dann sind sie auf ewig verdammt!" „Und wie macht man das, den Rücken kehren?", bestehe ich auf Einzelheiten. Da allerdings muss auch der Herbert passen. „Der Arbesbacher Schorsch, der Freund von deinem Vater, sagt der Herr Pfarrer", fährt Herbert fort, „der hat der Kirche den Rücken gekehrt. Weil er ein Sozi ist. So wie die Eisenbahner überhaupt. Und dein Vater auch!" „Jetzt lass meinen Vater in Ruhe!", brause ich auf. „Der hat der Kirche überhaupt nicht den Rücken gekehrt, der geht eh jeden Sonntag hinein! Fast!"

„Der Herr Pfarrer weiß genau, wer schon vor der Predigt im Wirtshaus sitzt statt in der Kirchenbank!", trumpft der Herbert auf. Ich möchte mich auf keine Debatte einlassen, vor allem nicht über meinen Vater. „Was ist das Andererseits bei den Nazis?", frage ich in die Stille hinein. „Dass sie im Mittelalter mit den Sozis und mit den Kommunisten aufgeräumt haben, sagt der Herr Pfarrer. Das war ein gutes Werk!" Ich überlege. „Aber wenn die gottlosen Nazis mit den Kommunisten aufräumen, was hat da die Kirche davon? Und im Mittelalter war das auch nicht, weil mein Onkel Franz ..." Ich halte inne. Die Geschichte vom Franz möchte ich dem Herbert lieber nicht erzählen. Gott sei Dank fragt er nicht nach, und auf meine Frage hat er auch keine Antwort.

Ich liege auf dem Rücken, blinzle in die Sonne und

denke mir, dass es doch in meinen Karl-May-Büchern viel einfacher ist als im richtigen Leben. Da weiß man gleich, wer die Guten und wer die Bösen sind. Allerdings, das muss man zugestehen, gibt es gute und böse „Bleichgesichter“ und gute und böse „Rothäute“, da muss man dann schon genau aufpassen. „Wer sind denn dann eigentlich die Guten?“, frage ich den Herbert. „Wenn die Kommunisten nicht passen und die Sozis auch nicht, und die Nazis? Wer passt denn dann?“ „Wir!“, sagt der Herbert wie aus der Pistole geschossen. „Wir, die Schwarzen! Wir sind der Kirche treu, und wir sind unserem Land treu. Und die Sozis, sagt der Herr Pfarrer, das sind vaterlandslose Gesellen, weil ihnen jeder Sozi aus einem anderen Land genauso recht ist wie ein Einheimischer. Die haben kein Heimatgefühl!“ Ich glaub eigentlich nicht, dass mein Vater ein vaterlandsloser Geselle ist, auch wenn er momentan daheim auf dem Sofa liegt und keine so gute Figur macht.

Am Abend sitze ich oben bei Oma und löffle das übriggebliebene Beuschel auf. „Ich hab wieder einmal zu viel gekocht!“ Oma schaut in ihren riesigen Kochtopf. „Frier ich halt was ein!“ Sie setzt sich zu mir und füllt sich auch einen Teller. „Wenn nur nichts in der Zeitung steht, über den Adi!“, sagt sie zwischen zwei Bissen. „Das tät ich nicht überleben, diese Schande.“ Ich nehme mir schnell noch einen Knödel, denn mir ist gerade eingefallen, dass in der Zeitung nächste Woche nicht nur etwas über Papa, sondern auch über mich stehen könnte, wenn sie mich aus der Schule schmeißen. Denn wenn es stimmt, was der Scherübl gesagt hat, dass nämlich der Direktor auch ein Nazi war, dann habe ich ganz schlechte Karten, was die Lehrerkonferenz betrifft.

12 Die Insubordination

Ein Geografieheft fiel ihm in die Hände. Aus der ersten Klasse. Er dachte an Professor Zauner, der ihm zuerst so sympathisch gewesen war, ihn aber wegen seines ständigen Herausschreiens gleich im ersten Semester mit einer Betragensnote abgestraft hatte. Er blätterte durch das Heft. Der Unterricht hatte damals aus einem Vortrag des Lehrers bestanden, der wortwörtlich ins Heft abgeschrieben werden musste. Seine Handschrift war damals noch sauber und gut leserlich gewesen, später hatte sich das massiv verändert. Und dann gab es da Zeichnungen, die der Lehrer auf der Tafel ausgeführt hatte und die Schüler in ihre Hefte kopiert hatten. Thema in der ersten Klasse war ausschließlich Österreich gewesen. Er fand eine Skizze, die Wien und Niederösterreich abbildete, in etwas behelfsmäßigen Umrissen. Die Wachau war eingezeichnet, und dort an der Donau prangte ein Weinglas, weiter östlich, im Marchfeld, etwas, das wohl eine Zuckerrübe darstellen sollte. Einfach und überschaubar war der Schulunterricht damals gewesen, es hatte genügt, wenn man das, was im Heft stand, herunterbeten konnte. Wenn es hoch kam, musste man irgendwas auf einer Wandkarte finden, die am Beginn der Geografiestunde an einen Kartenständer gehängt wurde.

Leider hatte seine Beziehung zu Professor Zauner abrupt und unangenehm geendet, und schon im nächsten Schuljahr war ein junger Kollege an dessen Stelle getreten.

Frau Professor Schlierberger passt mich in der Garderobe ab, als ich gerade meine Schuhe ausziehe. „Kommst du bitte einmal mit, Sigi?“ Mir schwant Übles, aber was bleibt mir anderes übrig, als zu nicken und ihr zu folgen. Als wir in die Nähe der Direktionskanzlei kommen, sinkt mir das Herz in die Hose. Jetzt wird das Strafgericht über mich hereinbrechen, so viel ist sicher. Und morgen werde ich entweder zu Hause sitzen oder zwangsweise in die Hauptschule in Kastenkirchen eskortiert werden, womöglich von zwei Gendarmen. Ich kann froh sein, wenn sie mich nicht in Handschellen legen.

Die Frau Professor schiebt mich ins Sekretariat, wo die Sekretärin, Frau Sageder, ihre Brille auf die Nasenspitze hinunterschiebt, als sie mich sieht. Ihr Blick ist voller Mitleid, und sie atmet tief durch. Normalerweise kommen wir zu ihr, wenn wir ein Pflaster brauchen oder etwas verloren haben. Sie schafft es, jeden zu trösten, auch wenn der Schmerz gerade noch so groß ist. Mit einer kleinen Geste deutet sie jetzt zur Tür in die Direktion und stößt einen Seufzer aus. So, als ob mich da drinnen das Todesurteil erwarten würde. „Alles Gute, Sigi!“, flüstert sie noch, dann werde ich schon durch die Tür geschoben.

Das Direktionszimmer ist groß, größer als das Sekretariat. Vor einem breiten, leeren Schreibtisch liegt ein roter Teppich, und hinter dem Schreibtisch sitzt der Herr Direktor, neben ihm Herr Professor Zauner. Der Herr Direktor steht auf. „Bitte, Frau Kollegin!“ Er rückt einen Stuhl an seiner Seite zurecht, damit Frau Professor Schlierberger weiß, dass sie sich dort hinsetzen darf. Ich sehe mich nach einem weiteren Sessel um, aber da ist keiner. Ich stehe also wie angewurzelt auf dem roten Teppich und denke, dass ich wahrscheinlich gleich in die Hose machen werde. Wenn ich die Augen schließe, denke ich mir, bin ich sicher gleich weg. Vielleicht falle ich auch in Ohnmacht und wache erst im Krankenhaus wieder auf, in blütenweißer Bettwäsche, und eine blonde, wunderschöne Schwester beugt sich über mich, streicht mir über die Wange und fragt mich, wie es mir geht.

Nichts von alledem passiert. Ich stehe da, knete meine Finger und der Herr Direktor räuspert sich. Er hat sich zurückgelehnt, die Hände in den Schoß gelegt und dreht die Daumen. „Wer hat dich angestiftet?“, fragt er. „Angestiftet?“, wiederhole ich, weil ich mit der Frage nichts anfangen kann. „Der Herr Direktor meint, ob jemand, zum Beispiel ein Schüler aus der Oberstufe, dir gesagt hat, dass du diese ...“, die Frau Professor hüstelt, „... diese Frage stellen sollst.“ „Und dich womöglich noch dafür bezahlt hat!“, ruft Professor Zauner, der sich vorgebeugt hat, mit ausgestrecktem Zeigefinger auf mich deutet und schon wieder krebsrot im Gesicht ist. Der Herr Direktor versucht mit einer verärgerten Geste, ihn zum Schweigen zu veranlassen. Ich merke, wie mir die Tränen in die Augen steigen. Und mir fällt plötzlich ein, dass auf meiner kackbraunen Hose heute ein Marmeladefleck prangt, vom Frühstück. Zuerst wollte ich ihn noch wegwischen, aber dann habe ich darauf vergessen.

„Also?“, herrscht mich der Herr Direktor an, und das bringt die Tränen zum Fließen. „Es ist ja nur wegen dem Onkel Franz!“, heule ich. „Den haben die Nazis erschossen, weil er vor dem Krieg davongelaufen ist! Und die Oma ... und ...“ Ich kann nicht mehr weiter. Ich drücke meine Fäuste gegen die Augen. Der Herr Professor Zauner zischt irgendwas, das ich nicht verstehe, in Richtung Direktor. Die Frau Professor Schlierberger aber hat es verstanden, weil sie mit einem scharfen „Also, Herr Kollege!“ reagiert. „Um deinen Onkel Franz geht es hier nicht. Ich habe dich selbst gestern in der Früh mit dem Scherübl gesehen, diesem langhaarigen Subjekt. Hat der dich angestiftet, diese Frage zu stellen?" Ich schüttle den Kopf. „Er stellt sich blöd!", geifert Herr Professor Zauner. „Das kennt man ja!" „Was hat der Scherübl von dir verlangt, gestern Früh?", fragt der Herr Direktor. „Gar nichts!", bricht es aus mir heraus. „Ich habe ihn doch nur gefragt ... wegen der freien Meinungsäußerung ... weil, es hat ja geheißen, die Demonstration, dass sie ... dass jeder seine Meinung ... und ich habe doch nur gefragt!" Mir ist schon klar, dass mit diesem Gestammel niemand etwas anfangen kann. Die Frau Professor Schlierberger steht auf, kommt zu mir und nimmt mich in den Arm. Ich drücke mein Gesicht gegen ihren Bauch, und sie hält meinen Kopf fest. Es schüttelt mich, ich kann nicht mehr klar denken.

„Das war eine klare Provokation, Frau Kollegin!", schreit Herr Professor Zauner. „Eine geplante Aktion! Ich bin ja nicht blöd! Mag schon sein, dass diesen ... wie heißt er? Ach ja, diesen Niedermayr jemand missbraucht hat, möglicherweise, für seine düsteren ..." Er hält inne. Frau Professor Schlierberger lässt mich los. „Jetzt halten Sie einmal Ihr Schandmaul! Seien Sie froh, dass Sie überhaupt unterrichten dürfen und dass noch nie jemand auf die Idee gekommen ist, die Verbrechen Ihrer Einheit genauer unter die Lupe zu nehmen! Wenn es eine Provokation gibt, dann ist es die, dass Sie überhaupt hier sitzen und über andere urteilen!" Die Frau Professor hat so laut geschrien, dass man sicher auch im Sekretariat und auf dem Gang noch jedes Wort verstehen konnte.

Möglicherweise ist sie gerade dabei, sich um Kopf und Kragen zu reden, obwohl das ja eigentlich meine Spezialität ist. Der Herr Direktor und der Herr Professor Zauner werden nicht begeistert sein, dass die halbe Schule mithören kann, was sie den beiden Herren zu sagen hat. „Sie quälen hier ein Kind, das bloß eine Antwort auf eine berechtigte Frage fordert!“ „Was heißt hier ‚berechtigte Frage‘?“, fährt der Herr Direktor dazwischen. Die Frau Professor drückt mich immer noch an sich. Weil ich schon zu groß bin für den Bauch allein, werde ich auch ein bisschen gegen ihren Busen gedrückt. Schön langsam beruhige ich mich, und das Umklammertwerden ist mir peinlich. Gleichzeitig aber auch angenehm. Es kommt nicht so oft vor, dass mich jemand umarmt und an sich drückt. Wahrscheinlich ist es das Gescheiteste, wenn ich die Dinge hier einfach ihren Lauf nehmen lasse.

„Glauben Sie ja nicht, dass es ein Geheimnis ist, dass Sie auch in der Partei waren!“, zischt die Frau Professor nun. Sie meint wohl den Herrn Direktor. „Ihr habt es euch alle richten können, aber das geht zu weit!“ „Was wissen denn Sie! Sie sind ja viel zu jung dafür! Wir haben nur unsere Pflicht getan! Ich bestehe auf einer Entschuldigung!“, schreit plötzlich der Herr Professor Zauner. Die Frau Professor löst ihre Arme von mir, packt mich an den Schultern und dreht mich völlig überraschend herum. „Also gut!“, sagt sie. Ihre Stimme flattert, sie muss auch ziemlich aufgeregt sein. „Dann, bitte, Sigi, entschuldige dich!“ Alles, was ich will, ist, dass diese Sache möglichst schnell vorübergeht. „Es tut, tut m-mir leid, Herr Professor“, stottere ich, „ich möchte mich für meine Frage ...“ Ein unwillkürlicher Schluchzer unterbricht mich. „... entschuldigen!“, plärre ich. Nun rinnt mir auch noch Rotz aus der Nase, doch die Frau Professor hat ein Taschentuch bei der Hand und wischt.

Die Miene des Herrn Professor Zauner ist erstarrt. Anscheinend hat er nicht mit dieser Wendung gerechnet. Einen Moment lang herrscht Totenstille, die nur von meinem Rotzaufziehen unterbrochen wird. „Ja, dann ...“, sagt der Herr Direktor schließlich und zuckt mit den Schultern. In diesem Moment läutet es. „Wir müssen in die Stunde!“, sagt Frau Professor Schlierberger und schiebt mich in Richtung Tür. Draußen im Sekretariat haben beide Sekretärinnen ihre Plätze verlassen und stehen hinter dem Tresen, in der Nähe der Tür zur Direktion. Die haben sicher gelauscht und alles mitbekommen.

Ich glaube, die Frau Professor hat sich in größte Schwierigkeiten gebracht, um mich zu retten. Man schreit nicht einfach so mir nichts, dir nichts den Direktor an. Und wie mir scheint, hat sie ihm auch einiges vorgeworfen. „Danke!“, stottere ich. „Danke! Sie haben ...“ „Ist schon gut!“, winkt sie ab. Auf ihrem Bauch ist ein nasser Fleck von meinen Tränen. „Werden Sie jetzt ... ich meine ... ist das jetzt?“ „Du meinst, ob sie uns beide rausschmeißen? Keine Angst, wird nicht passieren. Ich bleib dir schon erhalten!“ Sie schiebt mich von sich und lächelt. „Und am besten behältst du für dich, was du da drinnen gehört hast. Versprochen?“ Ich nicke.

„Und was ist mit mir?“, frage ich. „Wahrscheinlich gar nichts mehr. Du hast dich entschuldigt, wie er es verlangt hat, was soll er noch tun? Weiter Staub aufwirbeln, dass doch noch jemand auf die Idee kommt, genauer nachzuschauen, was er im Krieg gemacht hat? Glaube ich nicht! Und jetzt ab in die Klasse!“ Frau Professor Weishäupl lächelt, als ich die 1A betrete. Sie fragt nicht einmal, wo ich gewesen bin und warum ich zu spät komme. Nach der Stunde bleibe ich sitzen und warte, bis alle anderen draußen auf dem Gang sind. Dann räume ich schleppend meine Sachen zusammen und stecke sie in die Schultasche. Das kann nicht alles gewesen sein, denke ich mir. Da wird sicher noch ein dickes, böses Ende nachkommen. Ein Brief, ein amtlicher wahrscheinlich, für den Papa unterschreiben muss. Und eine Vorladung in die Schule, mindestens. Für beide Eltern. Das ist nämlich die Höchststrafe, wenn der Vater auch mitkommen muss in die Schule, um vom Direktor heruntergeputzt zu werden. Der Scherübl, der hat leicht lachen, sein Vater ist der Gemeindearzt in Seeklausen, dem passiert sicher nichts, weil dem sein Vater kennt natürlich alle möglichen Leute. Und niemand will es sich mit dem Herrn Doktor verscherzen. Aber mein Vater ist ein gewöhnlicher Eisenbahner, und wenn man dem Pfarrer glauben darf, noch dazu ein vaterlandsloser Geselle. Wir kennen niemanden, der wichtig ist.

„Sigi?“ Die Frau Professor ist auf mein Pult zugetreten, ohne dass ich es gemerkt habe. „Was ist denn passiert? Beim Direktor?“ Ich werfe einen ängstlichen Blick zur Tür. Es wird von meinen Klassenkameraden nicht so gern gesehen, wenn man private Gespräche mit Lehrern führt. Und das wäre schon das zweite heute. „Ich hab mich entschuldigt. Und die Frau Professor Schlierberger, die hat mich gerettet. Ich glaube, sie hat ... ich weiß nicht!“ Ich schüttle den Kopf, weil mir erstens schon wieder die Tränen kommen wollen und ich mich zweitens an mein Versprechen erinnere, alles für mich zu behalten. „Der Zauner, der hat sich von dir angegriffen gefühlt, er hat gedacht, der Scherübl oder der Ranzinger haben dir gesagt, dass du diese Frage stellen sollst.“ Ich nicke. „Weißt du, der Zauner, der hat zwei Gesichter“, sagt sie. „Einmal ein netter, zuvorkommender Kollege, kompetent, bei den Schülern beliebt. Aber seine Vergangenheit im Krieg, das ist das zweite Gesicht. Und das wird jetzt schön langsam öffentlich, Gott sei Dank!“ „Bin dann ich schuld, wenn über ihn was in der Zeitung steht?“ Die Frau Professor lacht. „Sicher nicht. Aber so weit kommt’s gar nicht. Wenn der Druck zu groß wird, dann ... schauen wir einmal.“ Sie seufzt.

Auf ihrer Stirn ist eine steile Falte erschienen und ihre Augen blitzen. Sie scheint sich sehr darüber zu ärgern, wie man mit Leuten wie dem Zauner umgeht, aber ich glaube, sie sagt mir nicht alles, was sie sich denkt. Sie schnappt sich ihre Ledertasche und den großen, hölzernen Tafelzirkel. In der Tür dreht sie sich noch einmal um. „Sigi, pass auf!“, sagt sie noch. „Ärgere den Zauner nicht. Halt einfach die Klappe, zeig nicht auf und frag nichts. Der muss sich jetzt erst einmal beruhigen. Und du weißt ja, wenn man schon ein paarmal negativ aufgefallen ist, dann dauert es, bis man wieder einen guten Ruf bekommt!“

Ich bin fest entschlossen, an meinem guten Ruf zu arbeiten. In der nächsten Geografiestunde presse ich meine Lippen fest zusammen, starre in mein Heft und nehme mir vor, kein Wort zu sagen. Ein- oder zweimal juckt es mich, mich doch zu melden, wenn es gar zu lange dauert, bis meine Schulkollegen auf eine Antwort kommen, aber ich reiße mich zusammen und setze mich auf meine Hände, damit sie nicht versehentlich nach oben rutschen. Der Zauner ignoriert mich Gott sei Dank, keine einzige gehässige Bemerkung in meine Richtung kommt ihm über die Lippen. Bis gegen Ende der Stunde doch noch etwas passiert.

Der Herr Professor diktiert gerade etwas, das wir in unser Heft schreiben sollen. Es geht um das Linz-Donawitz-Verfahren, das eine Revolution in der Stahlherstellung bedeutet hat und in Österreich erfunden wurde. Es ist ganz still, man hört nur das Kratzen der Füllfedern. Aber dann hört man aus der letzten Reihe ganz deutlich das Wort „Nazi!“, geflüstert. Ich glaube, der Zöbinger war's. Der Herr Professor tut so, als habe er es überhört, beginnt aber zu stottern und verliert die Zeile in seinem Manuskript, als sich von hinten aus Lachen in der Klasse ausbreitet, zuerst gedämpft, schließlich prustend. Ich habe nichts zu lachen, denn all das wird sicher wieder meinem Sündenkonto angerechnet. „Ruhe!", brüllt der Herr Professor, aber es hilft nichts, das Lachen wird lauter, die Heiterkeit allgemeiner. Wieder zischt irgendjemand das Wort „Nazi!". Wahrscheinlich, denke ich mir, eh wieder einer, der keine Ahnung hat, was es bedeutet. Der Herr Professor nimmt das Klassenbuch zur Hand und donnert es auf den Katheder, was dann doch fast alle zum Erstarren bringt. Nur der Zöbinger in der letzten Reihe lacht noch weiter, sein Gelächter ist unverkennbar und ähnelt eher einem Grunzen.

„Ich trage die ganze Klasse ein!", schreit Professor Zauner. „Wegen Insubordination! Das wird ein Nachspiel haben!" Ich bete zu Gott, dass er nicht den Zöbinger zur Prüfung drannimmt, sozusagen als Rache, und Gott hat ein Einsehen. Herr Professor Zauner trägt uns auf, eine Seite aus dem Geografiebuch über die Stahlerzeugung in Österreich ins Heft abzuschreiben, öffnet ein Fenster und sieht in Gedanken versunken hinaus. Ich frage mich, was das schwierige Wort war, das mit „In" beginnt. Sicher was Schlimmes.

In der darauffolgenden Stunde, zwei Tage später, folgt die Rache des Professors leider auf dem Fuß. Zuerst schickt er den Zöbinger mit einem Fünfer in seine Bank zurück, weil der außer ein paar gestammelten Worten nichts herausbringt. Dann komme ich dran. Ich habe schon damit gerechnet und mich entsprechend vorbereitet. „Wozu dient der Kalk beim LD-Verfahren?", fragt der Professor scharf. „Für die Schlacke!", sage ich. „Falsch!", entgegnet der

Herr Professor. „Als Schlackenbildner. Die Wissenschaft ist exakt, da kommt es auf jedes Wort an!" Und so geht es weiter. „Wozu dient das Argon?", fragt er. „Damit der Wasserstoff ..." Weiter komme ich nicht. „Falsch!", erklärt der Herr Professor. „Zur Vermeidung von Wasserstofffallen in der Schmelze! Genauigkeit, bitte!" Ich seufze. „Darf ich das als Kritik an meiner Beurteilung auffassen?", fragt Professor Zauner scharf. Ich entschließe mich, gar nichts mehr zu sagen. Jede weitere Frage beantworte ich mit: „Das weiß ich leider nicht". Schließlich klappt er sein Notenbüchlein zu. „Verweigerung wird dir auch nicht helfen!", sagt er. „Nicht genügend!"

Das kann ja heiter werden. In Geografie und Religion droht mir jetzt schon ein Nicht genügend im Zeugnis, das wir vor Ostern bekommen. Mein Papa wird mich erschlagen. Sogar, wenn er nur eine Hand dazu verwenden kann. Eine Schaufel wird er dazu gar nicht erst brauchen.

„Der Zauner", sagt der Herbert zu mir, als wir im Zug nach Hause sitzen, „der war heute schon extra gemein zu dir." Ich nicke. „Kann man nichts machen", sage ich, „jetzt ist es zu spät zum Jammern." Der Herbert nickt ebenfalls. „Du hättest halt das nicht fragen sollen, mit dem Nazi, und so!" Der Herbert ist wirklich ein richtiger Besserwisser geworden, wenn er auch jetzt gerade das gesagt hat, was ich mir auch schon gedacht habe. Hätte ich bloß meinen Mund gehalten. Und vom Scherübl, nehme ich mir vor, werde ich mich in Zukunft fernhalten. Und gerade, als ich an den Scherübl denke, fällt mir siedendheiß ein, dass er ja versprochen hat, den Zauner fertigzumachen. Ich wünsche mir allerdings nichts sehnlicher, als dass der Scherübl den Zauner in Ruhe lässt, damit vielleicht doch vor dem nächsten Zeugnis noch Gras über die Sache wachsen kann.

Als ich nach Hause komme, liegt Papa schlafend auf dem Sofa, mit dem eingegipsten Arm auf dem Bauch. Mama höre ich in der Küche mit Geschirr klappern. Im ganzen Wohnzimmer stinkt es erbärmlich nach Rauch, wahrscheinlich hat sich Papa die Langeweile mit dem Schichtarbeiterprogramm und einer Packung Smart Export vertrieben.

Das Schichtarbeiterprogramm hatte aus Wiederholungen der am Abend zuvor ausgestrahlten Sendungen bestanden und war speziell für Menschen – insbesondere Männer – gedacht, die nachts arbeiteten und daher am Abend keine Zeit zum Fernsehen hatten. Nicht an allen Tagen gab es dieses Programm, manche Wochentage gehörten dem Schulfernsehen, das meistens entsetzlich langweilig und hausbacken war. Irgendein Glatzkopf in weißem Labormantel erklärte umständlich irgendwas, und vereinzelt gab es auch Experimente, die in der Schule nicht durchgeführt werden konnten. In seinem Schulalltag war Schulfernsehen nicht vorgekommen, da die Schule keinen Fernseher und erst recht keine Fernsehantenne besessen hatte. Damals hatte man zum Fernsehen nämlich eine Dachantenne gebraucht.

Ich gehe zu Mama in die Küche. Sie hat mich kommen gehört und die Pfanne mit den gebratenen Knackwürsten schon auf die Herdpatte gestellt. „Wie geht es Papa?“, frage ich. Zuerst antwortet Mama gar nicht, stattdessen knallt sie einen Teller und eine Scheibe Brot auf den Küchentisch. „Wer will wissen, wie es mir geht?“, fragt sie mit etwas schriller Stimme. „Wer interessiert sich dafür, wie ich mich schäme, für das, was Papa angestellt hat? Er raucht die ganze Bude voll und lässt es sich gut gehen, und ich muss alles ausbaden!“ Sie lässt die Würste samt dem aufgewärmten Erdäpfelschmarren auf meinen Teller rutschen. Ich löffle vor mich hin und überlege mir gut, was ich als Nächstes sage. Mama lässt inzwischen das Geschirr im Abwaschbecken für Papas Sünden büßen.

„Ich hab's nicht so gemeint!", sage ich schließlich. „Wie geht's dir denn?" Mama seufzt und lässt den Abwaschlappen ins Spülbecken fallen. Dann setzt sie sich zu mir an den Tisch und wischt gedankenverloren mit einem Geschirrtuch Brösel vom Tisch. Das würde sie nie tun, wenn sie bei der Sache wäre, denn jetzt muss sie den Boden auch noch kehren. „Der Siegmund hat mir so geholfen!", sagt sie schließlich. „Wenn ich den nicht hätte!" Ich blicke erstaunt auf. „Wer ist denn der Siegmund?" „Ach so, ja!" Mama lächelt. „Der Herr Apotheker. Er heißt mit Vornamen Siegmund. Er hat mir das Du-Wort angeboten." Während ich den nächsten Bissen kaue, überlege ich. Siegmund? Mama ist mit dem Apotheker also schon per Siegmund? Wo soll das noch hinführen? Wenn nur Papa das nicht erfährt! „Wenn der Siegmund nicht wäre, dann wäre diese Geschichte mit Papa am Ende noch in der Zeitung gelandet, und ich hätte mich zu Tode schämen müssen. Tratschen so schon alle darüber. Und in der Apotheke haben mich ein paar Kunden so seltsam angeschaut!" Sie seufzt erneut tief auf.

„Verdammt!", flucht sie plötzlich und holt den Besen aus seiner Ecke. „Die ganzen Brösel! Alles auf dem Boden!" Ärgerlich kehrt sie zwischen den Sesselbeinen herum, und ich ziehe vorsichtshalber die Beine an, dass die nicht auch noch im Weg sind. „Daran ist auch nur dein Papa schuld!" Ich beschließe, lieber nicht zu fragen, was die Brösel mit Papas Unfall zu tun haben. „Wie hat er dir denn geholfen?", frage ich in möglichst unschuldigem Ton. „Der Siegmund, also der Herr Apotheker", sagt Mama, wieder mit diesem eigenartigen Glänzen in den Augen, „der ist doch bei der Partei. Bei der richtigen, meine ich. Und er kennt den Redakteur von unserer Zeitung gut, weil der auch in der Partei ist, sie sitzen sogar zusammen im Gemeinderat. Und in die Schule sind sie auch miteinander gegangen." Schon wieder die Partei. Irgendwie scheinen die ständig im Hintergrund was zu organisieren. Und man muss entweder dabei sein, wie jetzt, oder es ist ganz schlecht, wenn man dabei gewesen ist, wie der Zauner und der Direktor. Wahrscheinlich meint Mama mit „Partei" jetzt die ÖVP, sicher nicht die Sozis. „Und?", frage ich, denn mir ist immer noch nicht klar, worin die Hilfe des Herrn Siegmund bestanden hat. „Und der Siegmund hat mir versprochen, mit dem Redakteur zu reden, dass die Sache nicht in der Zeitung breitgetreten wird. Damit wir uns diese Schande ersparen." So ist das also. Da wird aber Mama dem Herrn Siegmund ganz schön dankbar sein müssen. „Du darfst auf keinen Fall Papa davon erzählen!", fährt Mama in meine Gedanken. „Der darf das nicht wissen. Ich hätt's ja auch dir nicht erzählen sollen." Sie streicht mir über das Haar. „Aber mit irgendjemandem muss ich ja reden. Und du bist doch schon vernünftig, oder?" Ich nicke eifrig, muss aber gleichzeitig daran denken, was heute in der Schule vorgefallen ist. Wenn Mama das wüsste, würde sie an meiner Vernunft sicher erheblich zweifeln.

Weil es draußen windig und regnerisch ist, hole ich nach dem Essen gleich meine Schultasche an den Küchentisch, um meine Aufgabe zu machen. Englisch und Deutsch mache ich zuerst, weil es schnell geht und mir Spaß macht. Mathematik geht auch noch. Die Gedanken an Geografie und Musik schiebe ich vorläufig einmal beiseite, obwohl es nur noch zwei Wochen bis zum nächsten Zeugnis sind. Es kann ja nicht sein, dass ich schon wieder drankomme.

Es dauert keine halbe Stunde, bis Uschi auftaucht und mir ihre Rechenaufgabe vorlegt. Weil Mama nicht da ist und ich den Staubsauger im Schlafzimmer dröhnen höre, versuche ich erst gar nicht, ihr die Aufgabe zu erklären, sondern schreibe die Lösungen wortlos auf einen Zettel, damit sie sie abschreiben kann.

Während ich in Gedanken versinke, geht zuerst der Staubsauger aus, kurz danach beginnt Uschi, auf ihrer Flöte zu pfeifen. Höchste Zeit, mich in meine Dachschräge zurückzuziehen. Im Wohnzimmer ist es jetzt kalt, Mama hat das Fenster geöffnet und Papa schnarcht immer noch vor sich hin.

13 Das Zeugnis

Er packte ein gerahmtes Bild aus, das Mama in mehrere Lagen Zeitungspapier gewickelt hatte. Das Bild war offensichtlich in Öl gemalt und zeigte kantige Bauern bei der Heuernte, im Hintergrund ragte ein hoher Berg mit einer steilen Felswand auf. Im Stil war es ein wenig Alfons Walde, aber viel schlechter gemalt. Irgendein Blut-und-Boden-Teil aus der Wohnung der Großeltern, wahrscheinlich. Interessanter war aber die Zeitung, in die es gewickelt war. Ein Samstag im März 1969, offenbar der Samstag vor dem Palmsonntag, denn ein Foto auf der ersten Seite zeigte Burschen mit überdimensionalen Palmbuschen, die sie vor sich hertrugen. Sein Blick fiel auf das Fernsehprogramm. „Einer wird gewinnen" stand am Samstagabend an. Ein wahrer Straßenfeger, damals. Jedermann hatte an solchen Samstagen vor dem Fernseher gehockt, auch seine Familie, sogar Uschi durfte zuschauen, sobald sie groß genug war, darum betteln zu können. Der Moderator, Hans-Joachim Kulenkampff, hatte die Sendung nahezu im Alleingang bestritten, sein Charme würde heute wohl als ranziger Altherrenwitz gesehen werden, vielleicht sogar sexistisch.

Ein weiterer Artikel erregte seine besondere Aufmerksamkeit: Es wurde die Frage gestellt, ob Frauen überhaupt Auto fahren sollten. Das war doch genau die Zeit, in der seine Mutter ihren Führerschein, ganz gegen den Willen seines Vaters, gemacht hatte. Der Artikel gestand in etwas herablassendem Stil Frauen durchaus zu, Auto fahren zu dürfen, wies jedoch dennoch darauf hin, dass sie beim Einparken ungeschickt seien und häufig Blechschäden verursachten. Schwangere Frauen, hieß es, dürften auf keinen Fall ein Auto lenken. Und ob der langsam aufkommende Sicherheitsgurt für eine Frau, die ja Brüste besaß, überhaupt geeignet sei, wurde ebenfalls in Frage gestellt.

„Mein Gott, Siegfried!", seufzt Mama beim Frühstück. „Dass du mir ja ein ordentliches Zeugnis nach Hause bringst! Wo ich doch am Montag Führerscheinprüfung hab! Wenn ich mich da noch über dich ärgern muss ...!" Den Druck kann ich gerade gut gebrauchen. Meine Eltern wissen noch gar nichts von meinen groben Schwierigkeiten in der Schule, denn wie durch ein Wunder hat es keinen Brief und auch keinen Anruf aus der Direktion gegeben. Da kann man wirklich nur hoffen, dass mir der Herr Pfarrer verziehen hat. Zumindest ist in den Religionsstunden seit der Geschichte mit Christi Himmelfahrt nichts mehr vorgefallen, was mich weiter belasten würde. Aber Prüfung hat es auch keine gegeben, ebenso wenig wie in Musik und Geografie. Frau Professor Singer hat mir dafür sogar schon einmal zugelächelt, was ich für ein günstiges Zeichen halte. Aber der Herr Professor Zauner, der schaut nach wie vor durch mich hindurch. Er hat mich ein paarmal mit Zwischenfragen drangenommen und mich dabei jedes Mal so aufs Glatteis geführt, dass ich eine falsche Antwort gegeben habe.

„Wir hätten ruhig warten können, bis ich meinen Führerschein wieder habe. Brauchst nicht glauben, dass ich mich zu einer Anfängerin als Beifahrer ins Auto setze!" Papa muss immer noch mit einer Hand frühstücken, weil er seinen Gipsverband noch zwei Wochen lang tragen muss, und darauf hoffen, dass Mama ihm ein Marmeladebrot schmiert. „So!", sagt Mama und schmeißt das Messer hin.

„Jetzt kannst du dir dein Brot selber streichen oder die Marmelade mit dem Löffel essen!“ Offenbar hat Papa den Bogen überspannt.

Es war nämlich erst gestern, dass wir wieder die Gendarmerie im Haus hatten. Am Nachmittag sind zwei Gendarmen bei uns vor der Tür gestanden. Mama ist fast in Ohnmacht gefallen, weil Papa immer noch im Wohnzimmer auf der Couch gelegen ist und geraucht hat wie ein Schlot. Solange er einen Gips hat, kann er nämlich nicht arbeiten gehen. Mama hat mich zwar hinaufgeschickt, aber ich habe an der Wohnzimmertür gelauscht, weil ich mir auf keinen Fall entgehen lassen wollte, was da passiert. Der eine von den Gendarmen hat noch einmal wiederholt, was Papa alles angestellt hat, und dann hat er gesagt: „Sie sind also schwer alkoholisiert mit Ihrem Moped gefahren, Herr Niedermayr! Deswegen möchte ich um Ihren Führerschein bitten, der wird Ihnen nämlich auf Anordnung der Bezirkshauptmannschaft für drei Monate entzogen!“ Papa hat sich gewehrt und geltend gemacht, dass er ja zum Mopedfahren überhaupt keinen Führerschein braucht, aber das hat die Gendarmen überhaupt nicht beeindruckt. Mama hat nur so Sachen gesagt wie „Ich hab’s ja gewusst!“ oder „Da hast du’s!“. Ich habe fast den Eindruck gehabt, dass sie auf Seiten der Gendarmen war.

Es ist also ein bisschen viel zusammengekommen in den letzten Tagen, und jetzt sitze ich mit Magenschmerzen in meinem Klassenzimmer und warte auf Frau Professor Schlierberger, die heute die Zeugnisse für das zweite Trimester verteilen wird. Meine schlimmsten Alpträume wiederholen sich gerade vor meinem geistigen Auge. Drei Fünfer, in Musik, Geografie und Religion. Einer davon ist mir sicher, der Herr Professor Zauner wird seine Rache an mir zu einem grausamen Ende bringen, bei den anderen zweien besteht ja noch ein wenig Hoffnung. Und wenn ich heimkomme, wird Mama zusammenbrechen, und dann kann sie nicht mehr für den Führerschein lernen und wird durchfallen, und das kostet dann auch noch einen Haufen Geld, weil sie noch Fahrstunden nehmen muss. Wo doch der Neustädter Opi erst gestern da war, wegen der Geschichte mit dem lästigen Fahrlehrer.

Er ist extra mit dem Zug aus Neustadt hergefahren, weil er mit meinen Eltern reden muss, hat er gesagt. Fast wäre er mit den Gendarmen zusammengetroffen, die erst kurz vor seinem Eintreffen gegangen sind. Mich und Uschi haben sie wieder hinausgeschickt, und ich wollte vor dem Wohnzimmer Posten beziehen, aber Mama hat noch einmal die Tür aufgemacht. „Hab ich's mir ja gedacht!", hat sie gesagt. „Hinauf mit dir!" Ich bin dann zu Oma hinauf und die hat gemeint, wenn der Neustädter Opi extra mit dem Zug nach Kastenkirchen fährt, dann muss es etwas Wichtiges sein, und es hat sicher mit dem Fahrlehrer Dannhauser zu tun, der Mama belästigt hat. Opi hat ja versprochen, sich darum zu kümmern. Während er unten mit meinen Eltern geredet hat, habe ich mit Oma Mohnnudeln gekocht. Dafür muss man einen Erdäpfelteig machen, und weil ich Oma schon so oft geholfen habe, weiß ich auch, wie viel Mehl man ungefähr braucht, damit sie nachher nicht zu weich werden und im Kochwasser zerfallen. Im Gegensatz zu meinem Kochbuch „So kocht man in Wien" hat nämlich Oma überhaupt keine Rezepte, sie sagt, sie hat das alles im Kopf. Und ihre Mengenangaben lauten „ein bisserl" oder „ein bisserl mehr" oder sogar „ein Alzerl". Das ist sehr wenig. Wenn sie meint, man soll viel Mehl reingeben, dann sagt sie „gutding Mehl". Genauere Angaben sind ihr nicht zu entlocken, sie sagt, das muss man im Gefühl haben.

„Bei den Mohnnudeln darfst du nicht mit dem Butter und dem Zucker sparen!“, erklärt sie mir, als sie dicke Butterstücke in die Pfanne gleiten lässt, in der dann der Mohn angeröstet werden soll. „Sonst schmeckt's nicht!“ Das scheint überhaupt das Geheimnis von Omas Kochkunst zu sein. Viel Butter, und wenn nicht Butter, dann Schmalz, und gutding Zucker, wie Oma sagen würde.

Während Oma und ich dann bei den Mohnnudeln sitzen, nur zum Kosten, denn es soll sie für die ganze Familie zum Abendessen geben, hört man unten die Haustür, und kurz darauf kommt Mama herein. „Das hätten wir jetzt auch!“, seufzt sie. Oma sieht sie fragend an. „Den Fahrlehrer haben sie entlassen. Papá hat seine Beziehungen spielen lassen. Da kann man froh sein, wenn man so jemanden hat!“ Mir entgeht nicht, dass das eine Spitze gegen unseren Papa ist, aber ich sage nichts und stopfe mir noch eine dicke Mohnnudel in den Mund. „Ich sag's dir!“ Mich trifft ein scharfer Seitenblick. „Wenn ich durch die Führerscheinprüfung falle, dann ist das das Ende. Der Adolf würd's mir nie verzeihen! Und er würde dann erst recht behaupten, dass Frauen nicht fürs Autofahren taugen! Also reiß dich zusammen, Siegfried, dass das mit dem Zeugnis klappt!“ Ich könnte Mama jetzt darauf hinweisen, dass es zum Zusammenreißen längst zu spät ist, weil Frau Professor Schlierberger die Zeugnisse sicher längst geschrieben und gestempelt hat. Aber ich verkneife es mir.

Es hat sich also einiger Druck aufgestaut bei uns in der Familie, und ich fürchte, dass der zu einer Explosion führen wird, wenn ich heute mit meinem Zeugnis nach Hause komme. Die Schulglocke hat schon vor einiger Zeit geklingelt, und ich frage mich, warum die Frau Professor noch nicht da ist. Sonst ist sie doch immer so pünktlich.

Aber wahrscheinlich sind das nur meine Nerven. Plötzlich fliegt die Tür auf. Neben ihrer voluminösen Tasche in der rechten trägt die Frau Professor eine Mappe in der linken Hand. Da müssen die Zeugnisse drin sein. Wir stehen auf, aber meine Beine wollen mir fast den Dienst versagen. Ich habe das Gefühl, als würde ich jeden Moment zusammenbrechen. Leider hält die Frau Professor, nachdem wir uns wieder gesetzt haben, eine längere Ansprache, und ich habe wieder einmal das Gefühl, als müsste ich dringend aufs Klo.

„Die Entscheidung naht, meine Herren!", spricht die Frau Professor düster. Mit einer steilen Falte auf der Stirn. „Und einige von euch werden ihre Einstellung zur Schule gründlich, aber ganz gründlich überdenken müssen, wenn sie auch nächstes Jahr noch hier sein wollen." Dann erzählt sie uns, dass es von ihrer letzten ersten Klasse, in der auch 38 Buben gesessen sind, nur 13 bis zur Matura geschafft haben und dass da einige dabei gewesen wären, die das Zeug dazu gehabt hätten, aber zu faul und zu unwillig gewesen sind, um das Nötige dafür zu tun. Während ich schon Fantasien von Papa bekomme, wie er mit dem erhobenen Teppichklopfer auf mich zukommt, um mir den Hintern zu versohlen, öffnet sie plötzlich ihre Mappe und sagt laut: „Ablinger!" Das ist der Erste im Alphabet in unserer Klasse. „Gerade noch die Kurve gekratzt!", sagt sie, als der Ablinger mit seinem Zeugnis wieder zu seinem Platz schleicht. Als er an mir vorbeikommt, kann ich deutlich riechen, dass er heute Früh Stalldienst gehabt haben muss und sich nachher nicht umgezogen hat. Den Ablinger beneide ich ein wenig, denn er ist groß und stark. Obwohl er meist nach Kuhstall riecht, traut sich niemand, ihn zu ärgern, weil er dafür mit einer saftigen Abreibung rechnen müsste. Der Herbert kommt mit seinem Zeugnis zurück in unsere Bank, legt es mit der Oberseite nach unten auf das Pult, faltet die Hände und schickt einen Blick nach oben. Ich frage mich, ob er wirklich glaubt, dass das jetzt noch was hilft. Denn wenn er meint, dass Jesus sein Zeugnis noch ändern kann, wenn er es schon bekommen hat, dann ist er wirklich endgültig dem religiösen Wahn verfallen.

„Niedermayr!", sagt die Frau Professor schließlich, und ich schrecke hoch. Jetzt ist es so weit, ich werde das Urteil demütig in Empfang nehmen, und dann werde ich zum Klausnersee hinuntergehen und mich von der Brücke ins eiskalte Wasser stürzen, um jämmerlich zu ertrinken. Und alle, die daran schuld sind, werden bittere Tränen um mich weinen, sogar der Herr Professor Zauner. Obwohl ich nicht genau weiß, ob böse Nazis überhaupt wegen irgendwas weinen müssen.

„So ein Zeugnis habe ich überhaupt noch nie gesehen!", runzelt die Frau Professor die Stirn. „Ausgerechnet in den Nebenfächern! Da musst du dich aber anstrengen, Sigi! Vor allem, was das Verhalten betrifft! Nur reden, wenn du gefragt bist!" Ich wage keinen Blick auf das Zeugnis. Vielleicht ist es besser, ich zerreiße es und werfe die Schnipsel vor meinem Freitod in den See. Als ich in meine Bank zurückkehre, hat der Herbert sein Zeugnis umgedreht und grinst wie ein frisch lackiertes Hutschpferd. „Religion eins!", flüstert er mir zu.

Irgendwann muss es ja sein, und ich drehe das Blatt um, überfliege die senkrechte Reihe der Noten. Kein Fünfer! Es steht kein Fünfer auf dem Zeugnisblatt. Aber vielleicht haben sie hinten etwas draufgeschrieben. Dass ich aus der Schule geworfen werde oder so. Wegen unmöglichen Benehmens! Ich drehe das Blatt um, aber hinten sind nur eine Unterschrift und ein Stempel. In Geografie hat mir der Zauner ein 4E gegeben, das heißt ein Vierer mit Ermahnung. Gemeint ist damit, dass der Vierer schon zum Fünfer hintendiert und man sich gehörig anstrengen muss, dass man noch durchkommt. Ich hätte nie gedacht, dass der Zauner auf den Fünfer verzichtet, nie! Aber das mit dem 4E werde ich Papa und Mama auch irgendwie erklären müssen. Vielleicht kann ich sie davon überzeugen, dass es ein Vierer mit Ehre ist, also knapp am Dreier. Mal sehen.

Ich muss vor Erleichterung mein Gesicht in beide Hände legen, als ich sehe, dass ich in Religion einen Zweier und in Musik einen Dreier habe. Ich kann es mir nur so erklären, dass es einen Irrtum gegeben haben muss und die Noten mit jemand anderem vertauscht worden sind. Dann habe ich noch zwei Dreier, in Mathematik und in Turnen, sonst lauter Einser. Ich zähle durch: Deutsch, Englisch, Naturgeschichte, Bildnerische Erziehung. Vier Einser. Nicht so viel, dass es die drei Dreier und den Vierer aufwiegen könnte. Und in Betragen habe ich auch wieder ein „Gut" bekommen. Man muss natürlich wissen, dass alles außer „Sehr gut" einer Bestrafung gleichkommt. Da tröstet es mich auch nicht, dass der Zöbinger, der im Alphabet der Letzte ist, drei Fünfer bekommen hat. In Deutsch, Mathematik und Englisch. „Das einzig Positive ist", sagt die Frau Professor zum Zöbinger, „dass du wenigstens keinen Vierer hast!"

Das ist doch überhaupt nicht zu fassen. Herr Professor Zauner hat dem Zöbinger eine bessere Note in Geografie gegeben als mir! Das ist eine unglaubliche Ungerechtigkeit! Ich strecke die Hand hoch und beginne, mit den Fingern zu schnippen, als die Frau Professor mich nicht gleich drannimmt. „Ja, Sigi?", sagt sie schließlich. „Das gibt es doch nicht!", platze ich heraus, „dass der Zöbinger einen Dreier in Geografie hat und ich einen Vierer mit Ermahnung!

Das ist ungerecht!“ Die Frau Professor legt abermals die Stirn in Falten. „Sigi, reiß dich zusammen!“, faucht sie. „Das ist weder die Zeit noch der Ort, um solche Dinge zu besprechen! Denk lieber einmal über dein Verhalten nach und geh nicht auf andere los!“ Ich bin fassungslos. Gleich die nächste grobe Ungerechtigkeit – sie hat sich auf die Seite vom Zöbinger geschlagen! Und mich verraten!

Der Herbert stößt mich in die Seite. „Weißt du eigentlich, warum du einen Zweier in Religion bekommen hast?“, fragt er. Ich habe gerade ganz andere Sorgen. Der Herbert redet aber trotzdem gleich weiter. „Weil die, die sich immer zum Vorbeten melden in der Stunde, die merkt er sich. Und die kriegen einen Einser. Und alle anderen kriegen einen Zweier, weil er sich nicht mehr erinnern kann, was eigentlich bei der Prüfung herausgekommen ist. Weil er sich eh nie was aufschreibt. Ist dir das nicht aufgefallen?“ Ich muss zwar zugeben, dass das eine eigenartige Form der Notenfindung ist, kann mich aber trotzdem mit dem Zweier in Religion nicht über den ungerechten Vierer mit Ermahnung in Geografie hinwegtrösten.

„Ich hab einen Vorzug!“, erklärt mir der Herbert freudestrahlend. „Schau! Wenn man mehr als die Hälfte Einser hat ...“ Er hält mir sein Zeugnis hin. Er hat zwar Einser in Religion, Naturgeschichte, Geografie, Turnen und Zeichnen, aber dafür jeweils einen Dreier in Deutsch, Englisch und Mathematik. „Ich glaube nicht, dass das für einen Vorzug reicht“, erkläre ich ihm. „Mit drei Dreiern!“ „Nicht?“, fragt er und verzieht das Gesicht, als wollte er gleich zu weinen beginnen. Es ist eine Schande. Der Herbert einen Einser in Geografie. Da könnte man fast zerplatzen vor Wut. Die Nazis müssen furchtbar schlechte Menschen gewesen sein. Denen traue ich jetzt alles zu.

„Gehst du nicht zum Bahnhof?“, fragt mich nach der

Schule der Herbert. Ich schüttle den Kopf. „Ich muss noch ... zum Arzt!“, suche ich nach der erstbesten Ausrede. „Zu welchem denn?“ Der Herbert gibt keine Ruhe. „Zum ... zum Augenarzt!“, fällt mir ein, denn mein Augenarzt ist tatsächlich in Seeklausen. Ich muss jedes Jahr einmal hin, weil ich so kurzsichtig bin. Das macht mir aber nichts aus, weil beim Augenarzt tut es nicht weh. Leider hat der Augenarzt jedes Jahr schlechte Nachrichten für mich, ich werde immer kurzsichtiger. Ich merke es jetzt schon – mit der Brille vom vorigen Herbst sehe ich alles, was an der Tafel steht, schon ein wenig unscharf. Aber heute nehme ich den Augenarzt nur als Ausrede her, weil ich noch nicht nach Hause will. Ich muss mir erst gut überlegen, mit welchen Erklärungen ich vor meine Eltern hintrete. Und ob ich nicht tatsächlich das Zeugnis zerreißen und in den See schmeißen soll. Dann könnte ich zu Hause erzählen, die Frau Professor hat es wieder mitgenommen, weil sie sich verschrieben hat, bei einer Note. Und dass ich dann nach den Osterferien ein neues bekomme. Ja, das ist eine gute Idee. Aber dazu brauche ich das Zeugnis gar nicht zerreißen, ich kann es auch irgendwo verstecken, in meinem Zimmer unter der Matratze, zum Beispiel.

Als ich endlich am Bahnhof ankomme, steht kein einziger Schüler mehr auf dem Bahnsteig, sie sind alle schon nach Hause gefahren. Was ich mir nicht überlegt habe, ist, wie ich mein verspätetes Erscheinen zu Hause erklären soll. Den Zug habe ich versäumt, werde ich sagen. Weil ich Klassenordner bin und noch die ganze Tafel löschen habe müssen. Ja, das ist eine gute Erklärung. Aber leider nicht für zwei weitere Züge, die ich versäumt habe. Vom Tafellöschen bin ich so müde geworden, dass ich auf einer Bank am Bahnhof eingeschlafen bin und den nächsten Zug auch versäumt habe. Das könnte gehen.

Leider kommt es nicht so, wie ich es mir vorgestellt habe. Als ich mich nämlich auf den Bahnsteig stelle, um in meinen Zug einzusteigen, kommen aus dem Bahnhofsrestaurant ein paar Schüler heraus. Ich kenne sie flüchtig, sie sind, glaube ich, aus der dritten oder vierten Klasse. Sie kichern und grölen, sodass ich annehme, dass ihnen der Bahnhofswirt wieder einmal Bier verkauft hat. Dafür ist er bekannt, ab der zweiten Klasse kannst du beim Bahnhofswirt jederzeit ein Seidel Bier bestellen, und wenn du es bezahlst, dann bekommst du es auch. Außerdem haben die drei Pappteller mit Frankfurter Würsteln in Händen.

Das, so erinnerte er sich, war eines der dunkleren Kapitel der sechziger Jahre. Jugendliche und sogar Kinder hatten keinerlei Probleme gehabt, an Alkohol zu kommen, er war überall, sogar in Wirtshäusern, bedenkenlos an sie verkauft und ausgeschenkt worden. Kaum ein Erwachsener hatte sich eingemischt, wenn Jugendliche in einem Gasthaus getrunken hatten, niemand hatte auf die entsprechenden gesetzlichen Bestimmungen hingewiesen, die es natürlich auch damals schon gegeben hatte. Es war nicht zuletzt ein Grund für die Alkoholprobleme seines Vaters gewesen, dass zu jeder Zeit und überall getrunken wurde, natürlich auch während der Arbeit. Er selbst hatte einmal in den Ferien auf dem Bau gearbeitet und war hauptsächlich damit beschäftigt gewesen, die Maurer, die oft hoch oben auf den Gerüsten gearbeitet hatten, mit Bier zu versorgen. Auch auf der Post hatte es nicht wenige gegeben, die schon am frühen Morgen, beim Einsortieren der Post, die Bierflasche neben sich stehen hatten.

„Was schaust denn so blöd?“, pöbelt mich einer der drei an. Ich bemühe mich wegzusehen und gehe ein paar Schritte zur Seite. Leider tauchen die drei auch im Waggon lärmend wieder auf und setzen sich genau gegenüber von mir hin. Zunächst sind sie mit ihren Würsteln beschäftigt, und während sie sich unterhalten, merke ich, dass sie wahrscheinlich mehr als ein Seidel bekommen haben. Sie grölen herum, schreien durch den Waggon, der leider nur spärlich besetzt ist. Niemand kümmert sich um sie.

„Er schaut schon wieder so blöd!“, sagt einer der drei plötzlich und deutet dabei auf mich. Er hält nur noch den leeren Pappteller in der Hand, auf dem sich noch ein Klecks Senf befindet. „Vielleicht mag er noch ein bisschen Senf!“, kichert der Zweite und deutet auf den Pappteller. Ich entschließe mich zum Rückzug, was ich schon viel früher hätte tun sollen. Doch gerade, als ich den dreien den Rücken kehre, packt mich jemand von hinten und presst mir den mit Senf verklebten Pappteller gegen das Gesicht. Ich versuche mich loszureißen und spüre, wie mir ein weiterer Pappteller auf den Kopf gedrückt wird. Erst dann gelingt mir die Flucht. Den Rest der Fahrt verbringe ich auf der offenen Plattform des nächsten Waggons. Mit den Ärmeln wische ich mir notdürftig den Senf aus dem Gesicht, mit dem Ergebnis, dass auch meine Jacke verschmiert ist. Ich sehe an mir herunter. Ein paar Batzen Senf kleben auch vorne an meiner Jacke, an meine Haare mag ich gar nicht denken. Der Schaffner schüttelt den Kopf, als er meinen Fahrausweis kontrolliert, sagt aber nichts.

Ich gehe sicher nie mehr in die Schule. Wahrscheinlich gehe ich auch nie mehr aus dem Haus, ich werde ein Privatgelehrter. Wenn mich meine Eltern nicht hinausschmeißen. Das Leben ist einfach furchtbar, man weiß überhaupt nicht, worauf man sich noch freuen soll. Ich werde mich zu Hause draußen im Grander waschen und dann die Tür zusperren und mich ins Bett legen. Decke am besten über den Kopf. Ja, das werde ich machen.

Als ich vorsichtig an der Haustür vorbeischleiche, um hinter das Haus zum Grander zu gelangen, löst sich mein Plan allerdings in Luft auf. Papa steht in der Tür. „Wo warst du? Warum kommst du erst jetzt?“ Ich starre ihn an und antworte erst einmal nicht, weil mir sogar die billige Ausrede mit den versäumten Zügen nicht mehr einfällt. „Na warte!“, droht mir Papa mit erhobenem Zeigefinger. „Komm nur herein! Komm nur herein!“ Was ist denn mit ihm los? Wegen ein bisschen Verspätung muss er doch kein solches Theater aufführen. In mir keimt ein fürchterlicher Verdacht.

„Um Gottes willen!“ Mama bemerkt, im Unterschied zu Papa, sofort, dass mit mir etwas nicht in Ordnung ist. „Wie siehst du denn aus? Was hast du denn da wieder angestellt? Komm sofort ins Bad!“ Sie zieht mich mit sich, beklagt ausführlich den Zustand meiner Jacke, als sie sie mir auszieht, und drückt mich zum Waschbecken. Während sie mir den Kopf einseift, bombardiert sie mich mit Fragen. „Wer war das? Was war da los? Und warum bist du nicht gleich aus der Schule gekommen? Wir haben uns solche Sorgen gemacht! Was ist mit dem Zeugnis? Glaubst du, ich kann da für die Führerscheinprüfung lernen, wenn du mir solchen Kummer machst?“ Die Seife brennt in den Augen, und so viele Fragen auf einmal kann ich nicht beantworten, deshalb halte ich lieber den Mund, weil mir sonst wahrscheinlich ohnehin das Wasser hineinlaufen würde.

Wenig später sitze ich, einigermaßen wiederhergestellt, auf der Anklagebank, die in diesem Fall einer unserer Küchensessel ist. „Wir wissen alles!“, eröffnet Mama die Anklage. Es ist schwierig, darauf zu antworten, denn erstens kann ich nicht abschätzen, wie viel „alles" wirklich ist, und zweitens war es keine Frage. „Wo ist das Zeugnis?", fragt Papa. Uschi drückt sich auch an den Tisch. „Kriegt der Sigi jetzt eine Strafe?", mischt sie sich ein. „Geh spielen!", fährt Mama sie an. Uschi zuckt zurück und rennt schließlich weg, niemand scheint davon Notiz zu nehmen.

„Also?", geht das Verhör weiter. Ich krame in meiner Schultasche. „Ich habe vier Einser!", versuche ich, meine Leistungen ins rechte Licht zu rücken. „Und das mit ... also, in Geografie, da hat mir der Zauner einen Vierer gegeben. Das ist aber total unger..." „Das wissen wir schon!", fährt Mama mir dazwischen. „Ich habe nämlich in der Schule angerufen, als du auch mit dem späteren Zug nicht gekommen bist. Und da habe ich die Frau Professor Schlierberger dranbekommen, die war noch in der Schule. Und sie hat mir von deiner Unverschämtheit erzählt. Dass du die Lehrer dauernd mit unnötigen, dummen Fragen nervst. Und dich überall einmischst. Da geschieht dir der Vierer nur recht!"

So ist das also. Die Frau Professor hat mich auch verraten. Wenn das überhaupt stimmt, was Mama da erzählt. „Hat sie das wirklich gesagt?", frage ich und merke, wie sich meine Augen bereits mit Tränen füllen. „Dass ich unverschämt war?" „Na, vielleicht nicht mit genau diesen Worten", gesteht Mama zu. „Aber darauf ist es hinausgelaufen. Dass du dein vorlautes Mundwerk nicht halten kannst!" Die Tränen fließen. Es fällt mir nichts ein, was ich zu meiner Verteidigung vorbringen könnte.

„Du bist vielleicht ein Depp!", schreit Papa plötzlich. „Wenn ich keinen Gips hätte, dann ... was glaubst du, was ich dann mit dir machen würde? Jetzt geht's ab in die Hauptschule, darauf kannst du Gift nehmen! Und wenn du so weitermachst, dann wird dich nicht einmal der Kirchenwirt als Kochlehrling nehmen!“ Er holt mit der gesunden Hand aus, aber Mama fährt ihm dazwischen.

„Ich möchte es noch einmal von dir hören! Was war da mit dem Zauner? Womit hast du ihn so aufgebracht?“, fragt sie. Leider kann ich nur unkoordiniert antworten, weil ich von Schluchzern geschüttelt werde. „Ich hab nur wissen wollen, was ein Nazi ist! Weil doch der Onkel Franz ... Ich hab wirklich nur gefragt!“ Plötzlich ist es still im Wohnzimmer. „Woher weißt du vom Franzl?“, flüstert Papa. „Wer hat dir was erzählt?“ „Zu Weihnachten!“, heule ich. „Da hat der Onkel Alfons ... da hat er vom Franz ... und dann hab ich Oma gefragt ... und sie hat mir ... sie hat sogar noch ein Foto ...“ Die Wut meiner Eltern scheint verraucht, beide sinken sie auf die Küchensessel.

„In der Schule meinen sie anscheinend, dass dir ein Oberstufenschüler eingeredet hat, dass du diese Frage stellen sollst!“, nimmt Mama den Faden wieder auf. Ich schüttle heftig den Kopf. „Die Frau Professor Schlierberger und meine Mathematiklehrerin, die haben mir gesagt, dass der Zauner eben ein Nazi war, ein ganz böser, und dass er geglaubt hat, ich will ... auf jeden Fall hat er mich hundsgemein geprüft, und sogar der Herbert hat einen Einser, und das ist alles ...“ Die Wut meines Vaters flackert wieder auf, wendet sich aber plötzlich gegen den Herrn Professor Zauner. „Das ist ja ... da geh ich jetzt hin, und den mach ich zur Schnecke! Der kann sich auf etwas gefasst machen!“ Er steht auf und macht tatsächlich Anstalten, ins Vorhaus hinauszugehen, um sich anzuziehen. Was er allerdings mit seinem Gips sowieso nicht kann. „Du wirst gar nichts!“, kommandiert Mama scharf. „Denk daran, wie es ausgegangen ist, als du den Fahrlehrer zur Schnecke machen wolltest! Nächsten Monat ist deine Gerichtsverhandlung!“ Ich bin sehr erstaunt, als Papa ihr gehorcht.

Anstatt zur Garderobe geht er zum Kühlschrank, holt sich ein Bier heraus und öffnet es geschickt mit einer Hand.

Mama wirft uns beiden fast verzweifelte Blicke zu. „Wie soll ich denn da für meine Führerscheinprüfung lernen? Wenn ihr mir nichts als Schwierigkeiten macht?" Ich habe mich ein wenig erfangen und kann wieder klar denken. „Ich könnte kochen. Heute gleich, und morgen. Dann brauchst du vor deiner Prüfung überhaupt nichts mehr tun!" Gott sei Dank lächelt Mama. „Ja, ja!", sagt sie dann aber mit einer wegwerfenden Handbewegung. „Und wer heizt den Badeofen ein? Er vielleicht?" Sie deutet mit einer geringschätzigen Handbewegung nach Papa. „Mit einer Hand? Und die zweite, die braucht er ja meistens für die Bierflasche. Oder für die Zigarette!" Dann zeigt sie mit dem Finger auf mich und zieht die Augenbrauen hoch. „Du brauchst aber nicht glauben, dass du damit einer Strafe entgehst! Du musst endlich einmal begreifen, dass mit dem Hinausschreien und dem Blöde-Fragen-Stellen Schluss sein muss! Am Ende des Schuljahres wollen wir ein ‚Sehr gut' in Betragen sehen, hörst du?" Ich nicke eifrig. „Hausarrest in den Osterferien, und Fernsehverbot auch. Für die ganzen Ferien. Dass du's dir merkst!" „Aber ...", beginne ich einen Einwand.

Was soll ich denn die ganzen Osterferien tun, wenn ich nicht hinausdarf und auch nicht fernsehen? Wo es doch gerade in den Ferien ein halbwegs brauchbares Kinderprogramm geben würde! Und da dürfte ich auch am Abend schauen, wenn ich am nächsten Tag keine Schule habe! „Das ist ungerecht! Ich habe ..." „Halt jetzt endlich die Pappen! Und red nie wieder vom Franzl!", schreit Papa, sodass ich zurückzucke. Vielleicht ist es gescheiter, jetzt keine Argumente gegen die Strafe vorzubringen.

Die Zeit bis zum Abendessen verbringe ich in meiner Dachschräge und hadere mit der Welt. Alles scheint sich gegen mich verschworen zu haben. Der Zauner hat blutige Rache an mir geübt, die Frau Professor Schlierberger hat mich verraten, und meine Eltern glauben mir nicht. Und wenn Papa seine Drohungen wahrmacht, dann sind meine Tage im Gymnasium in Seeklausen vorbei. Wie soll ich denn in der Hauptschule vor die neue Klasse hintreten und erklären, warum ich nicht mehr im Gymnasium bin? Wegen einem 4E in Geografie? Das überlebe ich nicht. In der Hauptschule sind die, die vom Gymnasium kommen, eh nicht gern gesehen, weil man dort meint, wir halten uns für was Besseres.

Ich habe mir aus der Bücherei „Die Pyramide des Sonnengottes" geholt, einen Karl May, der in Mexiko spielt. Es ist schon spannend, aber irgendwie vermisse ich Winnetou und Old Shatterhand, lege das Buch weg und nehme mir noch einmal „Winnetou I" her, den ich sicher schon dreimal gelesen habe. Da fühle ich mich mehr zu Hause, das Greenhorn Old Shatterhand vermittelt mir wertvolleren Trost als der Karl Sternau in Mexiko. Komisch ist es irgendwie schon, dass die Helden meist aus Deutschland kommen und Karl heißen, so wie der Autor. Old Shatterhand heißt nämlich in Wirklichkeit auch „Karl", Winnetou nennt ihn immer „mein Bruder Scharlie".

Erst am Abend schleiche ich zu Oma hinunter, die ein Krenfleisch für uns gemacht hat, damit Mama Zeit zum Lernen hat. Die ist beim Abendessen gar nicht dabei. Normalerweise gibt es ja am Abend kein warmes Essen, aber Oma hat wieder einmal zu viel gekocht und möchte ihr Krenfleisch gerne weiter haben, wie sie sagt. Das bedeutet, dass es gegessen werden soll, bevor es schlecht wird.

„Wenn sie sich so anstellt“, sagt Papa zwischen zwei Bissen Krenfleisch, „dann fällt sie sowieso durch. Sie ist ja nur noch ein Nervenbündel. Da sieht man wieder einmal, dass das Autofahren gar nichts für Frauen ist.“ Oma blitzt ihn an. „Du schau lieber, dass du wieder dein Essen selber schneiden und arbeiten gehen kannst. Vorher brauchst du gar nicht so groß daherreden!“ Das mag Papa gar nicht, wenn sie ihn vor uns Kindern so zurechtweist. Er wirft den Löffel in den Teller und wischt sich den Mund. „Das brauche ich mir aber nicht sagen lassen!“, braust er auf. „Der Herr im Haus bin immer noch ich!“ „Ja, ja!“, sagt Oma nur. „Gut, dass wir einen Herrn im Hause haben!“

Das mit dem Herrn im Haus, das packt Papa immer aus, wenn er sonst nicht mehr weiterweiß. Ich bin gespannt, ob ich auch einmal ein Herr im Haus werde und ob ich das überhaupt möchte. Auf jeden Fall muss meinem Papa jetzt Oma das Krenfleisch klein schneiden, dass er überhaupt essen kann. Es ist nicht nur, dass er nur einen Arm verwenden kann, auch der fehlende Zahn macht ihm beim Kauen Schwierigkeiten. So kommt ihm das weiche Krenfleisch gerade recht. „Morgen ist Palmsonntag“, sagt Oma. „Da geh ich zuerst in die Kirche. Aber ich hab Surschnitzel besorgt, bei der Nachbarin. Die haben noch welche übrig gehabt von der Sau, die sie im Winter gestochen haben.“

„Die könnte ja ich machen, wenn du in der Kirche bist!“, biete ich an. Wenn ich Hausarrest habe, dann wird mir sowieso langweilig. „Kannst du das denn allein?“, fragt Oma skeptisch. Papa kichert nur. „Na, ob man die dann essen kann?“ Uschi pflichtet ihm sofort bei. „Wenn der Sigi die Schnitzel macht, dann mag ich sie nicht!“ Oma winkt ab. „Seid’s froh, wenn euch jemand was Gutes tut! Der Sigi ist schon ein ganz ausgezeichneter Koch!“ Schnitzel sind jetzt wirklich kein Problem. Ganz allein habe ich sie zwar noch nie gemacht, aber zugeschaut habe ich schon oft, und auch der Fernsehkoch hat sie schon einmal zubereitet. „Ich mach sie aber lieber am E-Herd unten!", erkläre ich. Den Holzofen in Omas Küche richtig einzuheizen, das traue ich mir nämlich nicht zu.

Am nächsten Tag mache ich mich gleich nach dem Frühstück ans Werk, während Oma noch in der Kirche ist und Mama über ihren Fahrschulbüchern brütet. „Wenn ich dann aber alle fünf Minuten nachschauen kommen muss, dann kann ich die Schnitzel gleich selber machen!", sagt sie noch. „Ich kann das schon! Nur keine Angst!" Als ich aber so ganz allein in der Küche stehe, wird mir doch ein wenig bang. Ich stelle zuerst die Erdäpfel auf, die brauchen eine Dreiviertelstunde. Dann lass ich sie ein wenig abkühlen, damit ich sie leichter schälen kann. Die Schnitzel, das habe ich mir bei Oma abgeschaut, muss man ganz flachklopfen. „Tu nicht zu viel Salz drauf!", hat mir Oma noch geraten. „Weil die Surschnitzel, die sind vom Pökelsalz sowieso schon salzig!" Während also die Erdäpfel kochen, klopfe ich die Schnitzel und würze sie mit wenig Salz und Pfeffer. Manchmal, stelle ich fest, habe ich ein wenig zu fest zugeschlagen, und die Schnitzel sind ein bisschen wie Fetzen mit zerrissenen Rändern. Aber das wird ihnen nicht schaden. Das Panieren klappt ganz gut, nur habe ich mich bei den Eiern verschätzt, fünf hätte ich nicht gebraucht. Damit niemand merkt, dass ich Eier verschwendet habe, schütte ich sie in die Abwasch.

Bei den ersten Schnitzeln ist das Fett ein bisschen zu heiß, die werden sehr dunkelbraun, aber den Rest kriege ich gut hin. Auch einige von den Petersil-Erdäpfeln haben eine sehr dunkle Kruste, weil ich einfach so vieles zugleich machen muss, dass ich auf das Umdrehen vergesse. Um halb zwölf bin ich eigentlich fertig und wasche mir die

Hände. Die Schnitzel und die Erdäpfel stelle ich zum Warmhalten ins Backrohr, denn gegessen wird erst um zwölf.

„Die Schnitzel schauen aber komisch aus!“, beschwert sich Uschi, noch bevor sie gekostet hat. Mama aber ist diesmal ganz auf meiner Seite. „Brav warst du, Siegfried. Ich hab in deinem Alter nicht einmal einen Kaiserschmarren aufwärmen können!“ Papa sagt nichts, dreht aber sein Schnitzel und seine Erdäpfel mehrmals herum, obwohl er die Gabel mit der Rechten nur mühsam festhalten kann. Er kratzt an der dunklen Kruste, bevor er ungelenk mit dem Messer in der linken Hand ins Schnitzel schneidet. „Herrschaftszeiten!“, schimpft Papa, nachdem er den ersten Bissen in den Mund gesteckt hat. „Wie viel Pfeffer hast denn da draufgetan?“ Ich zucke mit den Schultern. „Ein bisschen!“

Als ich selber koste, merke ich, dass das Schnitzel tatsächlich ziemlich scharf schmeckt. Und ein wenig trocken ist es auch, wahrscheinlich, weil es noch so lang im Backrohr gelegen ist. Uschi schiebt ihres gleich weg. „Mag ich nicht!“, jammert sie. „Jetzt seid doch nicht so streng!“, mischt Mama sich ein. „Ich find's großartig, dass sich der Siegfried so fürs Kochen interessiert. Hast für die Uschi vielleicht ein Brösellaibchen?“ „Brösellaibchen?“, wiederhole ich. Schlagartig fällt mir ein, dass Mama die immer aus dem übriggebliebenen Ei macht. Das ich einfach weggeschüttet habe. „War kein Ei übrig!“, antworte ich und stopfe mir einen Bissen Schnitzel in den Mund. Es ist eines von den dunklen, und es schmeckt auch ein wenig bitter und vor allem scharf, aber wenigstens weiß ich beim nächsten Mal, was ich anders machen muss. „Es ist noch kein Meister vom Himmel gefallen!“, erklärt Mama und beißt tapfer in ihr Schnitzel. Am Ende bin ich erleichtert, dass doch alle Schnitzel aufgegessen worden sind.

„Kann ich ...“, beginne ich eine Frage, aber Mama unterbricht mich und streckt mahnend den Zeigefinger in die Höhe. „Hausarrest bleibt natürlich aufrecht!“, sagt sie. „So einfach kommst du mir nicht davon!“ „Aber ...“ Wieder komme ich nicht weiter. „Aber vielleicht darfst du heute Abend mit uns fernsehen. Da wär der Kulenkampff!“ „Oh bitte!“ Ich verlege mich aufs Flehen und Betteln, obwohl das eigentlich unwürdig ist. Hans-Joachim Kulenkampff ist der Showmaster von „Einer wird gewinnen“, einer spannenden Quizsendung, in der Kandidaten aus acht Ländern antreten. Der Sieger oder die Siegerin bekommt 8000 Mark, das sind ungefähr 56.000 Schilling, also unglaublich viel Geld. Wenn ich einmal groß bin, bewerbe ich mich dort sicher als Kandidat, denn die meisten Fragen weiß ich sowieso. Ich muss nur hoffen, dass nichts aus Musik kommt und möglichst viel aus Raumfahrt, dann könnte das klappen. Mit 56.000 Schilling kann man ein nagelneues Auto kaufen, außerdem werde ich berühmt! Die Sendung muss ich unbedingt sehen! „Ich wasch auch noch das ganze Geschirr!“ „Gut!“, nickt Mama und deutet auf die Küchenanrichte. Sie ist leider ein Schlachtfeld, mit der Organisation hab ich’s noch nicht so.

14 Die Führerscheinprüfung

Mit einem lauten Rumpeln sprang im Keller die Heizung an, und im Heizkörper direkt neben ihm begann es zu gluckern. Das musste nicht sein, wozu heizen, wenn er abends ohnehin wieder nach Hause fuhr? Er stieg seufzend in den Keller hinunter. Die historische Ölheizung, die war jedenfalls eine Hypothek, wenn er das Haus verkaufen würde. Der neue Besitzer musste sofort in eine neue Heizung investieren, so viel war sicher. Er erinnerte sich noch gut, wie stolz die Eltern gewesen waren, als man endlich von der mühseligen Koksheizung auf Öl hatte umstellen können. Alles funktionierte nun auf Knopfdruck, und man musste lediglich an einem Schalter drehen, um es ein bisschen wärmer zu haben. Was aber Papa nicht daran gehindert hatte, unmäßig zu fluchen, wenn er dem Tankwagenfahrer den Lieferschein unterschreiben musste.

Es war teuer, das alte, schlecht isolierte Haus zu heizen. Auch das würde den Preis drücken, wenn er verkaufte – an den Außenwänden war immer noch keine Wärmedämmung angebracht worden.

Am Montag der Karwoche habe ich zwar frei, aber immer noch Hausarrest. Wenigstens ist das Fernsehverbot gelockert worden, und ich habe mir am Samstagabend „Einer wird gewinnen“ anschauen dürfen. Papa ist eingeschlafen, aber ich habe sogar im Finale zumindest zwei Fragen gewusst. Und eine fast. Am Sonntag darf ich mir „Flipper“ anschauen, das ist eine neue Kinderserie mit einem Delphin, da hat mir die erste Folge besonders gut gefallen. Delphine sind ab sofort meine Lieblingstiere.

Der Montag ist unglaublich langweilig, Mama ist in der Früh mit dem Zug nach Seeklausen zur Führerscheinprüfung gefahren, und Papa hat nichts anderes zu tun, als im Wohnzimmer auf dem Sofa zu liegen, Zigaretten und Bierflasche immer in Griffweite. Gelegentlich beschwert er sich, dass Mama mit dem Auto in der Gegend herumfährt, anstatt ihm was Ordentliches zu kochen. Er wirkt überhaupt nicht nervös, aber ich bin sehr gespannt, wie es Mama bei der Prüfung gehen wird. Uschi hat sich mit ihren Puppen in ihr Zimmer zurückgezogen, und ich habe den Auftrag bekommen, mich um die Heizung zu kümmern, weil es wieder kalt geworden ist.

Meine Eltern haben nämlich vor ein paar Jahren eine Zentralheizung einbauen lassen, das war furchtbar umständlich, sehr teuer und eine riesige Baustelle, weil in alle Wände Löcher gestemmt werden mussten. Sogar in den Boden meines Dachzimmers haben sie ein Loch gestemmt, durch das ich wochenlang hinunter in die Wohnung der Großeltern schauen hab können, bis der Heizkörper eingebaut und das Loch wieder zubetoniert worden ist. Aber jetzt braucht man nur mehr im Keller einen einzigen Ofen einzuheizen, und es wird im ganzen Haus warm. Sogar in meinem Zimmer. Da hat es nämlich vorher überhaupt keine Heizung gegeben.

Heuer habe ich gelernt, wie man einheizt. Man braucht zuerst ein Holzfeuer, und wenn es heruntergebrannt ist und nur noch glüht, kann man ein paar Schaufeln Koks dazutun, und wenn der dann glüht, vielleicht noch einen halben Kübel oben drauf. Man muss aber immer darauf achten, dass die Luftzufuhr passt, sonst erstickt das Feuer. Ich bin recht stolz darauf, dass ich mit der Zentralheizung schon zurechtkomme. Oma ist nicht mehr fit genug für die vielen Stufen und den schweren Kübel, Papa kann mit seinem Gips nicht einheizen und Mama ist nicht da. Die macht es aber ohnehin nur ungern. Ihre Freundin, die Hettegger Heidi, sagt sie, die haben voriges Jahr eine Ölheizung einbauen lassen. Da braucht man angeblich nur mehr an einem Knopf drehen, und die Heizung schaltet sich ein. Und so etwas hätte Mama natürlich auch gern.

Auf jeden Fall vergesse ich, während ich mich im Keller abplage, völlig auf Mama und ihre Führerscheinprüfung. Als ich wieder hinaufkomme, höre ich Papa stöhnen. „Ich glaub, ich hab Fieber. Und der Arm tut mir auch so weh. Laufst mir schnell in die Apotheke, was holen?" „Ich habe aber Hausarrest!", gebe ich zu bedenken. „Wenn du im Haus mithelfen musst, gilt der nicht. Die Oma hat auch einen Einkaufszettel heruntergebracht." Er drückt mir eine Liste in Omas seltsamer Schrift in die Hand. „Das kann ich aber nicht lesen!", beklage ich mich. „Ja, verdammt noch einmal, dann bemühst du dich halt! Wer soll denn sonst gehen?" Ich verzichte darauf, Papa darauf aufmerksam zu machen, dass er ja an den Füßen keine Verletzung hat. Eigentlich ist es nämlich ganz schön, aus dem Haus zu kommen. Ich schnappe mir also eine Einkaufstasche und Omas Zettel. „Was soll ich denn aus der Apotheke bringen?", frage ich. „Ja, was gegen das Fieber, und was gegen die Schmerzen!", raunzt Papa. Ich denke mir, dass es vielleicht gut wäre, wenn er einmal nicht rauchen und Bier trinken würde. Dann würden die Schmerzen und das Fieber möglicherweise ganz von selber vergehen.

Leider mache ich wieder einmal einen Fehler und gehe zuerst zum Lebensmittelgeschäft. Dort dauert es eine Weile, weil ich mir zuerst den Herrn Poxrucker suchen muss, den Geschäftsbesitzer, damit er mir Omas Zettel übersetzt. Der Herr Poxrucker hat seit etwa einem Jahr etwas ganz Modernes, nämlich ein Selbstbedienungsgeschäft. Du schnappst dir einen Drahtkorb und darfst dir selbst die Sachen aus den Regalen holen. Das bedeutet natürlich auch, dass du sie selber suchen musst. Früher hat das der Herr Poxrucker für seine Kunden gemacht. Jetzt steht er hinter der Wurstbudel und schneidet dir Wurst, Käse und Leberkäse auf. Oma hat auch eine Packung Linde-Kaffee bestellt, und das ist mir ganz recht, denn in diesen Packungen befinden sich Spielfiguren, mit denen man wunderbar Szenen aus den Karl-May-Büchern nachstellen kann. Ich hab schon eine ganz stattliche Sammlung dieser Figuren zu Hause. Einen echten Bohnenkaffee mag sich Oma nicht leisten, der ist ihr zu teuer, sagt sie. Und außerdem kann sie dann sowieso nicht schlafen, also bleibt sie beim Kaffeeersatz. Bei der Wurst gibt es keine große Auswahl, es gibt Dauerwurst, Käswurst, Leberkäse und Schinken. Oma isst zwar gerne Schinken, aber der ist ihr auch zu teuer, und deshalb nimmt sie Käswurst. Wenn ich mit ihr einkaufen gehe, schäme ich mich manchmal ein wenig, weil sie auch Wurstreste kauft, die andere Leute nur an den Hund oder die Katze verfüttern. Oma braucht die Reste für ihre Bratknödel.

Als ich dann zur Apotheke komme, ist es leider schon zwölf Uhr vorbei und daher geschlossen. Na, da wird Papa sich aber wieder schön aufregen, wenn er seine Tabletten und seinen Saft nicht bekommt, denke ich mir. Gott sei Dank kenne ich den Hintereingang, weil ich Mama schon ein paarmal von der Arbeit abgeholt habe. Wenn ich Glück habe, dann gibt mir der Herr Apotheker die Medizin auch so, weil er ja im gleichen Haus wohnt. Als ich an der Hintertür ankomme, sehe ich Mamas Fahrrad neben der Tür lehnen, mit dem sie am Morgen zum Bahnhof gefahren ist. Kann denn das sein? Ist es wirklich Mamas Fahrrad? Ich nehme es genauer unter die Lupe. Natürlich! Der vordere Kotflügel ist ein wenig verbogen, und am linken Handgriff fehlt ein Stück. Es kann nur Mamas Fahrrad sein. Ist sie denn schon von der Prüfung zurück? Ich klopfe und trete gleich in den Gang.

„Herr Apotheker?", rufe ich laut. Aus einem Raum links von mir tönt Gekicher, dann schlagen Gläser gegeneinander. Was ist da los? Niemand scheint mich gehört zu haben, deshalb trete ich in die Tür. Da sitzen der Herr Apotheker und meine Mama nahe beieinander an einem Tisch, auf dem zwei Gläser und eine Sektflasche stehen. Als sie mich erblicken, fahren beide zurück, Mama richtet sich mit einer Hand die Haare. „Siegfried? Was machst du denn da?" Ihre Stimme ist ein wenig zittrig. Der Herr Apotheker steht auf und kommt auf mich zu. Er hat immer noch seinen weißen Kittel an. „Grüß dich, Sigi. Wir haben gerade ein klein wenig gefeiert. Deine Mama hat nämlich die Führerscheinprüfung bestanden. Mit Bravour! Was sagst du dazu?" Er schüttelt mir kräftig die Hand. „Super!", sage ich. „War die Prüfung schwer?" Mit den Gedanken aber bin ich ganz woanders. Ich frage mich, warum Mama nach der erfolgreichen Prüfung nicht nach Hause gekommen, sondern zum Herrn Apotheker feiern gegangen ist. „Leicht war sie!", antwortet Mama mit einem etwas schiefen Lächeln.

„Ich war schon um halb zwölf da!", erklärt sie mir dann. „Da habe ich gedacht, dass ich bis um zwölf auch noch arbeiten kann. Und Siegmund war so nett, mir zur Feier des Tages einen Sekt zu spendieren." „Magst auch einen Schluck?" Der Herr Apotheker nimmt ein Glas von einem Regal und schenkt es zur Hälfte voll. „Du kannst stolz auf deine Mama sein!" Irgendetwas an dieser Situation stimmt nicht ganz. Trotzdem nehme ich das Glas an, sage höflich „Prost!“ und stoße gegen die beiden anderen Gläser. Ich kenne den Sekt schon von Silvester, und der vom Herrn Apotheker schmeckt auch nicht besser als der daheim. Ich verziehe das Gesicht. Die beiden lachen. „Na, das wird dir schon noch schmecken, wenn du älter wirst!“ Mamas Stimme ist schriller und höher, als ich es von ihr gewohnt bin.

Fast hätte ich vergessen, weswegen ich gekommen bin. Und vielleicht ist es ohnehin eine gute Idee, Mama daran zu erinnern, dass sie verheiratet ist. „Papa hat Fieber, sagt er. Und der Arm tut ihm weh. Er braucht was für die Schmerzen. Deswegen hat er mich hergeschickt.“ Der Herr Apotheker steht auf und streicht seinen weißen Kittel glatt. „Na, das haben wir gleich!“ Er verschwindet nach vorne in die Apotheke. Mama räuspert sich. „Es wäre mir recht“, flüstert sie, „wenn du dem Papa nichts davon erzählst. Vom Sekt und so, meine ich. Er könnte das falsch verstehen. Wo er doch eh so dagegen war, gegen die Arbeit und den Führerschein, verstehst du?“ Ich nicke und frage mich gleichzeitig, was Mama mit „und so“ gemeint hat. War da noch etwas außer dem Sekt? „So! Das wird dem Adolf sicher helfen!“ Der Herr Apotheker drückt Mama zwei Packungen Tabletten in die Hand. „Besorgst du dir noch ein Rezept, vom Doktor?“, sagt er dazu. „Eigentlich darf ich die so nicht hergeben.“ „Wir müssen jetzt“, sagt Mama und wirkt ein wenig peinlich berührt, als sie sich mit einem Händeschütteln vom Herrn Apotheker verabschiedet. „Bis morgen, Siegmund!“ Irgendwas, da bin ich mir sicher, ist hier nicht so, wie es sein sollte.

Allerdings muss ich zugeben, dass Papa es ihr nicht leicht macht. Während der Herr Apotheker Mama für die bestandene Führerscheinprüfung Sekt spendiert hat, schüttelt Papa den Kopf, als ihm die freudige Nachricht überbracht wird. „Unglaublich, dass die dich da durchgelassen haben", sagt er nur. „Hast die Tabletten?" Ein bisschen mehr Begeisterung könnte man von ihm schon erwarten. Ich erinnere mich daran, dass Mama mehr Anerkennung braucht, und schlage mich auf ihre Seite. „Ich find's ganz toll, dass Mama die Prüfung geschafft hat. Und das gleich beim ersten Mal!" Jetzt lächelt sie. „Was muss man denn da eigentlich machen, bei einer Fahrprüfung?", frage ich. „Ich hab nur ein Stück weit von der Fahrschule fahren müssen, hinaus aus der Stadt. Und dann rückwärts einparken, aber da war so viel Platz, das war gar nicht schwierig. Nur bei der technischen Prüfung, der Prüfer war lästig. Wir waren gleich zu fünft drinnen", erzählt sie. „Lästig?", frage ich. „Ja, er war nicht zufrieden mit dem, was ich ihm über Starthilfen erzählt habe. Über den Choker und so. Aber er hat mich trotzdem durchgelassen." „Frauen und Technik!", lästert Papa. Ich finde, er könnte sich wirklich ein wenig mehr zusammenreißen, denn wenn der Herr Apotheker netter zu Mama ist als ihr eigener Mann, dann könnte das böse enden.

„Ich mach uns jetzt das Reisfleisch warm", sagt Mama, ohne Papas Bemerkung zu kommentieren. Ich folge ihr. „Dauert die eigentlich lang, so eine Prüfung?", frage ich, während Mama den Topf mit dem Reisfleisch auf den Herd stellt. „Kannst umrühren, Siegfried?" Mama drückt mir den Kochlöffel in die Hand. „Ich mach derweil einen Salat! Die Prüfung dauert ganz lang, weil man so viel warten muss. Vor der theoretischen und vor dem Fahren. Das macht einen ganz nervös, das kann ich dir sagen!" Mir braucht Mama nichts über die Qualen vor einer Prüfung erzählen, da bin ich Experte. Ich nicke und plage mich ein wenig, denn mit dem Reisfleisch ist es nicht leicht. Es ist schon ziemlich fest, daher brennt es leicht an. Gleichzeitig ist der klebrige Reis schwer umzurühren. „Tust halt ein bisschen Wasser hinein!“, sagt Mama, als sie auf mein Stöhnen und den Geruch von Angebranntem aufmerksam wird. Sie gießt eine halbe Kaffeetasse Wasser in den Topf, und es zischt. Dann schaltet sie den Herd auf Stufe 1 zurück. Jetzt geht es leichter.

Reisfleisch, das war eines der sensationell geschmacklosen Gerichte, die man damals leider oft auf dem Tisch gehabt hatte. Es bestand lediglich aus kleinen Stücken Schweinefleisch, das mit Salz und Pfeffer angeröstet wurde, dazu gab man den gekochten Reis, und alles wurde verrührt. Exotische Gewürze, mit denen man einem solchen Gericht vielleicht ein wenig Pep verleihen hätte können, waren unbekannt. In Mamas Gewürzregal gab es außer Salz und Pfeffer nur Paprika, Majoran und Thymian, beides getrocknet. Er seufzte, als er an seine ersten Kochversuche mit italienischer Küche dachte – Oregano und Basilikum hatte man damals im Geschäft in Kastenkirchen vergeblich gesucht.

„Die polizeiliche Prüfung war kinderleicht“, erzählt Mama endlich weiter. „Da brauchst du nur alles auswendig wissen, und der Prüfer war sehr nett. Er hat uns keine wahnsinnig komplizierten Kreuzungsbeispiele gegeben. Und sonst musst du ja bloß die Verkehrszeichen kennen. Mich hat er nur nach dem Viehtrieb gefragt.“ „Viehtrieb?“, frage ich. „Ja, das Verkehrszeichen mit der Kuh drauf. Da muss man aufpassen, weil Kühe über die Straße getrieben werden könnten. Oder Schafe.“ „Für die Schafe gibt es kein eigenes Verkehrszeichen?“ Mama schüttelt den Kopf und nimmt die Salatschüssel in die Hand, um sie zum Tisch zu tragen. Salat ist bei uns ganz anders als in unserem Urlaub in Italien. Dort hat man den Salat ohne was bekommen, und Mama musste selber Olivenöl und Essig drübergießen. Bei uns schwimmen die Salatblätter in mindestens einem halben Liter Wasser, auf dem oben ein paar Fettaugen vom Salatöl treiben. „Und dann hat er mich noch gefragt, wo überraschend Glatteis auftreten kann!“ Ich überlege, während ich Gabeln und Teller auf dem Tisch verteile. „Im Winter?“, schlage ich vor. Endlich muss Mama einmal lachen. „Mit der Antwort wärst du durchgefallen. In Waldschneisen und auf Brücken, das ist die richtige Antwort. Hol den Papa und die Ursula!“

Das Essen verläuft schweigsam, Papa schaufelt wortlos Unmengen vom Reisfleisch hinein, Gott sei Dank ist es etwas, das man leicht mit einer Hand essen kann. „Wir müssen dann auch einmal reden“, sagt Mama, als Papa sich einen Nachschlag auf seinen Teller schöpfen lässt. „Wegen dem Auto. Dafür hab ich ja schließlich den Führerschein gemacht.“ Papa schweigt zuerst, dann grunzt er unwillig. „Damit ist noch Zeit. Bis ich meinen Führerschein wieder habe. Ich hab eh schon gesagt, als Beifahrer setz ich mich nicht ...“ Mama schmeißt ihre Gabel hin. Kein Wort des Glückwunsches ist ihm über die Lippen gekommen, er hat wirklich nur gelästert. Und jetzt, das verstehe ich gut, reicht es Mama. „Kannst du dich nicht einmal ein wenig mit mir freuen?“, schreit sie. „Ich hab so vieles geschafft in letzter Zeit, meine Arbeit, den Führerschein. Und die Kinder hab ich auch nicht vernachlässigt. Wer schaut denn, dass sie ihre Hausaufgaben machen? Wer richtet denn die Jausenbrote her? Wer rennt in die Schule, wenn Elternsprechtag ist?“

Papa hat tatsächlich das Essen eingestellt und ist ein wenig kleinlaut geworden. Er nickt. „Ist ja schon gut“, brummt er schließlich. „Ich ... also, wir schauen uns um, wegen einem Auto. Und ich lass dich auch fahren, wenn dir das so wichtig ist." Mama ist aber noch nicht besänftigt. „Das will ich auch hoffen. Und ich fahr auch bestimmt nicht gegen das Tor von unserem Heustadel!" Uschi ist hellhörig geworden, denn bis jetzt hat ihr niemand die Wahrheit über Papas nächtlichen Unfall erzählt. „Wer fährt denn gegen das Heustadeltor?", fragt sie mit Unschuldsmiene. „Niemand!", beeilt sich Mama zu versichern. „Niemand fährt gegen das Heustadeltor. Ich hab das nur so gesagt!" Sie atmet schwer, bemüht sich aber sichtlich, ruhig weiterzuessen. Mir ist aber der Appetit vergangen, und das will etwas heißen. Schön langsam gehen mir nämlich die dauernden Streitereien auf die Nerven, das kann auch nicht gut für unsere Entwicklung sein, ich meine die von mir und Uschi. Und vor allem ich brauche eine gute Entwicklung, zum Schuljahresende hin, denn sonst sieht es mit meiner schulischen Karriere finster aus. Ich glaube, als Schriftsteller oder Astronaut braucht man schon Matura.

15 The Eagle Has Landed

Er kramte in den Fächern eines alten Kastens auf dem Dachboden. Da mussten doch ... hatte Mama da nicht Sachen aus seinem Kinderzimmer verräumt? Plötzlich hatte er den Mondglobus in der Hand. Ja, der war eine Zugabe gewesen. Zur Firmung hatte er von seinem Paten einen beleuchteten Globus bekommen, der immer noch in seinem Arbeitszimmer stand. Und als Zugabe hatte man einen Mondglobus erhalten, ohne Beleuchtung und nur aus Blech. Seiner musste einmal hinuntergefallen sein, denn das Meer der Stille wies eine recht ansehnliche Delle auf. Was hatte man damals nicht alles vorhergesagt, als plötzlich Menschen auf dem Mond landeten. Raumfahrt, so las und hörte man, würde zum Alltag gehören, der Mond würde kolonisiert werden, und überhaupt ... Schon 1973, noch während des Apollo-Programms der NASA, hatte die erste Ölkrise die Menschen zum Nachdenken gebracht. Es war klar geworden, dass der unglaubliche Aufwand an Geld und vor allem Energie der Raumfahrt auch in Zukunft enge Grenzen setzen würde. So hatten seine Kinder niemals eine Mondlandung erlebt, und das Zeitalter der Überschall-Passagierflieger war ebenfalls bereits Geschichte.

Das letzte Trimester des Schuljahres vergeht rasend schnell. In Deutsch gelingen mir wieder zwei Einser – bei der fünften Schularbeit gibt es eine Bildbeschreibung, und die liegt mir besonders. Wir haben den „Armen Poeten“ zum Beschreiben bekommen. Der liegt im Bett unter einem

Regenschirm, weil es durch das Dach hereinregnet. Bei der letzten Schularbeit sollten wir eine Phantasiegeschichte über eine Traumreise schreiben, und da habe ich natürlich über eine Reise zum Mond geschrieben, was sonst? Ich bin zwar nicht fertig geworden, weil das alles ja sehr aufregend zu beschreiben ist, aber ich hab trotzdem einen Einser gekriegt.

Mit der Zeit habe ich auch gelernt, meinen Mund zu halten und nicht mehr dumm zu fragen. Immer, wenn es mich jetzt in der Hand juckt und ich aufzeigen möchte, dann rede ich mir ein, dass es eh egal ist, ob ich was sage oder nicht, weil in der Klasse zählt sowieso nur, ob man gut Fußball spielen kann. Dass man was über Wissenschaft weiß, kommt bei den meisten schlecht an. Und seit ich meinen Mund halte, kriege ich auch keine Eisenbahner mehr vom Zöbinger, und das ist ein recht angenehmer Nebeneffekt.

Anfang Mai hat die Matura begonnen, und seither hört man auch vom Scherübl nichts mehr, die Achtklassler haben anscheinend jetzt Wichtigeres zu tun, als zu protestieren. Vielleicht hat ihnen der Herr Direktor auch klargemacht, dass es gewisse Vorteile bei der Matura haben könnte, wenn man sich anständig aufführt. Da kommt nämlich ein strenger Vorsitzender von auswärts, und bei dem, so hört man, ist es ganz wichtig, einen guten Eindruck zu machen.

Am 18. Mai bin ich mit dem Zug nach Seeklausen gefahren, obwohl es ein Sonntag war. Mama hat es mir erlaubt, es hat nämlich einen besonderen Grund dafür gegeben. An diesem Tag ist nämlich Apollo 10 gestartet, und das Andockmanöver zwischen der Mondfähre und der Apollo-Kapsel ist die erste Übertragung aus dem Weltall in Farbe. Und ich bin zur Auslage vom Elektrogeschäft Scheurecker in Seeklausen gegangen, denn der Herr Scheurecker ist selber ein Weltraumfan und lässt in seiner Auslage einen Farbfernseher laufen, wenn eine Übertragung aus dem Weltall kommt. Es hat aber sehr lange gedauert, und blöderweise hat die Sonne so in die Auslagenscheibe hineingeschienen, dass ich nicht recht viel habe sehen können. Als es dann so weit war, kurz vor sechs am Abend, war ich der Einzige vor der Auslagenscheibe, weil es zu regnen begonnen hat. Dafür hab ich mehr gesehen als vorher. Es ist sehr spannend gewesen, aber leider hat sich in der Schule überhaupt niemand dafür interessiert, nicht einmal mit dem Herbert kann man vernünftig über Weltraumfahrt reden.

Jetzt, am letzten Schultag, sitze ich schwitzend auf einer klebrigen Holzbank im Zug und vergleiche mit ihm unsere Zeugnisse. Meine nackten Oberschenkel kleben am heißen Holz der Sitzbank. Aus Erfahrung klug geworden, sind wir gleich nach der Zeugnisverteilung in den ersten Zug nach Kastenkirchen gestiegen und weichen so den älteren Schülern aus, die sich zur Feier des Ferienbeginns beim Bahnhofswirt noch ein paar Seidel Bier genehmigen. Ich habe nach der Zeugnisverteilung Grund zum Aufatmen gehabt, denn aus dem 4E in Geografie ist immerhin ein Dreier geworden, und in Musik und Mathematik habe ich einen Zweier bekommen. Sonst lauter Einser, sogar in Religion. Nur in Turnen, da ist es beim Dreier geblieben, und beim Wolf werde ich auch keine bessere Note mehr bekommen. Die fünf Einser, zwei Zweier und zwei Dreier haben leider nicht für einen Vorzug gereicht. Der Herbert hält mir grinsend sein Zeugnis unter die Nase, auf dem hinten „Mit ausgezeichnetem Erfolg“ steht. Er hat nämlich sechs Einser, drei Zweier und nur einen Dreier in Mathematik. Da geht sich ein Vorzug gerade noch aus.

„Deine Zweier und der Dreier sind aber in wichtigen Fächern!“, erkläre ich. „Und wenn die Frau Professor Weishäupl nicht Gnade vor Recht ergehen hätte lassen, dann hättest du in Mathematik einen Vierer bekommen!“ Der Herbert hat nämlich auf alle Mathematik-Schularbeiten im letzten Trimester einen Vierer gehabt, und nur wegen seinem Dreier in den ersten beiden Trimestern hat er gnadenhalber den Dreier geschenkt bekommen.

Der Herbert aber übergeht meine Kritik. „Was kriegst du denn für jeden Einser?“, fragt er. Auf die Idee, dass man Einser bezahlen könnte, sind meine Eltern noch nicht gekommen. Ich sehe den Herbert nur erstaunt an. „Ich krieg für jeden Einser einen Fünfer von meinen Eltern und einen Fünfer von meiner Oma. Macht sechzig Schilling!“, strahlt er. „Was machst du denn mit so viel Geld?“, frage ich ihn. Mir ist der Mund offen stehen geblieben, weil ich mir so viel Geld in meinen eigenen Händen gar nicht vorstellen kann. Ich kriege fünf Schilling in der Woche, und die sind meistens am Dienstag schon wieder weg. „Ich spare!“, sagt der Herbert. „Ich stecke alles in mein Sparschwein, und am Weltspartag gehe ich wieder zur Sparkasse und zahle alles ein. Und da hole ich mir auch meine Geschenke. Und drei Prozent Zinsen!“, erklärt er stolz. „Da kauf ich mir dann, wenn ich groß bin, ein Auto oder ein Haus!“ „Von den drei Prozent? Das geht sich nie aus!“, prophezeie ich. Kein Wunder, dass der Herbert in Mathematik so schlechte Noten bekommt.

Der Weltspartag, das war in seiner Kindheit ein bedeutendes Ereignis gewesen. Alle Kinder waren mit ihren Eltern zur Bank gepilgert, um dort in langen Schlangen auf das Ausleeren der Sparbüchsen zu warten. Inmitten des ganzen

Chaos war ein als Sparefroh verkleideter Bankmitarbeiter gestanden, der den Kindern gute Ratschläge für die Geldanlage erteilt hatte und empfahl, ein Sparbuch anzulegen. Aus seiner Sicht hatte man damals unglaublich wertvolle Geschenke bekommen, aber wirklich im Gedächtnis war ihm nur die Tatsache geblieben, dass es bei der Raiffeisenkasse einen ganzen Sack voller Schulsachen mit Dreiecken, Stiften, Spitzern und Radiergummis gegeben hatte. Deswegen hatte er nicht nur bei der Sparkasse, sondern auch bei der Konkurrenz, der Raiffeisenkasse, ein Sparbuch gehabt, sodass man bei beiden Banken Geschenke abholen hatte können.

„Ich bin jedenfalls froh, dass der Zauner in Pension geht", sage ich zum Herbert. Herr Professor Zauner hat uns das nicht so direkt gesagt, sondern nur erklärt, dass er unsere Klasse im nächsten Jahr einem jungen Kollegen anvertrauen möchte. Aber Papa hat gesagt, dass er es eine Sauerei findet, dass die alten Nazis auch noch mit einer Beamtenpension belohnt werden, wenn man ihnen auf ihre Sauereien draufkommt und sie nicht mehr in der Schule haben will.

Mein Papa war übrigens schon vor Gericht. Wegen der Auslagenscheibe, die er zertrümmert hat, und weil er im Rausch Moped gefahren ist. Und weil er angeblich gefährliche Drohungen gegen den Fahrlehrer Dannhauser von sich gegeben hat. Er hat großes Glück gehabt und ist mit einer bedingten Geldstrafe davongekommen. Bedingt heißt, dass er erst zahlen muss, wenn er wieder eine Auslagenscheibe einschmeißt und im Rausch mit dem Moped herumfährt. Mama und ich hoffen aber, dass er das nicht mehr tun wird. Und Ende Juli bekommt er auch seinen Führerschein wieder zurück.

Zum Glück habe ich in meinem Jahreszeugnis ein „Sehr gut“ in Betragen bekommen. Als ich heimkomme, ist leider außer Uschi und Oma niemand zu Hause, Mama ist in der Apotheke und Papa in der Arbeit, also gehe ich zu Oma hinauf und zeige ihr mein Zeugnis. „Ist eh ganz gut geworden!“, füge ich bescheiden hinzu. Oma lächelt. „Ein Sportler wird wohl nicht mehr aus dir, was? Und ausgerechnet Geografie? Wo dich das doch so interessiert?“ Ich winke ab. „Der Lehrer ist mir aufgesessen. Und wir kriegen im Herbst eh einen neuen!“ „Schauen wir einmal!“, sagt Oma und kramt in den Taschen ihrer Kittelschürze, wo sie schließlich eine Münze herauszieht. „Da hast! Für das Gymnasium ist es ja kein schlechtes Zeugnis! Wie viele sind denn durchgefallen?“ „Drei sind schon vor dem Zeugnis weggegangen“, erkläre ich. „Nein, vier. Damit sie vielleicht in der Hauptschule noch ein besseres Zeugnis kriegen und nicht sitzenbleiben müssen. Und der Zöbinger, der ist wieder sitzengeblieben. Dabei war der schon zum zweiten Mal in der ersten Klasse!“

Ich öffne meine Hand und betrachte staunend den Zehner, den mir Oma hineingelegt hat, während sie Palatschinkenteig in die Pfanne gießt. „Magst eh einen Marmeladepalatschinken?“ Ich nicke. „Sogar zwei! So viel Geld! Danke, Oma!“ Im Gegensatz zum Herbert überlege ich jetzt schon, wofür ich den Zehner ausgeben könnte. Ein Eis kostet zum Beispiel einen Schilling. Eine Leberkäsesemmel mindestens zwei, je nachdem, wie viel Leberkäse der Herr Poxrucker hineintut. Und Leberkäsesemmeln bekomme ich in letzter Zeit selten, weil man mir nach Ostern schon wieder eine neue Schulhose kaufen musste, weil ich in die alte nicht mehr hineingepasst habe. Ich könnte also mit meinem eigenen Geld für Nachschub sorgen. Weil ich noch überlegen muss, stecke ich den Zehner ein.

„Wie schaut es denn eigentlich mit deinem Zeugnis aus?", frage ich Uschi, die schon an einem Palatschinken kaut. „Ich hab jedenfalls keinen Dreier!", schnappt sie zurück. Mit vollem Mund versuche ich, ihr zu antworten. „Aber Zweier in den wichtigsten Fächern, was? In Lesen, Schreiben und Rechnen? Da brauchst du dir nichts darauf einbilden. In der Volksschule kriegst du die Zweier ja nachgeschmissen!" Leider schmeißt Uschi jetzt den Rest ihres Palatschinkens nach mir, und ich reagiere zu langsam, um noch auszuweichen. Der Palatschinken klatscht genau in meinen Hemdausschnitt, die Marmelade läuft herunter. „Du ...!" Ich bin schon am Aufstehen, um mich an Uschi zu rächen, als mich Oma mit einem festen Griff an die Schulter zurückhält. „Du brauchst gar nicht so schiach zu deiner Schwester sein! Hilf ihr lieber, vielleicht wird sie dann auch so gescheit wie du!" Ich schnaufe zwar noch ein paarmal wütend durch, setze mich dann aber hin, weil Oma eigentlich recht hat. Es bringt überhaupt nichts, meine Schwester zu reizen und dauernd auf ihr herumzuhacken. Da sollte ich eigentlich drüberstehen, das ist ja fast schon unwürdig für einen Gymnasiasten.

Irgendwie war es Zeit, einmal seine Schwester anzurufen. Schließlich hatte sie angekündigt, in den nächsten Tagen einmal vorbeizuschauen, um mitzuhelfen. „Erinnerst du dich noch daran, wie du mir den Palatschinken nachgeschmissen hast?", fragte er ohne Vorankündigung. Ursula lachte. „Natürlich. Ich musste mich ja wehren. Und in dieser Zeit warst du richtig gemeint zu mir. Fast hätt ich dir geglaubt, dass ich blöd bin und nicht ins Gymnasium gehen kann!" Das Gespräch dauerte, und schließlich verabredeten sie sich für das folgende Wochenende. Er hatte Ursula ohnehin schon viel zu lange nicht gesehen.

Leider geht der Unfrieden am Abend weiter. Zwar wird zuerst lobend erwähnt, dass ich mich in der Schule anscheinend gebessert habe, Geld aber fließt keines. „Der Herbert kriegt zehn Schilling für jeden Einser!“, lasse ich während des Abendessens einmal kurz ins Gespräch einfließen. „Du kannst froh sein, dass du nicht zehn Tachteln für jeden Dreier kriegst!“, ist Papas Kommentar. Eine Tachtel ist eine mittelschwere Ohrfeige, eine schwere bezeichnen wir als Tetschen. Gott sei Dank droht Papa sie nur an, zugeschlagen hat er noch nie, ausgeholt schon. „Sei doch nicht so, Adolf!“, beschwichtigt Mama. „Geld für Noten, das finde ich auch nicht in Ordnung. Aber wir können morgen zur Frau Theres gehen, vielleicht hat sie einen neuen Karl-May-Band für dich!“ Das ist schon eher nach meinem Geschmack, und ich bedanke mich überschwänglich bei Mama, damit auch alle in der Familie hören, was ich morgen bekommen werde, und es keine Ausrede mehr geben kann.

Der erwähnte Unfrieden entzündet sich an der Frage, welches Auto nun angeschafft werden soll, denn dass wir eines bekommen, das ist jetzt anscheinend beschlossene Sache. Auch die Frage nach dem Wann ist noch ungeklärt. Seit Mama ihren Führerschein hat, also schon mehr als zwei Monate, zieht sich diese Debatte hin, und sie wird allabendlich geführt. Papa ist für einen VW Käfer. „Das ist ein robustes Auto, die Ersatzteile kriegst du überall billig, bei jedem Schrotthändler. Und das meiste kann ich dann selber reparieren.“ Mama ist ein VW Käfer nicht fein genug, vor allem, wo der Onkel Alfons, der Mann von ihrer Schwester, doch einen fast neuen Opel Rekord gekauft hat, der so breit ist, dass neben dem Fahrer in der vorderen Reihe gleich drei Kinder sitzen können, weil der eine durchgehende Sitzbank hat. Zumindest aber, meint Mama, müsse es ein

Ford Cortina sein. Der habe wenigstens einen ordentlichen Kofferraum hinten, damit man auch mit dem Auto nach Italien oder Jugoslawien auf Urlaub fahren kann. „VW Käfer!“, mault sie vorwurfsvoll. „Also wirklich! Das ist ja eine Proletenschüssel!“ Papa ignoriert ihren Einwurf. „Und überhaupt“, sagt er. „Warten wir, bis ich meinen Führerschein wieder habe. Dann musst du nicht gleich ...“ „Wer weiß, wie lange du ihn behältst!“, schnappt Mama zurück. „Wenn du dann jeden Freitag ins Wirtshaus fährst damit!“

Für mich gibt es aber nächste Woche überhaupt nur ein Ereignis, das mich interessiert. Heute ist Freitag, der 12. Juli, und am nächsten Mittwoch soll Apollo 11 starten und die ersten Astronauten zum Mond bringen, die auch tatsächlich dort landen. Und am Sonntag, am 20. Juli, sollen die Astronauten den Mond betreten. Der erste Mann auf dem Mond wird Neil Armstrong sein, der Kommandant der Mondfähre. Im Vergleich dazu ist die Frage, ob es ein VW Käfer oder ein Ford Cortina wird, völlig nebensächlich.

Ich höre, wie die Haustür zufällt. Wahrscheinlich Oma, sie hat sich sicher von der Nachbarin einen Laib Brot geholt. Aber anstatt wie sonst mühsam und unter Ächzen und Stöhnen die Stiege hinaufzustapfen, steht sie mit ihrem Brotlaib plötzlich bei uns im Wohnzimmer. Ich bin gerade dabei, mir die Wurst für ein Wurstbrot zurechtzuschneiden. Da nehme ich es immer ganz genau und schneide die Wurst so zu, dass sie genau auf mein Brot passt. Deshalb verpasse ich fast, was Oma erzählt. „Was? Der Schneiderhans? Der ist doch erst voriges Jahr in Pension gegangen!“, staunt Mama. Jetzt erst kriege ich mit, dass einer unserer Nachbarn gestorben ist. Papa nimmt einen Schluck Bier und fährt sich mit dem Ärmel über den Mund. „Was hat er denn gehabt?“ „Die Nachbarin sagt, dass ihn der Schlag getroffen hat. Zuerst hat er nicht mehr reden können und so komisch herumgefuchtelt, und die Schneiderhansin hat ihn ins Bett gelegt und den Doktor geholt. Wie der Doktor gekommen ist, war er anscheinend schon tot. Mei, oh mei!", jammert Oma. „Der war doch mehr als zehn Jahre jünger als ich! Am Ende erwischt's mich auch gleich einmal!"

„Der Schneiderhans", erklärt Mama mit einem bedeutungsschwangeren Seitenblick zu Papa, „der hat geraucht wie ein Schlot und gesoffen wie ein durstiges Kamel in der Sahara! Kein Wunder, dass den der Schlag getroffen hat!" „Und einen fast neuen VW 1300 hat er gehabt!", fällt Papa ein. „Und die Schneiderhansin, die habe ich nie fahren gesehen. Die hat sicher keinen Führerschein! Ich geh gleich hinüber und kauf ihr den Kübel ab!" Papa macht Anstalten, aufzustehen, aber Mama drückt ihn wieder auf die Bank. „Untersteh dich! Du kannst doch nicht in einem Trauerhaus auftauchen und der Witwe gleich das Auto abschwatzen! Was denkst du dir denn!" Anscheinend sieht Papa das ein, denn er setzt sich wieder hin und trinkt sein Bier aus.

Von diesem Moment aber redet er nur noch vom VW 1300. Mindestens zweimal am Tag geht er hinüber zum Schneiderhansen-Haus und schaut, ob der VW 1300 noch da ist. Ich muss zugeben, ich habe auch schon einmal nachgeschaut. Beige ist er, der Käfer, und blankgeputzt, und aussehen tut er wie neu.

Am Mittwoch sind meine Eltern dann beim Begräbnis vom Scheiderhans. Papa hat Mama hoch und heilig versprechen müssen, dass er die Schneiderhansin nicht nach dem VW fragt, frühestens morgen darf er einmal hinübergehen. Aber da muss er diplomatisch vorgehen, hat ihm Mama eingeschärft. Viel wichtiger als das Schneiderhansen-Begräbnis ist aber, dass heute Abend

Apollo 11 startet, um halb acht. Und wenn das schiefgeht, dann ist es vorläufig Essig mit der Mondlandung. Um sieben sind unsere Eltern immer noch nicht daheim, deshalb ist Oma heruntergekommen, um Uschi ins Bett zu bringen. Die wäre zwar schon alt genug, um alleine ins Bett zu gehen, aber aus unerfindlichen Gründen verweigert sie das. „Feierlich!", sagt Oma, als ich sie frage, wie das Begräbnis war. In der Kirche und am Friedhof war sie nämlich noch mit, aber zum Kondukt ins Wirtshaus zu gehen war ihr dann zu anstrengend. Außerdem geht sie überhaupt nicht gern zum Kirchenwirt, weil sie überzeugt davon ist, dass Opa so früh gestorben ist wegen den vielen Stammtischabenden, die er dort verbracht hat.

Uschi und Oma spielen „Mensch, ärgere dich nicht!", weil Uschi nicht ins Bett gehen mag. Das stört natürlich die Übertragung vom Raketenstart ein wenig, weil Uschi sich ziemlich viel ärgert und dauernd schimpft, wenn eine Figur von ihr aus dem Spielfeld gestoßen wird. Woran Oma wiederum diebische Freude hat. Der Raketenstart ist aber ohnehin irgendwie weniger aufregend, als ich gehofft habe. Wahrscheinlich, weil es schon der vierte Start ist, bei dem ich dabei bin.

Irgendwann, es muss schon mitten in der Nacht sein, höre ich im Halbschlaf noch die Haustür zuschlagen. Zu meinem Glück bin ich nun, in den Ferien, großteils mir selbst überlassen, denn meine Eltern sind beide schon in der Arbeit, als ich am nächsten Tag aufstehe. Den Vormittag verbringe ich im Bett und überlege mir, welches Buch ich mir aussuchen soll, wenn ich mit Mama zur Frau Theres gehe, um einen neuen Karl May zu kaufen. Und dann fällt mir ein, dass ich Mama ja von der Apotheke abholen könnte, weil dann könnten wir gleich zur Frau Theres, die ihr Geschäft nur ein paar Häuser weiter hat.

Mama lächelt, als ich die Apotheke unter dem Schellen der über der Tür angebrachten Klingel betrete. Der Herr Apotheker ist nirgends zu sehen, so weit also scheint alles in Ordnung zu sein. „Na, Siegfried? Ich hoffe, es ist niemand krank zu Hause?“ Ich schüttle den Kopf. „Es ist nur wegen dem Buch!“, sage ich. Mama sieht sehr fesch aus in dem weißen Mantel, der gut zu ihren dunklen Haaren passt. Sie hat sich auch rote Lippen geschminkt, die ich zu Hause nie an ihr sehe. Anscheinend wischt sie den Lippenstift nach der Arbeit wieder ab. Komisch.

Vielleicht würde sich Papa auch über den Lippenstift freuen. Mama sieht auf die Uhr. „Irgendwie geht sich das nicht aus!“, seufzt sie. „Weil die Theres ja auch um zwölf zusperrt. Außer, ich frage ... wart einen Moment!“ Mama verschwindet durch eine Tür hinter dem Tresen, die einen Spalt offen stehen bleibt. Ich spitze meine Ohren. Der Herr Apotheker erlaubt Mama, ein wenig früher zu gehen, weil eh nichts los ist. Und wenn mich nicht alles täuscht, höre ich zuerst ein leises schmatzendes Geräusch und dann das Plätschern einer laufenden Wasserleitung, bevor Mama – ohne ihren weißen Mantel und ohne Lippenstift – wieder auftaucht.

Bei Frau Theres kommen wir kurz vor zwölf an, und deswegen empfängt sie uns mit einem eher zartbitteren Gesichtsausdruck. „Gerade wollt ich zusperren!“, begrüßt sie uns. „Der Siegfried möchte sich nur schnell einen neuen Karl-May-Band aussuchen!“, lächelt Mama gewinnend. „Fürs Zeugnis. Als Belohnung. Er geht ja schon ins Gymnasium!“ Ich weiß zwar nicht, ob die Theres das interessiert, steuere aber zielsicher auf das spärlich bestückte Buchregal zu. Gott sei Dank finde ich einen Band, den ich noch nicht gelesen habe: „Old Firehand“. Wenn ein Titel mit „Old“ beginnt, dann ist es mit Sicherheit eine Wildwest-Geschichte. Etwas missmutig wickelt Frau Theres das Buch in Seidenpapier und kassiert 29 Schilling dafür. Das ist jetzt gar kein so schlechter Schnitt, für fünf Einser. Insgesamt 39 Schilling, wenn ich den Zehner von Oma dazurechne.

„Wie war denn das Begräbnis?", frage ich Mama auf dem Heimweg. Sie seufzt. „Papa hat ... na ja, lassen wir das. Und der Schneiderhansin hat er das Auto abgekauft!" Das ist ja jetzt wirklich eine Bombe, die Mama da so nebenbei auf dem Gehsteig hat platzen lassen. „Wie jetzt?", frage ich. „Du hast ihm doch gesagt, er ..." Mama unterbricht mich. „Die Scheiderhansin hat selber davon angefangen. Dass sie den Kübel loswerden will und dass sie das Geld dringend brauchen tät, weil ihr Mann eh alles versoffen hat und nicht einmal ein Geld für das Begräbnis da ist. Und da hat Papa ihr ein Angebot gemacht, und sie hat gleich eingeschlagen. Wenn er von der Arbeit kommt, dann holt er das Auto von der Schneiderhansin herüber. Dabei wissen wir noch nicht einmal, wie wir es bezahlen!" „Dann ist es also noch gar nicht gekauft? Und wie kann Papa es holen, wo er doch keinen Führerschein ..." Ich habe noch allerhand andere Fragen, aber Mama winkt ab. „Jetzt schauen wir einmal. Aber Handschlag ist Handschlag. Wir werden sehen, ob Papa sich noch daran erinnern kann, dass er gestern ein Auto gekauft hat."

Ich habe es mir gerade mit dem „Old Firehand" gemütlich gemacht, als ich draußen das typische Tuckern eines VW Käfers höre. Ich rase hinunter, denn von meinem Fenster aus kann ich nicht in die Einfahrt sehen. Papa steigt gerade aus, als ich aus der Haustür stürme. „Aber Papa, du hast doch gar keinen Führerschein!", stoße ich hervor. Er aber winkt lässig ab. „Von der Schneiderhansin bis zu uns, da braucht's keinen Führerschein. Eigentlich in ganz

Kastenkirchen nicht! Steht er nicht wunderbar da!“ Papa streicht zärtlich über einen der blankgeputzten Kotflügel. „35.000 Kilometer hat er erst! Und der Schneiderhans, der hat ja geschaut drauf! Im Winter ist er überhaupt nicht gefahren, da ist er immer im Trockenen gestanden! Das war ein Gelegenheitskauf!“ Papa hat gar nicht gemerkt, dass Mama hinter mir aus dem Haus gekommen ist, mit Uschi an der Hand. „40 PS! Ein 1300er! Da geht schon was weiter. Da kannst du glatt 110 auf der Autobahn ...“

„Adolf, wir waren noch nicht einmal bei der Bank! Wir wissen gar nicht, wie wir das Auto bezahlen sollen!“, zischt Mama sichtlich aufgeregt. „Und dass du ohne Führerschein in der Gegend herumfährst, das ...“ Papa verteidigt sich, er sei gar nicht in der Gegend herumgefahren, und er habe den Wagen weit unter Marktwert bekommen, das sei die Gelegenheit seines Lebens gewesen. Worauf Mama kontert, dass sie es gescheiter gefunden hätte, wenn wir auf einen günstigen Ford Taunus oder Ford Cortina gewartet hätten, weil der wenigstens einen ordentlichen Kofferraum hat. Und schon ist wieder ein Streit im Gange, und ich bereue es, überhaupt von meinem „Old Firehand“ aufgestanden zu sein. „Sigi, mach den Heustadel auf!“, kommandiert Papa schließlich. „Da stellen wir ihn vorerst einmal ein!“ Ich laufe gehorsam zum Tor, damit ich das Auto endlich auch einmal in Fahrt sehe.

„Nichts da!“ Mama stellt sich mit ausgebreiteten Armen vor die Fahrertür. „Wenn jemand fährt, dann ich. Ich bin die Einzige in dieser Familie, die einen Führerschein hat!“ Das Geplänkel dauert und wird lauter, bis sich Mama schließlich durchsetzt und auf dem Fahrersitz Platz nimmt. Papa schlägt die Hände vor das Gesicht und schüttelt den Kopf, als der Motor laut aufheult und der VW einen Sprung vorwärts macht. Mama aber zielt gut, fährt genau in der Mitte durchs Tor und bringt den Wagen da zum Stehen, wo er stehen sollte. „Bravo, Mama!", rufe ich, als sie aussteigt. Mama lächelt. „Und da bleibt er stehen, bis wir ihn bezahlt und angemeldet haben!", erklärt sie entschlossen, und ich muss das Tor wieder zumachen und sogar versperren.

Am Donnerstag sind meine Eltern am Nachmittag bei der Bank und kehren mit ernsten Gesichtern zurück. Ich traue mich gar nicht zu fragen, wie es mit dem Kredit für das Auto gelaufen ist. Am Abend aber kommt der Reisinger Ferdl von der Versicherung mit seiner dicken Aktentasche und setzt sich zu Mama und Papa ins Wohnzimmer. Uschi und ich werden in unsere Zimmer geschickt. Am Freitagmorgen sehe ich meine Eltern nicht, deswegen frage ich Oma, ob sie was weiß. „Sie müssen heute noch auf die Gemeinde, weil dein Vater keinen Meldezettel gefunden hat. Den muss er noch besorgen, sonst passt anscheinend alles. Und der Reisinger bringt dann am Montag die neuen Nummerntafeln."

Am Montag also. Am Montag wird sowieso alles anders sein, weil dann Armstrong und Aldrin schon auf dem Mond herumspazieren und Mondgestein einsammeln werden. Ich weiß nicht, ob mich dann ein Auto überhaupt noch interessiert. Es hat mich hohe Überredungskunst und eine Menge Tränen gekostet, bis ich meinen Eltern die Erlaubnis abgerungen habe, dass ich die Nacht von Sonntag auf Montag vor dem Fernseher verbringen darf, weil der erste Ausstieg der Astronauten aus der Mondfähre mitten in der Nacht vor sich gehen soll.

Während der Landung der Mondfähre ist auch Oma noch bei uns. „Dass die da hinfinden!", wundert sie sich. „Keine Kunst!", kontert Papa. „Den Mond sieht man ja schon von der Erde aus. Braucht man ja nur hinlenken." Ich kann über so viel Unverstand nur den Kopf schütteln. Im Geplapper meiner Familie geht der denkwürdige Moment um etwa halb acht, als die Mondlandefähre auf der Mondoberfläche aufsetzt, fast völlig unter. Man kann Bilder von der Mondoberfläche sehen, wie die Mondfähre knapp über dem Boden dahinfliegt, und alle im Fernsehen sind furchtbar aufgeregt, weil nur mehr eine Minute bleibt, um einen passenden Landeplatz zu suchen. Schließlich nur mehr zehn Sekunden. Ich springe auf und hüpfe vor Aufregung wie ein Gummiball. „Pst!", schreie ich. „Sie sind gelandet! Jetzt muss man feststellen, ob auch alles gut gegangen ist!" Es geht gut, und schließlich sieht man wieder nur das ewig gleiche Bild von der Mondoberfläche und hört viel undeutliches Schnarren und Rauschen. „Ich möchte nicht angemalt sein, da oben!" Oma steht auf und geht hinauf in ihre Wohnung.

Meine Eltern halten es nicht länger als eine halbe Stunde vor dem Fernseher aus, schließlich spielen sie eine Runde Karten, weil sie ja keine andere Sendung ansehen können, dann reden sie noch über die morgen bevorstehende Anmeldung des VW und die erste Ausfahrt. Um zehn gehen beide ins Bett. Nun ist endlich Ruhe. Leider zu viel Ruhe. Im Fernsehen sieht man keine Bilder vom Mond, denn Aldrin, so hört man, muss erst seine Kamera betriebsbereit machen. Im Studio sind ein Haufen Leute, man weiß nicht ganz, wozu, denn sie alle sehen nichts und hören das Gleiche. Heute braucht man sogar zwei Dolmetscher, weil anscheinend die Herren vom ORF nicht gut genug Englisch können, damit sie uns erklären, was die Amerikaner miteinander reden. Einer hat ständig einen Knopf im Ohr und hört Voice of America, aber die wissen auch nicht mehr.

Doktor Pichler präsentiert zum zehnten Mal seine Modelle der Mondlandefähre und der Apollo-Kapsel und erklärt, wie die Mondlandung abgelaufen ist. Dann erzählt er uns, dass man früher angenommen hat, dass die Mondlandefähre in meterdickem Staub auf dem Mond sofort tief versinken und nie mehr das Licht des Tages sehen wird. Das sei aber bereits geklärt, die Beine der Mondfähre seien nicht mehr als drei bis fünf Zentimeter eingesunken. Ich hole mir Soletti und einen Saft, damit ich wach bleibe, aber dennoch passiert das Unfassbare.

Das Letzte, an das ich mich erinnere, sind verschwommene Bilder von der Leiter, die aus der Mondfähre zum Mond hinunterführt. Als ich die Augen wieder aufschlage, ist es draußen schon hell, und die beiden Astronauten hüpfen in ihren schweren Raumanzügen wie Luftballons über die Mondoberfläche. Sie haben es geschafft, aber ich habe den wichtigsten Moment meines bisherigen Lebens verpasst. Verschlafen! Was für ein Versager ich doch bin! Ich schlage die Hände vor meine Augen, denn jetzt kommen mir die Tränen. Ich kann es gar nicht fassen, was mir passiert ist und dass ich es nie wiedergutmachen kann. Verschlafen! Ich kann in meinem ganzen Leben noch jahrelang an der Matratze horchen, und ausgerechnet heute Nacht passiert mir das! Ich hätte mich tagsüber ins Bett legen müssen, den ganzen Tag hätte ich dazu Zeit gehabt.

Ich drehe mich auf den Bauch und heule in meinen Polster. „Wir haben gerade keine Livebilder, deswegen zeigen wir Ihnen noch einmal die aufregendsten Sekunden dieser Mondmission“, sagt Herr Pichler. Ich drehe mich wieder zum Fernseher um und sehe, wie Armstrong die Leiter hinunterklettert und dann den entscheidenden letzten Schritt auf den Mondboden hinuntersetzt. Aber es ist nicht das Gleiche als Wiederholung, ich weiß nicht, ob ich jemals wieder glücklich werden kann. Es ist eine Katastrophe!

„Und?“ Mama ist hereingekommen. Mir wird klar, dass ich ihr nicht verraten werde, dass ich erst jetzt die wichtigsten Bilder gesehen habe. „Unglaublich war's! Der Mensch hat einen neuen Himmelskörper erobert! Wir sind jetzt Bürger des Weltalls!“, erkläre ich. „Na, großartig!“, antwortet Mama und füllt völlig ungerührt Wasser für den Kaffee in den Kochtopf, so, als ob nichts passiert wäre.

Am Abend, als es finster geworden ist, trete ich noch einmal vors Haus. Kein Mond. Ich hab auf dem Kalender nachgesehen, ausgerechnet heute ist Neumond. Da oben hüpfen sie jetzt irgendwo herum, und wenn Vollmond wäre und wenn man ein superstarkes Fernrohr hätte, dann könnte man sie möglicherweise sehen. Ich wäre auch gerne dort oben, dann wäre ich berühmt, wenn ich zurückkomme, und alle würden sich um mich reißen. Allerdings, man muss bedenken, dass es auf dem Mond und erst recht im Weltall keine Luft zum Atmen gibt. Die Astronauten sind 400.000 Kilometer von unserer Luft entfernt. Wenn nur ein kleines Missgeschick passiert, und ihren Anzügen oder der Mondfähre geht die Luft aus, dann ...

Vielleicht bin ich doch lieber hier unten. Ich muss tief seufzen, bevor ich wieder hineingehe. Ich werde keinem Menschen jemals verraten, dass ich beim ersten Schritt auf den Mond nicht live dabei war.

Dank

Zuallererst: Vielen Dank meiner Frau Ulrike für ihren kreativen Input – als Erstleserin trägt sie viel dazu bei, dass der Rohdiamant des Manuskripts einen ersten Schliff erhält.

Danken möchte ich diesmal auch den vielen Leser:innen, die auf „Die Welt war eine Murmel“ reagiert und ihre persönlichen Erinnerungen an die 60er-Jahre mit mir geteilt haben, sie haben mit dafür gesorgt, dass genug Stoff für eine Fortsetzung vorhanden war.

Mein besonderer Dank gilt – wie immer – auch diesmal dem fantastischen Team des Haymon Verlags, das dieses wunderbare Buch ermöglicht hat, allen voran meiner Lektorin Linda Müller, meiner Projektleiterin Sarah Wegscheider, Katharina Schaller, Verlagsleitung bei Haymon, meinem Kommunikationsteam, bestehend aus Christophe Koroknai, Elisabeth Krieber und Nadine Rendl, und, last but not least, meinem Verleger Markus Hatzer.

Mit den Fällen seines Ermittlers Franz Gasperlmaier, zuletzt „Letzter Tropfen“ (2023), hat Herbert Dutzler österreichische Krimigeschichte geschrieben. Nach dem Erfolg von „Die Welt war eine Murmel“ (2020) entführt er uns nun ein zweites Mal ins Österreich der 1960er. Die Welt seines Protagonisten Siegfried ist Herbert Dutzler alles andere als fremd: Er ist selbst in den 60ern groß geworden und weckt in seiner Erzählung, die Siegfried durch das erste Jahr im Gymnasium begleitet, Erinnerungen an früher.

FSC
www.fsc.org
MIX
Papier | Fördert gute Waldnutzung
FSC® C014496

CERTIFIED cradle to cradle BRONZE

Dieses Buch ist Cradle to Cradle Certified® auf Bronze-Niveau. Cradle to Cradle Certified® ist eine eingetragene Marke des Cradle to Cradle Products Innovation Institute. Dieses Buch findet seinen Weg ohne Plastikfolie, die es unnötig einhüllt, zu dir – für unsere Umwelt und unsere Zukunft.

Auflage:
4 3 2 1
2026 2025 2024 2023

HAYMON verlag
Innsbruck-Wien
www.haymonverlag.at

ISBN 978-3-7099-8195-5

Lektorat: Haymon Verlag / Linda Müller
Projektleitung: Haymon Verlag / Sarah Wegscheider
Buchinnengestaltung nach Entwürfen von: himmel. Studio für Design und Kommunikation, Innsbruck / Scheffau – www.himmel.co.at
Satz: Da-TeX Gerd Blumenstein, Leipzig
Umschlaggestaltung: hißmann, heilmann, hamburg
Umschlagabbildung: mauritius images / August Lautenbacher / imageBROKER
Autorenfoto: Haymon Verlag / Fotowerk Aichner

Herbert Dutzler
Die Welt war eine Murmel
Roman
256 Seiten, gebunden
ISBN 978-3-7099-8101-6

Früher war alles ... Wie denn eigentlich? Komm mit auf Zeitreise!
Er trägt eine dicke Brille, steckt seine Nase am allerliebsten in Romane von Karl May und wenn er groß ist, will er Astronaut werden: Siegfried. Es ist 1968, er hat gerade die Volksschule beendet und freut sich aufs Gymnasium. Vorher geht es aber noch auf große Fahrt: mit dem Autobus nach Italien. Da werden die Nachbarn schauen!
Oft wundert sich Sigi über die Erwachsenen in der Familie, die sich immer so viele Sorgen darüber machen, was andere Leute denken – vor allem, wenn der Bub ein besonderes Interesse für Kochrezepte entwickelt und beim Versuch, Pizza zu backen, fast das Haus in Brand steckt ...

Das Abenteuer wartet gleich hinterm Haus
Siegfried lebt in einer Welt, in der Computerspiele noch leise Zukunftsmusik sind: Es gibt viel zu erleben am Bach hinterm Haus oder auf der Zugfahrt nach der Schule, seine Lieblingsspeise kommt nicht per Online-Bestellung, sondern direkt aus Mamas Küche.
So weit, so idyllisch. Aber nicht alles, an das Siegfried sich als Erwachsener erinnern wird, ist schön: Eingefahrene Rollenbilder belasten sowohl die Mutter als auch den Vater, der Umgangston im Gymnasium ist rau und der Spott der anderen Kinder kann – gerade, wenn man ein guter Schüler ist und ein paar Kilos mehr auf den Rippen hat – gnadenlos sein.

„Herbert Dutzler nimmt uns mit auf eine besondere Reise. Gleich nach wenigen Seiten bekommt man das Gefühl, den Erlebnissen eines alten Freundes beizuwohnen. Man lächelt, man staunt und erinnert sich an Vergangenes wie an liebgewonnene Gefährten. Ein wahrer Lesegenuss!“
Beate Maxian